Dorothy Gilman lebt im Staat New York. Sie hat sieben erfolgreiche Romane geschrieben, die sich um die unvergleichliche Emily Pollifax drehen.

W0415322

Von Dorothy Gilman sind außerdem erschienen:

Mrs. Pollifax und der tanzende Derwisch (Band 3183)
Mrs. Pollifax und der sizilianische Dieb (Band 67076)

Dieses Buch wurde auf chlor- und säurefreiem Papier gedruckt.

Deutsche Erstausgabe Oktober 1996
© 1996 für die deutschsprachige Ausgabe
Droemersche Verlagsanstalt Th. Knaur Nachf., München
Das Werk einschließlich aller seiner Teile ist
urheberrechtlich geschützt. Jede Verwertung außerhalb
der engen Grenzen des Urheberrechtsgesetzes ist
ohne Zustimmung des Verlages unzulässig und strafbar.
Das gilt insbesondere für Vervielfältigungen,
Übersetzungen, Mikroverfilmungen und die
Einspeicherung und Verarbeitung
in elektronischen Systemen.
Titel der Originalausgabe: »Mrs. Pollifax Pursued«
Copyright © 1995 by Dorothy Gilman Butters
Originalverlag: Fawcett Columbine, New York
Umschlaggestaltung: Agentur Zero, München
Umschlagabbildung: Cornelia Niere, München
Satz: Ventura Publisher im Verlag
Druck und Bindung: brodard & taupin
Printed in France
ISBN 3-426-67092-5

5 4 3 2 1

Dorothy Gilman

Jagd auf Mrs. Pollifax

Aus dem Amerikanischen
von Lore Straßl

Knaur®

Prolog

Henry Bidwell war reich, doch das war nichts Besonderes für ihn, denn er war schon immer sehr wohlhabend gewesen. Für ihn zählte, daß er erfolgreich in seinem Beruf war, daß dank seines klaren Verstands, seines scharfen Urteilvermögens und mit Hilfe exakter Kalkulationen, sein Reichtum von Tag zu Tag wuchs. Er hatte eine sehr hohe, bedeutende Position bei Clayborne-Osborne International, eine konservative Investment- und Holding-Gesellschaft, die stolz auf ihre weltweiten Verbindungen war und sich diskret und mit geschickt getarnter Skrupellosigkeit der unaufhaltsamen Geldvermehrung widmete. Um die Interessen der Firma wahrzunehmen und Neuinvestitionen auf ihre Renditefähigkeit zu überprüfen, reiste er häufig ins Ausland. Für ihn war die Welt ein Spielplatz ohne Grenzen und bot ihm an Luxus, was man sich nur vorstellen konnte. An diesem Spätnachmittag eines Freitags im April warf er, ehe er sein Büro verließ, noch einen raschen Blick auf seinen Terminkalender. Seine Frau hatte für heute abend zwölf Personen zum Dinner eingeladen, ansonsten würde er an diesem Wochenende Zeit haben, Golf zu spielen. Während er noch zufrieden nickte, läutete sein Telefon. Mr. Bidwell runzelte die Stirn. Seine Sekretärin war bereits nach Hause gegangen, und er mochte es gar nicht, wenn er seine Anrufe ohne Miss Fergusons Vermittlung entgegennehmen mußte. Trotzdem griff er nach dem Hörer, meldete sich barsch mit »Bidwell«, hörte ungeduldig zu, was die Stimme am anderen Ende der Leitung zu sagen hatte, und murmelte: »Ich verstehe – und Sie können mir nicht sagen, wann?« Dann: »Ja, natürlich.« Er legte auf. Nach einem Blick auf seine goldene Breitling-Uhr bürstete er eine Fussel von seinem Armani-Anzug und griff nach seiner Aktentasche. Er konnte sich darauf verlassen, daß Georges, sein Chauffeur, ihn pünktlich in fünf Minuten abholen würde. Mit seinem Privatlift fuhr er die achtzehn Stockwerke zum Foyer hinunter, schritt durch mehrere Glastüren und trat hinaus in die angenehme Spätnachmittagsonne. Seine Limousine stand noch nicht neben dem Parkverbotschild gegenüber der Foyertür. Ein schmutziger weißer Lieferwagen mit der fehlerhaften Aufschrift CHIGI-SCHROTVERWERTUNG hatte es gewagt, den Platz zu besetzen.

Der Fahrer, ein unverschämter Kerl mit speckiger Mütze, musterte ihn frech; sein Beifahrer war eben zur Rückseite gegangen und öffnete beide Flügel der Ladetür. Bidwell trat an den Rand des Bürgersteigs und sagte streng. »Hören Sie, guter Mann, Sie dürfen da nicht anhalten! Können Sie nicht lesen? Parken ist hier verboten!«

Der Kerl blickte ihn spöttisch an und sagte höhnisch: »Sie können mich mal, Mister!«

»Das Gesetz ist da sehr strikt«, erläuterte Mr. Bidwell. »In dieser Straße besonders, die Polizei ...«

Der Kerl kniff die Augen zusammen und ging in drohender Haltung auf ihn zu. »Ach ja?«

Bidwell wich einen Schritt vom Randstein zurück, doch der Kerl folgte ihm und blieb so dicht vor ihm stehen, daß Bidwell seinen üblen Atem riechen konnte. »Ach ja?« wiederholte er. Er hob eine schmutzige Hand und fuchtelte mit einem dreckigen Lappen vor Bidwells Gesicht herum.

In diesem Augenblick wurde Bidwell bewußt, daß er die

Situation falsch eingeschätzt hatte, daß diese Konfrontation geplant war und diese Burschen etwas mit ihm vorhatten. Der Lappen, den der Kerl ihm jetzt vor die Nase hielt, war mit einem penetrant riechenden, chemischen Mittel getränkt, und sein entsetztes Stöhnen verstärkte nur noch die Wirkung der Dämpfe, die in seine Nase und seinen Mund drangen. Der Bürgersteig schwankte vor ihm, rollte sich schließlich wie eine Schlange zusammen und verschwamm. Als Mr. Bidwell zusammensackte, spürte er, wie er aufgefangen, davongetragen und auf eine Oberfläche aus hartem Metall geworfen wurde. Noch ehe sich die Ladetür schloß, lag er bereits bewußtlos im Lieferwagen der CHIGI-SCHROTVERWERTUNG.

1

Mrs. Pollifax, die sich ein paar Minuten bei einer Tasse Kaffee in der Küche entspannte, überflog pflichtschuldig die Schlagzeilen der Morgenzeitung: *OPEC-Treffen ergebnislos; Hungeraufstände in Ubangiba; Tornado wütet in Kansas*; aber viel mehr interessierte sie die Entführung von Henry Bidwell vor vier Tagen, über die es einen langen Artikel gab, allerdings mit wenig Neuem. Sein Verschwinden war äußerst mysteriös. Sie mochte rätselhafte Fälle, war sie doch selbst in mehrere verwickelt gewesen. Worte wie *geheimnisvolle Entführung* gefielen ihr, ebenso *keine Zeugen* – und das auf einer so verkehrsreichen Straße! –, und weckten ihre Neugier. Als sie weiterlas, stellte sie allerdings fest, daß *keine Zeugen* nicht so ganz stimmte. Die Polizei hatte einen Block weiter einen Obsthändler gefunden, der gesehen hatte, daß Bidwell wie bei einem Schwindelanfall am Bordstein getaumelt und dann zu einem Wagen gebracht worden war. *Irgendein Anfall*, hatte der Händler gedacht. Aber da parkende Autos seine Sicht behindert hatten, war seine Information zu dürftig ausgefallen, um von Nutzen zu sein. Wie auch immer, von Bidwell fehlte nach wie vor jede Spur, und aufgrund seiner exponierten Stellung wuchs die Überzeugung, daß er wegen Lösegelderpressung entführt worden war. Bidwells Entführung als solche faszinierte Mrs. Pollifax, nicht weil er möglicherweise eine bedeutende Persönlichkeit war; für sie war es heute vormittag wichtiger, Basilikum in ihrem Gewächshaus zu pflanzen. Sie leerte die

Tasse, griff nach ihrem Pflanzholz und trat durch die offene Tür in das helle, sonnige Gewächshaus. Ihre Geranien blühten in bunter Üppigkeit, aber in diesem Jahr zog sie außerdem auch Kräuter, und sie stellte fest, daß sowohl Minze wie Salbei jetzt groß genug waren, in den Garten umgesetzt zu werden. So genoß *sie* den Frühling: sie säte, pikierte und pflanzte, sorgte für die richtige Lüftung und Schattierung und genoß den würzigen Duft warmer Erde und Minze, aber auch den Geruch von Düngekalk und Knochenmehl.

Als sie kurz von ihrer Arbeit aufblickte, bemerkte sie erstaunt, daß ein weißer Lieferwagen am Haus vorbei die Maple Lane hinauffuhr. Sie runzelte die Stirn, denn dieser Lieferwagen war bereits gestern dreimal am Haus vorbeigekommen und war ihr vor allem wegen seiner Beschriftung aufgefallen, von der sie Cyrus erzählt hatte, während er gestern für den Kongreß amerikanischer Strafverteidiger die Koffer packte.

»Orthographie ist eine verlorene Kunst«, hatte er gemeint. »Emily, wo ist die andere blaue Krawatte, die ich zu diesem Hemd trage?«

»Du bleibst doch nur bis zum Montag«, hatte sie ihn erinnert.

»Ich kleckere garantiert was drauf, wenn ich keine zweite dabei habe«, gab er zu bedenken.

Sie hatte gelacht und die zweite Krawatte in seinen Koffer gelegt. Aber später, als der Lieferwagen zum dritten Mal am Haus vorbeifuhr, war ihr nicht entgangen, daß er langsamer geworden war, als der Bursche hinter dem Lenkrad Cyrus bemerkt hatte, der in der Einfahrt die Autoreifen prüfte. Der Wagen war wegen des Fehlers in seiner Beschriftung unmöglich zu verwechseln: CHIGI-SCHROT-VERWERTUNG.

Und jetzt fuhr er schon wieder am Haus vorbei!
Sie rügte sich streng: Das kommt von deiner Arbeit für Carstairs! Deine Antenne steht ständig auf Empfang, du witterst hinter allem eine faule Sache. Das ist ja schön und gut, wenn du an einem gefährlichen Auftrag bist, aber das ist jetzt nicht der Fall! Du bist in deinem eigenen Garten und pflanzt Basilikum.
Andererseits, sagte sie sich nachdenklich, verirren sich nur wenige Autos in die Maple Lane. Sie war eine Abkürzung zum Highway, die so gut wie ausnahmslos von den Anwohnern genutzt wurde und von der wenige Leute wußten. Sie kannte alle, die sie üblicherweise benutzten: Mr. Gogan, der am Morgen zur Arbeit fuhr und am Nachmittag zurückkehrte; Mrs. Haycox, die wechselnde Schichten im Krankenhaus hatte; die jungen Abners, die ihren Sohn zum Kindergarten und zurück brachten; das Postauto; die Schreiner, die am Anbau des Wittkowski-Hauses arbeiteten.
Vermutlich würde es eine vernünftige Erklärung für diesen Wagen geben, der zu allen möglichen Zeiten die Lane auf und ab fuhr. Was sie nicht verstand, war, weshalb sein häufiges Erscheinen anfing, sie nervös zu machen. Vielleicht, weil ich Hunger habe, dachte sie. Sie hatte so früh gefrühstückt, also brauchte sie jetzt etwas zu essen. Nach einem Blick auf ihre Armbanduhr legte sie ihr Pflanzholz zur Seite und kehrte in die Küche zurück. Sie begutachtete kritisch den Inhalt des Kühlschranks: das Hühnchen war fürs Abendessen, der Salat – aber sie wollte jetzt keinen Salat, dafür war sie zu hungrig, schließlich war es noch nicht einmal richtig hell gewesen, als sie Cyrus zum Flughafen gefahren hatte. Ihr Blick fiel auf Cyrus' Lieblingssalami. Was soll's, dachte sie. Sie öffnete eine frische Packung Brot, nahm zwei Scheiben heraus, wickelte die Salami aus und

richtete sich ein Sandwich. Nachdem sie sich noch einen Becher Milch eingeschenkt hatte, stellte sie alles auf ein Tablett und trug es auf die Veranda, wo sie in der Sonne sitzen und die blühenden Tulpen und Krokusse bewundern konnte.
Es war ein erfreulicher Anblick. In einiger Entfernung hinter den Blumenbeeten säumten Birken den ungepflasterten Weg zum Wald. Als ihr Blick von den Tulpen zu den fernen Bäumen wanderte, sah sie, daß sie nicht so allein und ungestört war, wie sie gehofft hatte: etwas Weißes stach ihr ins Auge. Ein Wagen war am Rand des Waldweges geparkt, wahrscheinlich, dachte sie, weil der Fahrer oder die Fahrerin eine Mittagspause einlegte und sich stärkte. Sie fragte sich, weshalb diese Entdeckung sie nervös machte. Seufzend stand sie auf und trug ihr Tablett ins Haus zurück. Sie stellte es auf dem Eßtisch ab und holte aus der Büfettlade, auch wenn sie sich deshalb schalt, Cyrus' Feldstecher, den er zur Vogelbeobachtung benutzte. Damit trat sie ans Fenster.
Ich benehme mich lächerlich, dachte sie.
Es war ein sehr gutes Fernglas, und obwohl ein Baum die vordere Seite des Wagens verbarg, konnte sie doch erkennen, daß es sich um einen schäbigen weißen Lieferwagen handelte – und sie konnte acht Buchstaben an der Seite lesen: SCHROTVE …
»Ich glaube«, sagte Mrs. Pollifax entschlossen, »daß ich meinen Wagen aus der Einfahrt lieber in die Garage fahren sollte.«
Sie hatte keine Ahnung, weshalb ihr das so wichtig erschien, und als sie das Haus verließ und in ihren Wagen stieg, fragte sie sich: Weil Cyrus nicht da ist und ich allein bin? Aber warum sollte ich deshalb den Wagen in die Garage bringen? Sie fand darauf keine Antwort, trotzdem fuhr sie das Auto

hinter das Haus, die Garagentür öffnete sich gehorsam für sie und schloß sich hinter dem Wagen. Und in diesem Moment empfand sie Genugtuung und entspannte sich. Sie betrat das Haus durch die Garage, schritt den Korridor entlang, vorbei am Wohnzimmer, und ging durch die Küche zurück ins Gewächshaus. In dem Moment, als sie es betrat, sah sie den weißen Lieferwagen wieder einmal am Haus vorbeifahren und verschwinden.

Sie seufzte erleichtert.

Emily, rügte sie sich, du hast dich während der letzten Stunde mehr als seltsam benommen! Vielleicht sollte ich dich daran erinnern, daß das der erste Schritt zum Verfolgungswahn sein könnte! Mit grimmiger Entschlossenheit pflanzte sie weiter Basilikum, und schließlich beschäftigten sich ihre Gedanken mit anderen Dingen: dem morgigen Treffen des Garten-Clubs, beispielsweise, und den Sandwiches, die zu machen sie sich erboten hatte und die bereits mit einem feuchten Tuch zugedeckt im Kühlschrank standen. Ob die Männer, die ebenfalls zum Treffen kommen würden, allerdings von Gurkensandwiches begeistert sein würden, war eine andere Sache. Vielleicht sollte sie auch noch Salamibrote richten, trotz des Cholesterins. Sie verließ die Basilikumsetzlinge wieder und kehrte in die Küche zurück, wo sie die Erfrischungsschnitten um einige Salamisandwiches ergänzen wollte.

Die Salami lag jedoch nicht im Kühlschrank.

Das war merkwürdig, immerhin hatte sie sich erst vor einer Stunde etwas davon für ihr Brot genommen. Trotzdem war die Salami nicht im Kühlschrank, wo sie sein müßte, und auch nicht auf der Anrichte oder dem Küchentisch.

Verblüfft räumte sie den oberen Kühlschrankteil aus und legte Hühnchen, Brot, Salat, die Platte mit den Sandwiches für den Garten-Club und eine Schachtel Eier auf den Tisch. Aber die Salami hatte sich hinter nichts davon versteckt gehabt. Verärgert begann sie mit der lästigen Arbeit, alles wieder zurückzustellen. Die Brotpackung kam ihr erstaunlich leicht vor. Sie betrachtete sie näher und empfand vage Unruhe, denn sie wußte, daß sie nur zwei Scheiben herausgenommen hatte – und jetzt fehlten wenigstens fünf!

Das beunruhigte sie nun wirklich. Sie öffnete den Schrank, in dem sie einen Vorrat an Dosen aufbewahrte, und überflog ihn. Gestern waren da noch acht Dosen Ölsardinen gewesen. Cyrus hatte sich zwei eingesteckt, folgedessen müßten noch sechs da sein, aber sie sah nur eine. Ebenso verschwunden waren die Gläser mit Rollmöpsen, und aus der Sechserpackung Cola fehlten zwei Dosen.

Das Haus erschien ihr plötzlich bedrückend still. Jetzt war Mrs. Pollifax nicht nur bloß unruhig, ihr rann ein kalter Schauder über den Rücken.

Das bedeutet, folgerte sie, während sie nach einer Erklärung suchte, daß jemand, während ich Cyrus zum Flughafen fuhr, ins Haus eingestiegen ist und etwas zu essen mitgenommen hat.

Das hätte sie gern selbst geglaubt, aber sie wußte natürlich, daß es nicht stimmen konnte, denn erst vor einer Stunde hatte sie sich ein Sandwich mit der jetzt verschwundenen Salami gemacht.

Sehr widerstrebend beschäftigte sie sich mit der einzigen logischen Erklärung, die ihr allerdings absolut nicht gefiel: Sie befand sich nicht allein im Haus. Außer ihr war noch jemand hier. Jetzt in diesem Augenblick. Und er hatte sich hier irgendwo versteckt!

2

Mrs. Pollifax blieb reglos stehen und lauschte. Die Gewißheit, daß jemand diese Stille mit ihr teilte, die bis vor wenigen Minuten freundlich und wohltuend gewesen war und die ihr jetzt bedrohlich vorkam, schärfte ihre Sinne. Sorgfältig überlegte sie, welche Mittel ihr hier zur Verfügung standen: eine Taschenlampe, mit der sie in dunkle Schränke leuchten konnte, der Schürhaken vom Kamin – und ihre Ausbildung in Karate. Den Gedanken, die Polizei anzurufen, verwarf sie sofort, da der Einbrecher in dieser Stille das Gespräch mit anhören könnte. Ihr war völlig klar, daß ihn das aus seinem Versteck locken und er sie überfallen könnte, wenn sie nicht darauf vorbereitet war. Zu riskant, sagte sie sich. Mit Schürhaken und Taschenlampe bewaffnet, schlich sie auf Zehenspitzen die Treppe ins obere Stockwerk hinauf.

Sie öffnete die Schränke im Schlafzimmer, in Cyrus' Arbeitszimmer, dem Gästezimmer und die paar auf dem Korridor. Dann kletterte sie eine Stiege hinauf, öffnete die Falltür zum niedrigen Dachboden und leuchtete in alle dunklen Winkel, fand jedoch keine Menschenseele. Verwundert stahl sie sich die Treppe wieder hinunter, um ihre Suche fortzusetzen, doch auch im Parterre hatte sich niemand in irgendeinem Schrank versteckt. Sie wollte die Suche gerade aufgeben und doch die Polizei rufen, als ihr die Rumpelkammer am Ende des Korridors einfiel, gleich neben der Garage. Dort *mußte* der Einbrecher sein. Zögernd näherte sie

sich der Tür, hielt kurz davor an, holte tief Atem und riß sie auf.
Ihre Taschenlampe schien auf den Rasenmäher, auf Cyrus' alten Koffer, einen Rattanvogelkäfig, einen Stapel ausrangierter Vorhänge – und auf vier leere Ölsardinendosen!
»Oh, bitte nicht!« flüsterte eine verängstigte Stimme. Mrs. Pollifax leuchtete in die hintere Ecke und das Licht fiel auf ein Mädchen, das dort kauerte und sie furchtsam anstarrte.
»Bitte«, flüsterte das Mädchen aufs neue und schirmte die Augen vor dem Schein der Taschenlampe ab.
Kein bewaffneter Einbrecher ... Mrs. Pollifax atmete erleichtert auf. »Was in aller Welt ... Ich meine, was in aller Welt *machen* Sie hier? In meinem Haus?«
»M-mich verstecken«, stammelte das Mädchen.
»Offensichtlich«, sagte Mrs. Pollifax trocken, »aber wer sind Sie? Kommen Sie jetzt lieber heraus und erzählen mir, worum es geht.«
Das Mädchen schüttelte den Kopf. »Bitte, noch nicht, man könnte mich sehen!«
»Sie sehen? Wer?«
»Als Sie heute früh zum Flughafen fuhren ...«
»Flughafen?« wiederholte Mrs. Pollifax bestürzt. »Sie waren heute morgen schon hier? *Wie lange verstecken Sie sich bereits in dieser Rumpelkammer?*«
»Z-zwei Tage, g-glaube ich«, stammelte das Mädchen. »Zumindest war es Montag, Sie und Ihr Mann arbeiteten im Garten, und Sie hatten die Tür an der Seite offenlassen, und so – es tut mir leid – habe ich mich hineingestohlen.«
»Die ganze Zeit!« staunte Mrs. Pollifax. »Aber vor wem verstecken Sie sich denn? Ihren Eltern? Der Polizei?«
»Vor *ihnen*!« antwortete das Mädchen. »Als Sie heute morgen zum Flughafen weggefahren waren, hörte ich einen

Wagen in der Einfahrt, der Kies knirschte. Ich glaube, sie haben durch alle Fenster hereingeschaut.«

Ein Wagen. Das Mädchen fürchtete sich vor einem Wagen.

»Kommen Sie heraus!« befahl Mrs. Pollifax. »Es ist nicht so erhebend, hier herumzustehen und in eine vollgestopfte Rumpelkammer zu reden. Außerdem gibt es an diesem Ende des Korridors kein Licht. Ich möchte wissen, ob Ihr Versteckspielen etwas mit einem ziemlich heruntergekommenen weißen Lieferwagen zu tun hat. Einem mit der Aufschrift Chigi-Schrot ...«

»Sie haben ihn gesehen?« keuchte das Mädchen. »Er ist immer noch hier? Sie suchen mich immer noch hier? Woher wußten Sie ...?«

Mrs. Pollifax antwortete ruhig: »Weil mir aufgefallen ist, daß er gestern dreimal am Haus vorbeigefahren ist und heute morgen wieder. Und als ich auf der Veranda saß – das war, während Sie sich das Brot und die Salami holten –, stand er am Weg zum Wald.«

Das Mädchen starrte sie erstaunt an. »So etwas bemerken Sie?«

Mrs. Pollifax lächelte. »O ja, allerdings. Würden Sie nun bitte herauskommen?«

Das Mädchen beäugte sie unsicher, aber sie löste sich steif aus der Ecke und kletterte über den Vogelkäfig, um zur Tür zu kommen. Auf dem Korridor musterte Mrs. Pollifax sie unverhohlen und etwas überrascht. Sie war kleiner, als sie erwartet hatte, bestimmt nicht viel über eins-fünfzig. Sie hatte ein schmales, bleiches Gesicht, überproportional große Augen, ein rundes Kinn und braunes Haar, das glatt auf die Schultern fiel. Nicht gerade auffällig, dachte Mrs. Pollifax, während ihr Blick noch über die alte Tweedjacke, die knittrige Bluse und die Strümpfe mit den Laufmaschen wanderte. Doch die Art, wie sie die Schultern straffte und herausfordernd das Kinn hob, verriet Mut, und die Intelligenz in den Augen deutete darauf hin, daß sie eine erwachsene junge Frau war und kein Kind mehr. Im Korridorlicht sahen ihre Augen grün aus, und dichte, lange Wimpern rahmten sie ein – wirklich sehr anziehend in diesem schmalen Gesichtchen –, und die dunklen Brauen wölbten sich darüber. Sie trug kein Make-up und hatte absolut keine Ähnlichkeit mit den jungen Mädchen, denen Mrs. Pollifax in den Einkaufszentren begegnete. Sie wirkte ein wenig altmodisch, hilflos und alleingelassen.

»Wenn Sie in Gefahr sind, müssen wir die Polizei rufen«, sagte Mrs. Pollifax etwas verwirrt.

»Nein, bitte nicht!« entgegnete das Mädchen ernst. »Denn dann würden sie Sammy etwas tun, davon bin ich überzeugt. Dürfte ich nicht vielleicht bei Ihnen bleiben, bis es dunkel ist, dann gehe ich, das verspreche ich.«

Mrs. Pollifax betrachtete sie nachdenklich. »Sie sagten, Sie haben heute morgen einen Wagen in der Einfahrt gehört. Haben sie – wer immer diese ›sie‹ sind – versucht, ins Haus zu kommen?«

Das Mädchen schüttelte den Kopf. »Ich glaube nicht, aber ich habe Schritte gehört, und etwa zehn Minuten später knirschte der Kies wieder, als sie wegfuhren. Ich hatte jedenfalls das Gefühl, daß sie durch alle Fenster schauten. Sie konnten ja nicht wissen, wie lange Sie wegbleiben würden. Sie waren sehr lange fort, das machte mir angst.«

Mrs. Pollifax nickte. »Wir legten das Gepäck meines Mannes schon gestern abend, als es bereits dunkel war und der Wagen draußen stand, in den Kofferraum. Sie konnten nicht wissen, daß ich ihn zum Flughafen brachte, denn den Koffer haben sie bestimmt nicht gesehen.« Nachdenklich

fügte sie hinzu: »Aber wenn sie das Haus heute früh beobachteten, müssen sie gesehen haben, daß wir zu zweit wegfuhren und ich allein zurückkam.«
Die Augen des Mädchens weiteten sich. »Heißt das – daß jetzt nur noch wir zwei hier sind?«
»Wissen die Unbekannten denn – absolut sicher –, daß Sie sich im Haus befinden?«
»Wahrscheinlich«, antwortete das Mädchen bedrückt. »Hier oder im Wald, aber im Wald haben sie bestimmt längst gründlich nachgesehen. Sie sahen jedenfalls, daß ich in Ihren Garten rannte. Aber Sie waren mit Ihrem Mann noch draußen, deshalb sind sie mir nicht gefolgt.«
»Ich verstehe.« Mrs. Pollifax nickte und fügte entschlossen hinzu: »Dann werden sie natürlich das Haus durchsuchen wollen; ich glaube, dann sollten wir ihnen die Gelegenheit geben, es noch tagsüber zu tun. Ein nächtlicher Besuch würde mir absolut nicht gefallen. Ja, unbedingt, wir müssen dafür sorgen, daß sie es jetzt tun.«
»Ich – ich verstehe nicht«, sagte das Mädchen stockend. »Sie wollen, daß sie mich finden?«
»Natürlich nicht! Ich meine damit«, erklärte Mrs. Pollifax, »daß Sie und ich das Haus verlassen und Sie mit mir zum Einkaufen kommen werden. Gut im Wagen versteckt, selbstverständlich. Er steht in der Garage …« Dem Himmel sei Dank, dachte sie. »… und wenn ich es auffällig genug mache, daß ich vorhabe, wegzufahren, werden sie es für die perfekte Gelegenheit halten, Schlösser zu öffnen, einzudringen und nach Ihnen zu suchen. Und sobald es dunkel ist, fahre ich Sie …« Sie blickte das Mädchen fragend an. »… nach Hause? Oder sonstwohin.«
Das Mädchen errötete tief. »Sie machen sich meinetwegen so viel Mühe. Es tut mir leid. Aber wie können Sie sicher

sein, daß sie das Haus wirklich durchsucht haben, wenn wir zurück sind?«
Mrs. Pollifax zwinkerte verschmitzt. »Man könnte sagen, daß mir die Gedankengänge von Kriminellen nicht ganz fremd sind. Überlassen Sie es einfach mir. Und Sie waschen sich jetzt das Gesicht. Sie dürften ja inzwischen wissen, daß neben der Rumpelkammer ein Bad ist. Warten Sie dann im Korridor auf mich.«
Während das Mädchen sich im Badezimmer frisch machte, befestigte Mrs. Pollifax winzige Steifen transparenten Klebebands an den Rahmen der Haus- und der Verandatür. Dann trug sie mehrere Vasen und Blumentöpfe hinunter, verteilte sie auf sämtlichen Fensterbrettern und markierte mit Bleistift genau, wo sie sie hingestellt hatte. Schließlich brachte sie das Mädchen in die Garage, wies sie an, sich auf dem Wagenboden zusammenzukauern, warf eine Decke über sie und verteilte darauf geschickt ein paar leere Pappkartons. Nun fuhr sie rückwärts aus der Garage zur Einfahrt und hielt bei der Haustüre an. So umständlich wie möglich holte sie ihr Einkaufswägelchen aus dem Haus und verstaute es mit viel Getue im Wagen. Dann verschloß sie die Haustür und fuhr die Maple Lane hinauf. Ein rascher Blick zeigte ihr, daß der weiße Lieferwagen auf dem Waldweg parkte. Nun fuhr sie in die Stadt zum nächsten Supermarkt.
Niemand folgte ihr. Als sie vor dem Geschäft einparkte, murmelte sie über die Schulter: »Kein Chigi-Schrotverwertung hinter uns. Ich werde den Wagen abschließen. Alles in Ordnung?« Nachdem sie ein gedämpftes Ja gehört hatte, fügte sie hinzu: »Ich bleibe nicht lange.«
Da sie erst vor zwei Tagen eingekauft hatte, brauchte sie nur wenig, besorgte aber mehrere Sandwiches und eine Packung Kekse für das Mädchen. Sie benötigte insgesamt

nur zehn Minuten, also keineswegs lange genug für eine gründliche Hausdurchsuchung, deshalb fuhr sie noch zur Bank und löste einen Scheck ein. Danach, so schätzte sie, würden sie, bis sie heimkamen, Chigi-Schrotverwertung dreißig Minuten gegeben haben. Sie hielt es nicht für nötig, noch mehr Zeit zu vergeuden. Amüsiert wurde ihr bewußt, daß andere sie bestimmt für leichtsinnig halten würden, weil sie glaubte, was ein fremdes Mädchen ihr erzählt hatte; jedem anderen würde es eine wahre Genugtuung sein, sie darauf hinzuweisen, daß dieses Mädchen vermutlich die Vorhut einer organisierten Diebesbande war, die nur darauf gewartet hatte, das Haus leerzuräumen. Jeder andere würde ...

Mrs. Pollifax aber verließ sich auf ihre Instinkte, und da diese sie in vielen gefährlichen Situationen in einigen sehr exotischen Ländern am Leben erhalten hatten, beabsichtigte sie nicht, sie zu Hause zu ignorieren. Etwas war faul, und sie war entschlossen, herauszufinden, was. Außerdem wollte sie wissen, wer Sammy war. Schließlich war es ein recht langweiliger Winter gewesen, und ein Mädchen in Schwierigkeiten gefiel ihrer Abenteuerlust viel mehr als ein Treffen des Garten-Clubs.

Die Garagentür öffnete und schloß sich wieder lautlos. »Warten Sie hier – rühren Sie sich nicht!« wies Mrs. Pollifax das Mädchen an und betrat das Haus voll Neugier und Hoffnung, daß ihr Plan funktioniert hatte.

Zufrieden stellte sie fest, daß die Klebestreifen gerissen waren, und machte sich daran, das Haus erneut zu durchsuchen. Nichts fehlte. Als sie in die Garage zurückkehrte, flüsterte sie: »Sie dürfen jetzt rauskommen. Sie waren im Haus und haben ihre Neugier befriedigt.«

»Sie sind tatsächlich eingedrungen?« flüsterte das Mädchen

ängstlich, während sie Decken und Kartons zur Seite schob und herauskam. »Genauso, wie Sie es vorhergesehen haben?«

»Ja. Und ich glaube, es ist jetzt an der Zeit, daß Sie mir verraten, wer Sie sind. Danach brate ich Ihnen ein paar Eier, und Sie können mir sagen, wohin ich Sie bringen soll, wenn es dunkel ist. Wo wohnen Sie?«

»Rühreier wären großartig! Ich bin Kadi Hopkirk und …«

»Kathi?«

Das Mädchen schüttelte den Kopf. »Nein, K-a-d-i – und ich habe ein Zimmer im YWCA, dem christlichen Hospiz für junge Frauen, in Manhattan, wo ich auf die Kunstakademie gehe.«

»Aha. Und ich bin Emily Pollifax. Sie kriechen am besten unter den Fenstern vorbei und setzen sich in der Küche auf den Boden, damit sie von draußen nicht gesehen werden können, während ich die Rühreier richte … Chigi-Schrotverwertung *müßte* inzwischen aufgegeben haben, aber es wäre unklug, sich darauf zu verlassen.«

»Oh, Sie verstehen also!« rief das Mädchen erfreut. »Danke!«

In der Küche setzte Mrs. Pollifax ihre Befragung so taktvoll wie möglich fort. Sie schlug Eier in eine Schüssel, verquirlte sie und fragte. »Wurden Sie bereits am Montag verfolgt, als Sie New York City verließen, oder erst, nachdem Sie in Connecticut angekommen waren?«

»Ich war in New Haven«, erklärte Kadi. »Zufällig erfuhr ich auf der Akademie, daß die Polizei von New Haven jemanden sucht, der gut und schnell Porträts zeichnen kann. Und ich bin wirklich sehr gut, mir Gesichter zu merken und sie zu zeichnen, auch wenn ich sie nicht vor mir habe. Ich glaube, das kann ich am besten. Und ich brauche Geld! Aber sie hielten mich für zu jung.« Sie seufzte. »Sie sagten, ich würde vielleicht auch Leichen zeichnen müssen – als ob ich nicht schon genug gesehen habe!«

»Oh!« Mrs. Pollifax drehte sich interessiert zu ihr um. »*Viele* Leichen?«

Mit ausdruckslosem Gesicht antwortete das Mädchen: »Wo ich herkomme, hat es – Massaker gegeben, also weiß ich, wie Menschen aussehen, die umgebracht wurden.«

»Ich verstehe.« Mrs. Pollifax reichte ihr einen Teller mit Rühreiern. Sie stellte ihr nicht die erwartete Frage, wo das gewesen war, doch sie war fest entschlossen, es herauszufinden. Aber auf dem langen Weg nach Manhattan würde dafür genug Zeit sein, und bis dahin würde das Mädchen sich sicherer fühlen und entspannter sein.

Doch als sie sich mit einem Tablett in der Hand von dem Mädchen abwandte, blickte sie durch die Gewächshaustür und sah den weißen Lieferwagen wieder am Haus vorbeifahren. Verflixt, dachte sie verärgert, sie haben das Haus doch durchsucht, warum treiben sie sich dann immer noch hier herum?

Sie erwähnte es nicht, sondern blickte auf die Uhr. In zwei Stunden würde es dunkel sein. Sie ließ das Mädchen in Ruhe essen und schaute nach ihren Straßenkarten, um den schnellsten Weg nach Manhattan zu suchen.

Um neunzehn Uhr fuhren sie weg. Kadi hatte sich auf den Rücksitz gelegt, diesmal jedoch nicht unter einer Decke versteckt. Mrs. Pollifax schaltete die Scheinwerfer erst an, nachdem sie aus der Einfahrt war, dann bog sie nach links ab, um den Waldweg hinter sich zu lassen, und nahm die Abkürzung zur I-95 nach Süden. Es herrschte zu dieser Zeit wenig Verkehr. Sobald sie sich an der Auffahrt vergewissert hatte, daß Chigi-Schrotverwertung immer noch auf der Maple Lane war, überlegte sie, während sie hin und wieder in den Rückspiegel schaute, wie sie ihre Begleiterin dazu bringen konnte, ihr offen zu erzählen, was ihr solche Angst machte.

Sie war erst zehn oder zwölf Kilometer gefahren, als sie die Tatsache nicht mehr leugnen konnte, daß ihnen ein mattgrüner Wagen folgte. Er war ihr aufgefallen, denn egal, wie viele andere Last- und Personenwagen sie auch überholt hatten, der grüne Wagen blieb hartnäckig unmittelbar hinter ihnen und behielt die achtzig Stundenkilometer bei, die sie fuhr. Zufall, sagte sie sich. Es war schließlich kein weißer Lieferwagen – aber um sich zu vergewissern, fuhr sie langsamer, bis der Tacho auf etwa fünfundvierzig stand.

Der Fahrer des grünen Wagens überholte sie jedoch auch jetzt nicht, sondern verringerte die Geschwindigkeit ebenfalls.

Ich glaub's nicht! dachte Mrs. Pollifax. Das ist nicht nur unvorstellbar, es ist auch äußerst lästig! Schlimmer noch, ihr wurde bewußt, daß Chigi-Schrotverwertung mehr Tricks auf Lager hatte, als erwartet, wenn sie ihnen einen zweiten Wagen nachschicken konnten. *Falls* er ihnen tatsächlich folgte. Sie war entschlossen, es herauszufinden, und bog bei der nächsten Ausfahrt von der I-95 ab und fuhr zu einer Parallelstraße, die von der Beleuchtung einer Tankstelle erhellt wurde. Im Licht hielt sie an und wartete, ohne den Blick vom Rückspiegel abzuwenden.

»Was ist los?« erkundigte sich Kadi.

»Was los ist?« fragte Mrs. Pollifax grimmig. »Daß ich auf lächerliche fünfundvierzig Stundenkilometer heruntergіng, und der Wagen hinter uns trotzdem nicht überholte! Nur ist es jetzt ein grüner Personenwagen, was bedeuten

würde …« Sie nickte, als der mattgrüne Wagen die Ausfahrt herunterkam, drückte den Fuß aufs Gas, daß die Reifen empört quietschten, fuhr aus der Tankstelle und zur Nordauffahrt der I-95 in Gegenrichtung.
»Was *was* bedeutet?« rief Kadi.
»Daß wir verfolgt werden. Ich fahre jetzt jedenfalls in Richtung Nord und versuche, sie abzuhängen. Warum, Kadi? Wer sind diese Leute?«
»Ich weiß es nicht. Ich weiß es wirklich nicht!« rief Kadi. »Sie müssen mir glauben, ich weiß es nicht!«

3

Carstairs hatte an diesem Mittwoch, als Bishop sein Büro betrat, außergewöhnlich viel zu tun. Carstairs bedachte ihn mit einem finsteren Blick und knurrte: »Was gibt's jetzt schon wieder?«

»Mornajay hat von oben angerufen. Es geht um die Bidwell-Entführung. Das FBI ersucht um unsere Hilfe in einer kleineren aber wichtigen Sache.«

»In welcher?«

»Bidwell reiste häufig geschäftlich ins Ausland, und nun verfolgen sie die Theorie, daß irgendeine Terroristengruppe aus einem dieser Länder etwas mit der Entführung zu tun haben könnte.« Bishop reichte Carstairs zwei Blatt Papier und einen ledergebundenen Notizkalender. »Er könnte sich Feinde gemacht haben.«

Carstairs lehnte sich in seinem Schreibtischsessel zurück. »Sie haben eine Lösegeldforderung erhalten?«

Bishop nickte. »Ja, aber sie halten sie geheim. Es lag ein ziemlich unscharfes Foto eines gefesselten und geknebelten Mannes bei, den sie als Bidwell identifiziert haben, obwohl sein Gesicht teilweise verdeckt war.«

»Wann und wo wurde der Brief aufgegeben?«

»Drei Tage nach dem Verbrechen, in Manhattan. Der Stempel ist der eines Postamts in der Nähe der Stelle, wo Bidwell entführt wurde.«

»Und was will das FBI von uns, was es nicht bereits selbst hat?«

»Sichergehen, daß es recht hat«, antwortete Bishop trocken. »Feststellen, ob wir vielleicht zufällig einen dieser Namen in *unseren* Akten haben. Bidwells Firma überließ uns die Daten jeder seiner Reisen nach Europa, und Bidwells Sekretärin erwies sich als große Hilfe. Bei ihrer Vernehmung fragte sie sich, ob sein persönlicher Terminkalender vielleicht noch in seiner Schreibtischlade liegen könnte. Sie öffneten die Lade und fanden tatsächlich eine exakte Aufzeichnung seiner sämtlichen Besprechungen in Europa. Jed Addams vom FBI bittet uns, die Namen seiner dortigen Gesprächspartner durch unseren Computer laufen zu lassen, um festzustellen, ob wir mehr Informationen haben als sie.«

Carstairs zuckte die Schultern. »Warum nicht.« Er legte das Päckchen zur Seite auf den anderen Papierkram, woraufhin ihn Bishop taktvoll darauf aufmerksam machte, daß sie die Antwort noch heute haben wollten.

Carstairs stöhnte. »Dann seien Sie so nett und bringen mir eine Tasse Kaffee, damit ich nicht aus der Haut fahre.«

»Kommt sofort«, versprach Bishop, verließ das Büro und kehrte kurz darauf mit einer dampfenden Tasse zurück.

Mit der Kaffeetasse in der Hand überflog Carstairs die von Clayborne-Osborne International überlassenen Reisedaten, dann wandte er sich dem etwas interessanteren, privaten Terminkalender aus Bidwells abgeschlossenem Schreibtisch zu. Carstairs verglich die Daten, an denen Bidwell nach Europa gereist war mit denen im privaten Terminkalender. Er notierte sich die vielen Daten von Bidwells Europareisen und wandte sich den Seiten im privaten Terminkalender zu, um festzustellen, mit wem er sich an diesen Tagen getroffen und welche Projekte er inspiziert hatte.

Jetzt war Anfang Mai. Im Dezember war Bidwell nach Paris geflogen, wo er sich mit einem Jule Romanowitsch und einem Achille Leclerc getroffen hatte, mit denen er sich etwas später einer Gruppe der Abercrombie Tin Company zu einem Nachtclub-Besuch anschloß. Die verschiedensten Telefonnummern waren auf die Seiten gekritzelt, doch Carstairs nahm an, daß sie bereits alle vom FBI überprüft worden waren.

An seinem zweiten Tag in Paris hatte Bidwell eine Verabredung mit Leclerc gehabt, aber auch mit einem Roger Desforges. Danach folgten Telefonnummern, sowie »Flug 1192«. Die nächsten drei Seiten waren leer. Am sechsten Tag war er wieder in Paris und kehrte mit der Concorde nach New York zurück.

Drei Wochen später, noch im Dezember, machte er eine weitere Auslandsreise, diesmal mit kurzem Aufenthalt in der Schweiz, danach hatte er einige Termine in Paris, und am fünften Tag war wieder »1192« eingetragen. Neugierig blätterte Carstairs zur nächsten Auslandsreise weiter. Das war Mitte Januar, aufs neue nach Paris und wieder die Eintragung »Flug 1192«, gefolgt von vier leeren Seiten. Am 3. März erfolgte der nächste Flug nach Paris, dann wieder einer Anfang April. Auch bei jeder dieser Reisen stand »Flug 1192«, danach mehrere leere Tagesseiten, ehe er vor seiner Rückkehr nach New York wieder seinen Terminen in Paris nachging. Und vor zwei Wochen war er entführt worden.

Das FBI wollte jedoch, daß die aufgeführten Namen überprüft wurden. Carstairs erstellte eine Namensliste: Achille Leclerc, Roger Desforges, Jule Romanowitsch, E. Buttersworth, J. Kriwelewa, M. Teek Soo ... Er ließ sie durch beide Computer laufen, dann durch die Datei mit den Namen aller bekannten Terroristen, wo jedoch nicht einer von ihnen aufgeführt war, weder als gefährlich, noch überhaupt. Offenbar handelte es sich bei allen Personen um ganz normale Geschäftsleute. Er ließ sich mit Jed Addams vom FBI verbinden.

»Wir haben nichts über auch nur einen einzigen von ihnen«, versicherte er ihm.

»Verdammt«, fluchte Addams.

»Da wir beim Fall Bidwell sind«, fügte Carstairs scheinbar gleichmütig hinzu, »was hatte er eigentlich für ein Privatleben? Wie war seine Ehe? Hat er Kinder?«

»Ein richtiges Privatleben scheint er nicht gehabt zu haben. Seine Ehe? Offenbar hat Geld Geld geheiratet. Sie wissen schon, was ich meine. Zwei Kinder in den teuersten Colleges. Seine Frau spielt Bridge und gibt Dinnergesellschaften. Alles Schau, wie in solchen Kreisen üblich. Affären? Nicht Bidwell, er kennt nur seine Geschäfte. Als einzige Entspannung Golf.«

»Sie würden also sagen, daß sein Leben ein offenes Buch ist«, schloß Carstairs.

»Wenn Sie für Klischees sind, ja, alter Junge.«

Stirnrunzelnd legte Carstairs den Hörer auf. Dem FBI waren offenbar die Hinweise auf den Flug 1192 entgangen, sie hatten sich nur für die Namen interessiert, die Leute. Als Bishop in sein Büro kam, sagte er abwesend: »Ich habe dem FBI mitgeteilt, daß es bei uns nichts über Bidwells Bekannte in Paris gibt. Sie haben offenbar alle saubere Hände und eine weiße Weste. Erschien mir ohnehin ein wenig verrückt – und zu weit hergeholt.«

»Schon möglich«, meinte Carstairs. »Es gibt allerdings etwas, das ich Sie bitten möchte, für mich persönlich nachzusehen, rein privat.«

»Was denn?«

Carstairs seufzte. »Ich und meine grenzenlose Neugier! Hören Sie zu, Bishop, bei jeder Auslandsreise findet sich in

Bidwells Terminkalender die Eintragung ›Flug 1192‹, jeweils gefolgt von drei oder vier leeren Seiten. Erkundigen Sie sich doch in Paris nach der Route von Flug 1192. Wären Sie so nett?«

»Gern. Welche Fluggesellschaft?«

»Keine Ahnung«, gestand Carstairs etwas verlegen. »Es stand nichts dabei.«

»Uh!« stöhnte Bishop. »Großer Gott! Das kommt ja der sprichwörtlichen Suche nach der Nadel im Heuhaufen gleich! Es gibt drei Flughäfen in Paris, und wie viele Flüge am Tag?«

»Hunderte. Doch wie viele Flüge 1192?«

Bishop seufzte. »Dazu brauche ich vielleicht zwei Tage!«

»Ich bin nicht nur neugierig, Bishop, sondern auch geduldig. Sehen Sie, was sich machen läßt.«

Mißtrauisch fragte Bishop: »Hat das irgendwas mit Bidwells Entführung zu tun?«

»Absolut nichts«, versicherte ihm Carstairs gutgelaunt.

Bishop brauchte jedoch nicht tagelang für die Nachforschung. Bereits am Spätnachmittag stürmte er triumphierend in Carstairs Büro. »Ich hab's! Wie gut, daß es Computer gibt! Paris hat die Nadel im Heuhaufen für Sie gefunden.«

Inzwischen hatte Carstairs seinen morgendlichen Anflug von Neugier fast vergessen, doch das Wort Paris mobilisierte sein Gedächtnis. »Flug 1192?«

Bishop nickte. »Flug 1192 verkehrt zweimal die Woche von Paris nach Afrika, nach Ubangiba, genau gesagt. Fliegt um acht Uhr früh ab, und zwar zur Hauptstadt Languka.«

Carstairs blinzelte verwirrt. »*Afrika – was zum Teufel hat er dort gemacht?* Und wo in aller Welt liegt Ubangiba? Haben wir irgendwas darüber?«

»Irgendwo.« Bishop nickte. »Aber ich glaube, ich habe erst vor kurzem etwas in den Zeitungen darüber gelesen – nur kann ich mich nicht erinnern, worum es ging, auch nicht genau, wann es war. Würden die Kurzinformationen unseres Achivs genügen?«

»Sicher. Irgendwas.«

Die Datei über Ubangiba sagte nicht allzuviel über das Land aus. In den letzten zwei Jahrzehnten hatte es zwei andere Namen gehabt, und es schien hauptsächlich deshalb bekannt zu sein, weil schon mehrmals Staatsstreiche stattgefunden hatten. Es war ein winziges Land ein wenig südlich der Sahara. Eine Hälfte war fruchtbar genug für landwirtschaftliche Nutzung, das übrige Land bestand aus Sand, Wüste, nomadischen Ziegenhirten und Militäreinheiten. Seine Exportartikel waren Felle, Sonnenblumenkerne und Erdnüsse. 1981 hatte es seine Unabhängigkeit erworben. Der erste gewählte Präsident war einem Anschlag zum Opfer gefallen, der zweite 1989 durch einen Putsch von General Daniel Simoko abgesetzt worden, der sich selbst zum Präsidenten auf Lebenszeit ernannt hatte.

Keine Industrie, kein Öl, stellte Carstairs nachdenklich fest. Auch keine Terroristengruppe. Trotzdem grübelte er weiter, was Henry Bidwell dazu gebracht haben mochte, fünfmal in den vergangenen viereinhalb Monaten ein scheinbar so trostloses Land zu besuchen.

Außer, natürlich, Paris war nicht gründlich genug gewesen und es gab noch einen anderen Flug 1192, den sie übersehen hatten.

Seufzend beschäftigte er sich wieder mit seinem Papierkram. Er wünschte Bidwell eine glückliche Heimkehr von allen Alpträumen, die seine Entführung gewiß mit sich brachte, und vergaß ihn prompt.

4

Ölsardinen!« rief Mrs. Pollifax, während sie, der grüne Wagen immer noch hinter ihnen, auf der I-95 weiter nordwärts fuhren.
»Wie bitte?« fragte Kadi. Sie saß nun auf dem Beifahrersitz, allerdings geduckt.
»Ölsardinen«, wiederholte Mrs. Pollifax. »Ich habe mir dauernd den Kopf darüber zerbrochen, weshalb diese Leute, die das Haus durchsuchten, offenbar weiterhin davon überzeugt waren, daß Sie sich dort versteckten.« Grimmig fuhr sie fort: »Vier leere Ölsardinendosen in der Kammer, außerdem zwei leere Coladosen und zweifellos auch Brotkrumen. Wie dumm von mir, das zu vergessen! Wir hätten das Zeug wegräumen müssen!«
»Ich hatte auch nicht mehr daran gedacht«, gestand Kadi düster. »Dabei bin ich gar nicht so dumm, wenn ich keine Angst habe. Wie konnte ich die leeren Dosen einfach vergessen? Und Sie waren bestimmt zu überrascht, als Sie mich in Ihrem Haus entdeckt hatten. Glauben Sie wirklich, daß sie die leeren Dosen gesehen und ihre Schlüsse gezogen haben?«
»Bei einer gründlichen Durchsuchung können sie sie gar nicht übersehen haben«, antwortete Mrs. Pollifax. »Sie sind mir auch aufgefallen, ehe ich Sie in der Kammer bemerkte. Und einen anderen Grund, weshalb sie uns immer noch folgen, kann ich mir nicht vorstellen. Kadi, ich glaube, es ist an der Zeit, daß Sie mir erzählen, worum es hier eigentlich

geht, und weshalb ich Sie nicht zum nächsten Polizeirevier bringen soll, wo Sie sicher wären.«

»Ich glaube, daß ich nicht einmal dort sicher wäre«, erwiderte Kadi ernst. »Und worum es geht, weiß ich selbst nicht, außer daß Sammy in Schwierigkeiten ist. In schlimmen Schwierigkeiten, fürchte ich. Aber ich könnte es nicht beweisen, und niemand würde mir glauben.«

»Versuchen Sie's mal bei mir.« Mrs. Pollifax warf einen raschen Blick auf sie. »Wer ist Sammy?«

»Ein Junge, mit dem ich aufwuchs«, antwortete Kadi vorsichtig. »In einem anderen Land, also Grund genug, daß hier niemand besonderes Interesse hätte. Es war mir entfallen, daß sich Yale in New Haven befindet, außerdem hatte ich von Sammy nichts mehr gehört, seit er vor fast vier Jahren in die Vereinigten Staaten ging. Und plötzlich war er da! Er kam mir auf einer Straße in New Haven entgegen. Als er mich sah, leuchteten seine Augen auf. Er rannte auf mich zu und umarmte mich. Er war so froh, mich wiederzusehen. Richtig froh«, wiederholte sie.

»Ich verstehe«, murmelte Mrs. Pollifax.

»Aber dann kam auch der junge Mann dazu, der ihn begleitet hatte, und Sammy war plötzlich ganz anders. Sammy stellte ihn als seinen Zimmergenossen, Clarence Mulimo, vor und war dann schrecklich förmlich. Ich schlug vor, daß wir eine Tasse Kaffee miteinander trinken, denn wir standen neben einem kleinen Café. Doch sein Begleiter schüttelte den Kopf und sagte etwas zu Sammy, das ich nicht hören konnte. Aber Sammy bestand darauf. Und da ist es passiert.«

»Was ist passiert?«

Kadi schwieg. Sie erinnerte sich, wie sie mit Sammy und dessen Freund in das billige, fast leere Café gegangen war und sie Sammy gefragt hatte, wie es seiner Mutter gehe.

»Er antwortete, es ginge ihr gut, danke, *›und wie geht es deinen Eltern, Kadi?‹*«
Sie drehte das Gesicht Mrs. Pollifax zu und fügte leise hinzu: »Das hat mich wirklich erschreckt, denn er weiß genau, daß meine Eltern tot sind. Er versuchte ganz offensichtlich, mir heimlich etwas zu sagen, aber ich wußte nicht was. Also erkundigte ich mich, wie es ihm auf dem College gefiel, und er fragte mich, was mich nach New Haven geführt habe. Ich erklärte ihm, daß ich mich dort um eine Stellung beworben hatte, aber daß man mich wahrscheinlich nicht nehmen würde.
Da bat sein Zimmergenosse, ihn kurz zu entschuldigen, und ging zur Herrentoilette. ›Sammy‹, sagte ich erleichtert ...«
Ihre Stimme schwankte. »Sofort drückte Sammy warnend den Finger auf die Lippen, dann griff er unter den Tisch, wo Clarence gesessen hatte und brachte ein winziges Kunststoffding zum Vorschein, das dort mit einer Art Saugvorrichtung am Tisch befestigt gewesen war. Irgendeine Art von Mithörgerät.«
»Eine elektronische Wanze«, sagte Mrs. Pollifax, deren Interesse stetig gewachsen war.
Kadi nickte. »Er befestigte es wieder an seinem Platz und zog einen Zettel und Kugelschreiber aus der Jackentasche. Und während ich über das Wetter redete, schrieb er drei Worte und schob mir den Zettel zu. *Kein Zimmergenosse – Aufpasser!* stand darauf.
Ich glaube, ich starrte ihn mit offenem Mund an. Ich will damit sagen, daß ich schrecklich bestürzt und verwirrt war. Trotzdem schob ich den Zettel in meine Tasche und fragte ihn, welche Fächer er in Yale belegt habe. Dann sagte ich: ›Dein Zimmergenosse kommt zurück, Sammy. Er scheint sehr nett zu sein.‹

Dann«, fuhr sie mit bebender Stimme fort, »griff Sammy unter sein Hemd und zog …«

Sie hielt inne. Mrs. Pollifax blickte sie an. »Ja?« fragte sie.

Kadi bemühte sich, etwas ruhiger weiterzusprechen. »Es war eine Kugel Plastillin oder so etwas Ähnliches. Sie wissen schon, so eine Masse, aus der Kinder alles mögliche formen. Ich verstand nicht, was das sollte, bis Sammy ein Stückchen davon wegkratzte, um zu zeigen, was sich darunter befand. Es war etwas so Wertvolles, daß ich unwillkürlich nach Luft schnappte. Da schob er rasch die Hand unter den Tisch. Auch ich griff unter den Tisch, Sammy steckte es mir eilig zu, und ich ließ es heimlich in meine Tasche fallen.«

»Und was war das, was Sammy Ihnen zugesteckt hat?« fragte Mrs. Pollifax scheinbar gleichmütig.

Kadi schüttelte den Kopf. »Das ist Sammys Geheimnis, deshalb darf ich es Ihnen nicht verraten. Jedenfalls konnte ich nicht länger bleiben, darum behauptete ich, ich müsse zum Bus. Dann ging ich. Ich machte mir große Sorgen, denn natürlich war mir klar, daß da etwas oberfaul war. Vor dem Café war dieser weiße Lieferwagen geparkt, der mit der Aufschrift Chigi-Schrotverwertung. Ich ging die vier Blocks zur Bushaltestelle zu Fuß und bemerkte ziemlich schnell, daß mir der komische Lieferwagen langsam folgte.«

»Haben die Männer versucht, sich an Sie ranzumachen?«

»Nein, denn ich fing zu laufen an. Ich raste in den Busbahnhof, wo der Bus nach New York bereits abfahrbereit stand, und stieg ein. Aber einer der Kerle aus dem Lieferwagen muß mir nachgerannt sein, um zu sehen, welchen Bus ich nahm. Jedenfalls folgte der weiße Lieferwagen dem New Yorker Bus dichtauf.«

»Aber Sie sind gar nicht nach New York gefahren«, warf Mrs. Pollifax ein.

Im Schein der Armaturen sah Kadi besonders elend aus. »Nein, ich geriet in Panik. Ich dachte, sie wollten herausfinden, wo ich wohne, und ich wußte, daß ich das verhindern mußte. Als der Bus in Bridgeport anhielt, wollte ich eigentlich aussteigen, aber ich hatte viel zuviel Angst. Doch dann kamen wir an Häusern und Gärten vorbei, und ich beschloß, den Fahrer zu bitten, für mich anzuhalten – was er auch getan hat –, denn ich kann sehr schnell laufen. Ich hatte mir eingebildet, daß ich sie zu Fuß rasch abhängen könnte.«

»Nur ist Ihnen das nicht geglückt.«

»Nein, leider nicht. Und fast hätten die beiden Kerle mich erwischt. Einer verfolgte mich durch die Gärten hinter den Häusern, und wenn Sie nicht in Ihrem Garten gewesen wären ...« Kadis Stimme brach. »Jetzt sind sie immer noch hinter mir her, Mrs. Pollifax! Was können wir bloß tun?«

»Das weiß ich noch nicht«, antwortete Mrs. Pollifax ruhig, »aber der Benzintank ist noch so gut wie voll, mein Wagen ist ziemlich schnell und zuverlässig, während unser grüner Verfolger recht alt ist und bestimmt viel Benzin schluckt, was bedeutet, daß sein Tank eher leer sein wird als unserer und er deshalb irgendwo anhalten muß. Ich glaube, wir werden einfach immer weiter nordwärts fahren – und hoffen, daß wir Glück haben. Aber erzählen Sie mir, Kadi, in welchem Land sind Sie und Sammy aufgewachsen?«

»Die wenigsten haben je auch nur davon gehört«, erklärte das Mädchen. »Es liegt in Afrika. Meine Eltern waren Missionsärzte, wissen Sie. Es ist ein winziges Land. Zur Zeit heißt es Ubangiba.«

Gegen zweiundzwanzig Uhr dreißig hatte Mrs. Pollifax genug vom Herumfahren. Kadi hatte sich zwar erboten, sie abzulösen, aber sie hatte keinen gültigen Führerschein, außerdem folgte ihnen der grüne Wagen nach wie vor, und Mrs. Pollifax wollte keinerlei Risiko eingehen. Ihr war im Licht der Armaturen nicht entgangen, wie entsetzlich müde Kadi aussah, deshalb drang sie auch nicht weiter in sie. Ihre Unterhaltung war höflich und oberflächlich geworden, sie hatte »hallo« – *moni* – in der Sprache Ubangibas sagen gelernt und erfahren, daß Kadi auf der Kunstakademie Zeichnen und Holzschnitzerei studierte. Inzwischen war auch Mrs. Pollifax zum Plaudern zu müde. Sie sehnte sich nach einem Bett und, nach den unverwarteten Ereignissen des Tages, nach Schlaf. Trotzdem unterbrach sie ihr Schweigen und sagte fest: »Ganz offensichtlich habe ich mich geirrt, daß den Burschen das Benzin lange vor uns ausgehen würde.«

»Ja«, entgegnete Kadi höflich.

»Und wir brauchen unbedingt Schlaf.«

»O ja!« pflichtete ihr Kadi bei.

Mrs. Pollifax nickte. »Wir müssen sie irgendwie abhängen und das schaffen wir auf einem Highway nicht, dafür ist eine Stadt besser geeignet. Ich hätte es schon vor Meilen probieren sollen!« Sie deutete nach vorne. »Dort ist die Ausfahrt nach Worcester. Es könnte riskant werden. Wollen Sie es trotzdem versuchen?«

»Keine Frage!« rief Kadi. »Das Wort ›Bett‹ ist momentan das schönste, das mir einfällt. Ich habe seit Sonntag nicht mehr richtig geschlafen.«

Mrs. Pollifax blickte sie flüchtig lächelnd an. »Dann wollen wir!« Sie bog in die Ausfahrt ein. »Ich glaube, wir sollten etwas ganz in der Nähe des Highways suchen – nur für den Fall, daß sich eine rasche Flucht als notwendig erweist. Nichts Besonderes, eher so etwas.« Sie deutete mit dem Kopf auf ein etwas heruntergekommen aussehendes Motel, an dem sie soeben vorbeifuhren. BIDE-A-WEE stand auf dem Leuchtschild davor. »Wir werden später hierher zurückkommen.«

Jetzt, da sie ein Ziel hatten, konzentrierte sich Mrs. Pollifax ganz darauf, den grünen Wagen abzuhängen, indem sie eine Straße hinauf und eine andere hinunterfuhr, dabei jedoch darauf achtete, in der Gegend des Bide-A-Wee zu bleiben, um es dann auch wiederzufinden. Fünfundzwanzig Minuten lang raste sie, kurz ehe sie auf Rot schalteten, an Verkehrsampeln vorbei, nur leider überfuhr der grüne Wagen hemmungslos das Rot und blieb dicht hinter ihnen bis unerwartet ein kleines Wunder geschah. »Sie haben angehalten!« rief Kadi begeistert. »Sie haben angehalten, Mrs. Pollifax! Die Ampel ist vor ihnen rot geworden, und diesmal mußten sie stehenbleiben, weil hinter ihnen ein Streifenwagen auf Grün wartet!«

Mrs. Pollifax seufzte erleichtert. »Jetzt können wir nur hoffen, daß wir das Bide-A-Wee wiederfinden und zwar rasch! Ich erinnere mich, daß es einen riesigen Parkplatz hatte.«

Wenige Minuten später bog sie bereits darauf ein und manövrierte ihren Wagen zwischen zwei Kleinlaster. »Wir werden um ein Zimmer bitten, von dem aus wir den Wagen im Auge behalten können. Darauf werde ich bestehen.«

Schließlich waren sie in Zimmer 211 untergebracht. Während Kadi duschte, schaltete Mrs. Pollifax den kleinen Fernseher ein, dessen Bildschirm heftig flimmerte. Der Nachrichtensprecher sagte: »Seit Henry Bidwells Entführung sind bereits sechs Tage vergangen. Falls die Polizei Hinweise auf die Kidnapper hat, erfuhren wir zumindest nichts davon. Bidwells Frau befindet sich in ärztlicher Behandlung. Seine Arbeitgeber setzten eine Belohnung von fünfzigtausend Dollar für nähere Hinweise darüber aus, wo Mr. Bidwell gefangengehalten wird. ... Die OPEC traf sich heute wieder in Paris und der Ölpreis ...«

Mrs. Pollifax schaltete das Gerät aus und setzte sich aufs Bett. Wie gern hätte sie jetzt eine Zahnbürste gehabt! Kadi kam aus dem Badezimmer zurück. »Der nächste, bitte.« Sie lächelte müde, ließ sich aufs andere Bett fallen und schlief sofort ein. Mrs. Pollifax streckte sich auf ihrem Bett aus und mußte verärgert feststellen, daß sie jetzt hellwach war und nicht einschlafen konnte.

Ich habe ein ungutes Gefühl, dachte sie stirnrunzelnd, aber das habe ich doch schon den ganzen Tag, warum kann ich also jetzt nicht schlafen? Es fehlte schließlich nicht mehr viel bis Mitternacht. Sie schwang sich aus dem Bett, trat ans Fenster und schaute hinaus auf die Lichter der Stadt. Ihr Blick schweifte zur Straße, zum Parkplatz und ihrem Wagen und danach wieder über die Straße zu den hellen Lichtern eines größeren Motels auf der anderen Seite. Sie sah zu, wie ein Wagen in die Einfahrt dieses größeren Motels fuhr, verschwand und bald darauf an der anderen Seite wieder erschien. Er ist außen herum gefahren, wurde ihr plötzlich bewußt. Sie verfolgte ihn nun wachsam, während er zum Bide-A-Wee herüberfuhr, und als er unter der Straßenbeleuchtung war, erkannte sie ihren grünen Verfolger.

Erschrocken wurde Mrs. Pollifax klar, daß die Burschen sich methodisch jedes Motel der Gegend vornahmen, um nach ihrem roten Wagen Ausschau zu halten.

Es muß für sie um etwas ungeheuerlich Wichtiges gehen, dachte Mrs. Pollifax. Es sind gnadenlose Kerle! Was würden sie mit Kadi tun, falls sie sie erwischten? Was wollen sie von ihr?

»Kadi!« sagte sie leise. »Kadi, wachen Sie auf, sie werden gleich unseren Wagen entdecken!«

Das Mädchen war sofort hellwach.

»Wir müssen schnell weg!« drängte Mrs. Pollifax.

Kadi schlüpfte bereits in ihre Tweedjacke, als Mrs. Pollifax nach dem Telefon griff und den Empfang anrief. »Bitte rufen Sie uns ein Taxi – schnell – ein Notfall.«

»Notfall?« murmelte eine verschlafene Stimme.

»Es muß uns zum nächsten Krankenhaus bringen – *beeilen Sie sich!*«

Endlich klang die Stimme etwas wacher. »Taxi – ich ruf sofort an.«

»Wann kann es hier sein?«

»In drei bis fünf Minuten, nehme ich an.«

Mrs. Pollifax hoffte inbrünstig, daß er recht hatte.

Kadi starrte sie mit offenem Mund an. »Was, in aller Welt ...?«

»Sie haben eine akute Blinddarmentzündung«, erklärte Mrs. Pollifax. »Holen Sie Ihren Rucksack. Ich trage ihn. Beugen Sie sich nach vorn und drücken Sie beide Hände auf den Bauch, als krümmten Sie sich vor Schmerzen!«

»Aber warum? Was ist mit Ihrem Wagen?«

»Schauen Sie aus dem Fenster!« wies Mrs. Pollifax sie an. »Die Burschen werden ihn gleich gefunden haben. Nein, sie haben ihn bereits entdeckt! Sie leuchten mit einer Taschenlampe aufs Nummernschild!«

»O Gott!« entfuhr es Kadi erschrocken.

Mrs. Pollifax öffnete die Tür. »Schnell! Stützen Sie sich auf mich! Seien Sie *schwerkrank*, Kadi!«

»Ich fühle mich tatsächlich krank«, keuchte Kadi, während sie die Stufen hinunterhasteten.

5

Es war dreiundzwanzig Uhr dreißig, doch Carstairs saß immer noch in seinem Büro und arbeitete. Er war ganz allein. Bishop schlief vermutlich bereits oder machte sich irgendwo einen schönen Abend. Carstairs schloß gerade seine Arbeit ab, als er hörte, daß das Faxgerät eine Mitteilung ausspuckte – vermutlich der morgige Tagesbericht der Abteilung. Er gähnte und wollte das Fax ignorieren, doch nach kurzem Überlegen griff er doch danach und überflog es. Da war das übliche Resümee der eingegangenen Meldungen der Außendienstmitarbeiter, das er übersprang, während er sich etwas interessierter den Kurzberichten der Internen zuwandte, die häufig pikanten Klatsch aus aller Welt enthielten. VERTRAULICH, las er: FBI erfolglos beim ersten Versuch der Übergabe des Lösegelds für Bidwell: laut geheimen Informationen aus gut informierten Kreisen wurden fünfzig Millionen Dollar gefordert …

»Die beliebten alten ›gut informierten Kreise‹ …«, murmelte Carstairs. Fünfzig Millionen waren verdammt viel Geld, wahrscheinlich der bisherige Rekord. *Jemand* hielt Bidwell für äußerst wertvoll. Sein Blick wanderte zur Meldung der Nahost-Abteilung: Iran. Zwei Europäer trafen mit Privatflugzeug in Teheran ein und wurden mit einer Regierungslimousine abgeholt. »Gut informierte Kreise« identifizierten sie als Jule Romanowitsch und A. Leclerc.

Carstairs gähnte aufs neue. Er legte den Bericht zur Seite

und stand von seinem Schreibtisch auf, um heimzugehen. Plötzlich ließ er sich wieder in seinen Sessel fallen und griff erneut nach den Meldungen. Die Namen Romanowitsch und Leclerc waren ihm vage bekannt vorgekommen, und er fragte sich, weshalb. Stirnrunzelnd lehnte er sich zurück und bemühte sich, an nichts zu denken, denn das half ihm manchmal, sein Unterbewußtsein zu aktivieren. Tasächlich hielt er es für zuverlässiger als Bishops Notizen, wenn er an drei und mehr Projekten gleichzeitig arbeitete.

Ich hab's! erinnerte er sich. Es ging um die FBI-Anfrage wegen der Bidwell-Entführung. Er griff nach den schriftlichen Unterlagen. Da waren sie: dieselben Namen in dem Terminkalender, den Bidwell in seinem Schreibtisch eingeschlossen hatte! Ganz sicher die gleichen Männer, mit denen Bidwell mehrmals in Paris zusammengetroffen war: Leclerc und Romanowitsch, wie ein Komikerpaar.

Ob Mornajay wohl noch oben in seinem Büro war? Carstairs wählte seine Nummer, aber niemand antwortete. In Europa war jedoch bereits Morgen. Er ließ sich mit Bernard von der Interpol in Paris verbinden und hatte ihn umgehend am Apparat.

»Bernard«, sagte er, »ich würde gern wissen, ob und was Sie über einen Jule Romanowitsch und einen Achille Leclerc haben.« Nach einem Blick auf seine Liste, fügte er hinzu: »Und über einen Roger Desforges.«

»Hm«, brummte Bernard. »Geben Sie mir eine halbe Stunde, okay? Wer Roger Desforges ist, kann ich Ihnen aber jetzt schon sagen. Sie hätten ihn allerdings selbst mühelos in Ihrem *Who's Who* gefunden. Er ist ein Geophysiker, ein sehr namhafter übrigens.«

»Geophysiker«, murmelte Carstairs stirnrunzelnd. »Aha. Rufen Sie mich gleich zurück, wenn Sie mehr wissen, okay?«

»Bei Ihnen brennt es wohl wieder einmal?« fragte Bernard, »oder wie es auch immer heißt.«
»Stimmt, Bernard. Und es heißt so.«
Vierzig Minuten später rief Bernard zurück. »Wir haben nicht viel über diese zwei Männer«, begann er. »Und das bißchen ist ziemlich undurchsichtig. Beide sind Mittelsmänner, die ihre Finger in den verschiedensten zweifelhaften Geschäften haben – und vermutlich in einer Menge mehr, von denen wir nichts wissen. Leclerc hat sowohl ein Büro in New York wie bei uns in Paris. In New York nennt es sich *Leclerc Consultants,* das bei uns ist *L-V Investment Company.* Beide Firmen agieren gerade noch im Rahmen der Legalität, so daß wir ihnen nichts anhaben können, aber wir täten es gern.«
»Interessant«, sagte Carstairs. »Irgendwelche Verbindungen zu Terroristengruppen bekannt?«
»Ich würde sagen, das dürfte absolut nicht zu ihnen passen«, entgegnete Bernard. »Die beiden sind sehr weltmännisch und diskret und völlig unpolitisch. Meines Wissens hatten sie nie mit irgendwelchen Gewalttaten zu tun. Schmutzige Geschäfte, o ja. Aber das fällt in eine andere Kategorie.«
Carstairs zögerte, dann fragte er: »Könnten Sie sich einen Grund denken, weshalb ein amerikanischer Geschäftsmann sich mit den beiden – einzeln oder getrennt – bei mehreren seiner Besuche in Paris getroffen hat?«
»Mein Freund«, erwiderte Bernard, »ich möchte ja nicht übertrieben mißtrauisch scheinen, aber ich würde mir die Gesellschaft näher ansehen, die Ihr amerikanischer Geschäftsmann vertritt. Um welche handelt es sich denn?«
»Um eine Holding.«
»Ah ja, mein Freund. Und weiß man, wer sich alles hinter dieser Holding verbirgt? Ihre amerikanischen Gesetze sind

in dieser Beziehung ziemlich liberal, nicht wahr? Aber bitte, ich will nicht so negativ sein, trotzdem …«

»Ich verstehe«, versicherte ihm Carstairs. »Und danke, Bernard.«

»Sie werden mich einweihen? Wie ich sagte …«

»Ganz bestimmt. Doch im Augenblick ist das Ganze reine Neugier und Spekulation.« Seufzend beendete er das Gespräch. Wie es aussah, war er in einer Sackgasse angelangt. Trotzdem blieb es merkwürdig, daß sich jemand wie Bidwell mit zwei Männern von so zweifelhaftem Ruf traf, und daß Interpol Dossiers über sie hatte. Er hatte wenig von Interesse erfahren, außer daß Roger Desforges Geophysiker war.

Geophysiker, murmelte er stirnrunzelnd. Da war etwas! Zwar noch nicht greifbar, aber schon zum Greifen nahe.

Carstairs beschloß, sich näher über dieses Ubangiba zu informieren, das Bidwell so interessiert hatte, daß er innerhalb von vier Monaten gleich fünfmal dorthin geflogen war. Er hatte zu Bernard gesagt, daß es sich um reine Neugier und Spekulation handle. Aber es war mehr als das: diese leeren Seiten in Bidwells privatem Terminkalender gaben ihm zu denken. Sie paßten einfach nicht zu einem Mann, dessen Leben ein offenes Buch war, wie Addams es genannt hatte.

Er schaltete die Telefone um und die Computer ab, drehte das Licht in beiden Büros aus und begab sich, den Mantel unter den Arm geklemmt, ins neue Archiv. Umgeben von Atlanten, Nachschlagewerken, Telefonbüchern und den auf den neuesten Stand gebrachten Informationen über alle Länder der Welt, warf er den Mantel über einen Stuhl und schlug *Clayborne-Osborne International* nach. Die Worte *Syndikate* und *Konsortien* sprangen ihm ins Auge und er ließ den

Blick über die Liste schweifen: ausländische Banken, Ölbohrungen, Wasserkraftwerke, Baumaschinen – zur Zeit aktiv in Tunesien, Algerien, Ägypten und Pakistan ... Büros in Kairo und Paris, Hauptbüro in New York.

Er überlegte, daß es hier eine Menge Ansatzpunkte für terroristische Aktivitäten gäbe, nur hatte er keine Ahnung, weshalb sich jemand ausgerechnet Henry Bidwell als Opfer einer Entführung aussuchen würde. Es schien hier keine Verbindung zu geben.

Doch ein Land war auf Clayborne-Osbornes Liste nicht aufgeführt: Ubangiba.

Er holte sich weitere Bücher aus den Regalen, bis er schließlich in einem eine ausführliche Beschreibung dieses Landes fand, die er aufmerksam las. Das Gebiet, das jetzt Ubangiba hieß, wurde erstmals 1783 von einem Ebu Taylor erwähnt, der mit einer Karawane die Sahara durchquert und als einziger einen Überfall durch die Tuareg überlebt hatte. Ein Stamm, der sich *Schambi* nannte, fand ihn und brachte ihn zu einem »idyllischen Land, in dem die Stämme der Schambi und Soto unter der gütigen Herrschaft König Zammats friedlich miteinander lebten.

Nach der dortigen Sage«, las Carstairs weiter, »hatte es in früheren Jahrhunderten Streit zwischen dem Häuptling Mobolu vom Stamm der Soto und Häuptling Zammat vom Stamm der Schambi gegeben. Um Krieg zu vermeiden, hatten die Weisen des Landes entschieden, daß beide Männer aneinandergebunden in einen Raum gebracht werden sollten, in dem man zwei Giftschlangen aussetzte. Die Götter würden durch die Schlangen entscheiden, welcher Häuptling überlebte und Herrscher beider Stämme werden sollte. Häuptling Mobolu starb am Schlangengift, und der von den Göttern erwählte Zammat überlebte.«

Interessante Methode, eine Wahl durchzuführen, dachte Carstairs trocken.

»Von jener Zeit an«, las er weiter, »war das Wappen des Königs ein Paar ineinanderverschlungene Schlangen, die sowohl auf dem heiligen Siegelring zu sehen sind, den nur der König tragen darf, sowie später auch auf der Landesfahne, auf der zwei Schlangen auf rotem Hintergrund ruhen.«

Carstairs blätterte weiter zum Ersten Weltkrieg, nach dem Großbritannien, ohne es wirklich zu wollen, durch den Versailler Vertrag in den Besitz des Landes kam.

»Die britischen Bemühungen, den König abzusetzen«, las er weiter, »führten zu blutigen Aufständen der Bevölkerung. Schließlich erlaubten die Briten ein Parlament, dem der König vorstand. Eine Eisenbahn wurde erbaut, doch nie benutzt; eine Zementfabrik machte bankrott, noch ehe sie in Betrieb genommen wurde, und das Land verfiel in Armut. Die Briten unterhielten ein Konsulat und gewährten minimale finanzielle Hilfe. Im großen und ganzen wurde eine weitergehende Unterstützung des Landes in jeder Beziehung als unrentabel erachtet. Ubangiba blieb ein Königreich, bis König Zammat VIII., der in Oxford studiert hatte, die Unabhängigkeit von Großbritannien durchsetzte, eine kleine Armee aufstellte und sein Land auf freie Wahlen vorbereitete.

Bei seinem Tod«, stand da weiter, »verschwand der heilige goldene Siegelring. Deshalb mißtrauten die Stämme den nachfolgenden Herrschern, sogar König Zammats beliebtem Sohn, der als erster und einziger zum Präsidenten gewählt wurde, aber bereits fünf Monate nach der Wahl auf mysteriöse Weise starb. Dem Aberglauben des Volkes nach hatten ihn zwei Schlangen vergiftet, die über den Verlust des Ringes erbost gewesen waren. Das Volk betrachtet den

Verlust des Ringes auch als Grund für alle Mißstände seither.«
Tatsächlich hatte es von da an viele Katastrophen gegeben, stellte Carstairs beim Weiterlesen fest: Hungersnöte, Aufstände und Staatsstreiche. Also noch ein von Unruhen geschütteltes, afrikanisches Land! Eigentlich sollte er das Buch jetzt zurückstellen und Ubangiba vergessen. Aber er tat es nicht. Er betrachtete die Karte dieses kleinen, länglichen Landes, das am Hungertuch nagte, von Dürre bedroht war, das übersehen und vergessen wurde, und das seine ehrgeizigen Nachbarn nicht einmal einer Invasion für wert erachteten. Was war Clayborne-Osbornes Interesse an Ubangiba? Hatte sich Bidwell dort Feinde gemacht?
Carstairs beschloß, sich gleich am Morgen mit dieser Holding Company in Verbindung zu setzen, um zu erfahren, welche Interessen sie in Ubangiba verfolgte. Ehe er nicht wußte, was Bidwell mit diesen heimlichen Besuchen dort bezweckt hatte, blieb der Verdacht, daß seine Entführung irgendwie mit diesem Land zusammenhing.
Er wußte inzwischen aus Erfahrung, daß es besser war, seiner Neugier nachzugehen. Da war etwas an Bidwells heimlichen 1192-Flügen, das ihm zu schaffen machte, und er hatte keine Ahnung, weshalb.
Bishop, der ihn offenbar besser kannte als er sich selbst, hätte gesagt, daß es gerade das war, was ihn zu so etwas Besonderem machte: eine Art sechster Sinn, der ihn veranlaßte, seinen manchmal scheinbar widersinnigen Instinkten nachzugehen.

6

Mrs. Pollifax rannte in den winzigen Empfang des Bide-A-Wee und warf dem Motelangestellten im selben Moment, als das Taxi die beleuchtete Einfahrt heraufkam, Schlüssel und Geld für das Zimmer zu. »Hinein mit Ihnen!« befahl sie Kadi, nachdem sie die Taxitür aufgerissen hatte. »Zum nächsten Krankenhaus, schnell!« wies sie den Fahrer an.

Der Mann warf einen flüchtigen Blick auf Kadi. »Sofort, meine Dame.«

Als er in die Straße einbog, schaute Mrs. Pollifax zurück und sah zwei schattenhafte Gestalten auf den beleuchteten Eingang zugehen. Es war zu dunkel, um ihre Gesichter zu erkennen, aber es gab keinen Zweifel, daß die beiden sie und Kadi ins Taxi hatten steigen sehen, denn sie blieben abrupt stehen, und während das Taxi wegfuhr, sah sie, daß die zwei zu dem grünen Wagen zurückrasten – um ihnen zu folgen.

»Aber Mrs. Pollifax, warum ein *Krankenhaus*?« fragte Kadi leise.

»Vertrauen Sie mir.«

Das Taxi hielt vor der breiten, beleuchteten Notaufnahme an. »Stadtkrankenhaus, Ma'am. Macht fünf Dollar.«

»Danke.« Mrs. Pollifax kramte nach den Scheinen. »Wo sind wir? Welche Straße?«

»Ecke Chandler und Park, Ma'am.«

Die beiden Frauen rannten die paar Stufen hinauf und

durch die Schwingtüre. Mrs. Pollifax führte Kadi zu einer langen Reihe von Stühlen entlang einer Wand. »Setzen Sie sich«, wies sie Kadi an.
»Aber – wo wollen Sie hin?«
»Zu den öffentlichen Telefonen da drüben.«
Inzwischen hätte sie die Nummer im Schlaf wählen können. Es war zwar nach Mitternacht, aber in der Praxis von Rechtsanwalt William Carstairs in Baltimore hatte die ganze Nacht jemand Telefondienst.
Gleich nach dem ersten Läuten antwortete eine muntere Stimme. »Rechtsanwaltsbüro ...«
»Betsey, sind Sie es?«
»Ja, aber ... *Mrs. Pollifax?*«
»Ja. Und ich stecke in Schwierigkeiten, Betsey. Ich brauche Hilfe. Ist jemand, *irgend jemand* da, mit dem ich reden kann?«
»Ich stelle Sie sofort durch.« Einen Moment später antwortete eine schläfrige Stimme: »Bishop« und gähnte ins Telefon.
»Bishop, ich bin es – Emily Pollifax – und ich brauche Hilfe. Dringend! Ich kann nicht erklären, warum, weil ich es selber nicht weiß, aber mein Haus wurde durchsucht und jemand hat uns quer durch Connecticut verfolgt und ist immer noch hinter uns her. Haben Sie irgendeinen sicheren Platz, wo wir uns verstecken können?«
Hier stellte man keine unnötigen Fragen. »Wo, genau, sind Sie jetzt, Mrs. Pollifax?« war alles, was Bishop wissen wollte.
»In Worcester in Massachusetts im Stadtkrankenhaus, Ecke Chandler und Park, mit einer Begleiterin, die akute Blinddarmentzündung vortäuscht. Aber wir sind in einem Taxi hierhergekommen, und möglicherweise haben sie uns auch bis hierher verfolgt.«

»Geben Sie mir die Nummer, von der Sie anrufen, ich rufe in fünf Minuten zurück. Können Sie dortbleiben?«

»Es sind Leute hier, und alles ist hell beleuchtet«, erwiderte sie, aber ihre Stimme zitterte ein wenig vor Müdigkeit und einem undefinierbaren, immer stärker werdenden Angstgefühl.

»Fünf Minuten«, versicherte ihr Bishop beruhigend.

Mrs. Pollifax hängte ein und schaute sich um. Als sie Kadi sah, lächelte sie ihr so zuversichtlich zu, wie sie es nur fertigbrachte, verließ jedoch ihren Platz beim Telefon nicht. Die nächsten fünf Minuten waren die längsten seit langer Zeit, wie sie fand, und als das Telefon endlich schrillte, riß sie noch während des ersten Läutens den Hörer an sich.

»Hier Bishop«, sagte er.

»Ja.«

»Bleiben Sie, wo sie sind, in der Nähe von Leuten. In allerspätestens einer halben Stunde wird ein junger Mann namens Pete Sie dort abholen. Er hat Ihre Beschreibung, und *er* wird eine schwarze Lederjacke und einen roten Pullover anhaben. Wir haben ein sicheres Versteck für Sie – etwas ungewöhnlich, aber sicher.«

»Gott segne Sie, Bishop.« Mrs. Pollifax war froh, daß er keinerlei Fragen stellte, denn sie wußte wirklich nicht, was sie ihm hätte sagen können.

»Wen haben Sie angerufen?« fragte Kadi, als sie sich zu ihr setzte.

»Einen Freund«, antwortete Mrs. Pollifax. »In spätestens einer halben Stunde wird uns ein junger Mann abholen. Er wird eine schwarze Lederjacke und einen roten Pulli tragen. Kadi, ich möchte – nein, ich *muß* – jetzt mehr über Ihren Freund Sammy wissen. Können Sie ihm glauben und auch alles, was er andeutete? Daß er sich in *Gefahr* befindet?«

Kadi blickte sie erstaunt an. »*Ja*, ich glaube ihm, und *ja*, ich traue ihm, und wenn Sie an meinen Worten zweifeln, sollen Sie noch wissen, was mein Vater von ihm sagte, und mein Vater hat ihn in der Missionsschule unterrichtet und ihn wie einen Sohn geliebt. Er sagte: ›Der junge Sammy wird seinem Volk ein guter Führer werden. Es steckt kein Fünkchen Grausamkeit in ihm und sein Blick ist klar.‹ Aber sein Blick war nicht mehr klar, als ich mit ihm sprach«, meinte sie traurig.

»Führer? Was meinen Sie mit Führer?« fragte Mrs. Pollifax erstaunt.

»Nun«, erklärte Kadi ernst. »Ubangiba war ein Königreich und eines der letzten Länder, das in die Unabhängigkeit entlassen wurde. Zu dem Zeitpunkt bestimmte der König, daß es demokratisch regiert werden solle, und bereitete alles für Wahlen vor. Doch dann starb er, wissen Sie, er war sehr alt, aber ...« Kadi runzelte die Stirn. »Aber er war auch sehr weise, glaube ich. Sein Sohn war allgemein beliebt, und es war anzunehmen, daß er zum Präsidenten gewählt würde. Das war auch der Fall, doch schon fünf Monate später starb er auf mysteriöse Weise – vermutlich durch Gift.«

»O je«, murmelte Mrs. Pollifax. »Und dann?«

»Dann gab es keine Wahlen mehr«, antwortete Kadi betrübt. »Chinjata riß die Regierung an sich, ernannte sich zum Präsidenten auf Lebenszeit und trieb das Land in den Ruin. Die Menschen hungerten, es kam zu Aufständen und danach zu einem neuerlichen Putsch – zu der Zeit«, Kadis Stimme zitterte nun, »wurden meine Eltern erschossen. Nach diesem erfolgreichen Staatsstreich machte sich General Sinoko zum Präsidenten auf Lebenszeit. Allerdings ist er in Wirklichkeit ein Diktator.«

»Ihre Eltern erschossen!« rief Mrs. Pollifax bestürzt. »Das tut mir wirklich leid ... Aber Kadi, ich muß Sie trotzdem fragen, was das mit Ihrem Freund Sammy zu tun hat.«

Kadi seufzte. »Wissen Sie, Sammys Großvater war König Zammat VIII., damals, als es noch einen König gab, und es war Sammys Vater gewesen, der der erste und einzige gewählte Präsident war und so bald starb. Und Sammy machte aus dem Z seines Namens ein S – *Sammat.*«

Mrs. Pollifax saß ganz still und versuchte diese Information zu verdauen, die Kadi ihr eher beiläufig mitgeteilt hatte. Nicht Sammy, sondern Sammat, dachte sie und glaubte, wenigstens ein bißchen etwas verstanden zu haben. Nur wußte sie nicht, noch nicht, worum es ging. Es erschien ihr alles so exotisch, aber als sie ihre Gedanken wieder einigermaßen logisch ordnen konnte, ahnte sie die dunklen Hintergründe dieses Falls. »Dann ist er also nicht einfach Sammy«, murmelte sie, »sondern Sammat, Enkel eines Königs und Sohn eines Staatsoberhaupts. Wer hat ihn nach Yale geschickt, Kadi, wissen Sie das?«

»Nein«, flüsterte Kadi bedrückt. »Aber er ist dort mit diesem Zimmergenossen, der weder sein Freund noch ein Kommilitone ist.«

Mrs. Pollifax nickte. »Und der wahrscheinlich veranlaßt hat, daß man Sie verfolgt. Es ist wirklich schade«, fügte sie hinzu, »daß wir in New Haven nicht anhalten und Sammy mitnehmen konnten!«

»Könnten wir dorthinfahren und ihn befreien?« fragte Kadi aufgeregt.

Mrs. Pollifax schüttelte den Kopf. »Sie sind für diese Leute zur Gefahr geworden, Kadi. Wahrscheinlich, weil Sie mit Sammy befreundet sind. Außerdem ist es bereits zu spät.« Sie deutete mit einem Kopfnicken auf einen sonnengebräunten jungen Mann in schwarzer Lederjacke und rotem

Pullover, der auf sie zukam. »Im Moment können wir nur *Sie* in Sicherheit bringen.«
Der junge Mann blieb vor ihnen stehen. »Ich bin Pete«, sagte er. »Haben Sie Gepäck?«
»Nein.« Mrs. Pollifax schüttelte den Kopf.
Er blickte Kadi flüchtig neugierig an. »Der Wagen steht direkt vor der Tür. Steigen Sie rasch hinten ein.«
Der Fahrer, der am Lenkrad sitzen geblieben war, fuhr sofort los, kaum daß sie die Wagentür hinter sich zugeknallt hatten. »Sie sind da, Mrs. Pollifax!« rief Kadi, die über die Schulter geblickt hatte. »Der Taxifahrer muß ihnen gesagt haben, wohin er uns brachte.«
»Man folgt uns?« fragte Pete, der nun ebenfalls zurückblickte.
»In einem grünen Wagen.«
Er nickte. »Okay ... Das ist Tom, der fährt, und er wird alles versuchen, sie abzuhängen. Aber selbst, wenn es ihm nicht gelingt, ist es nicht so wichtig.«
»Nicht so wichtig?« wiederholte Mrs. Pollifax. »Wohin fahren wir denn?«
»Zu einem privaten Flugplatz. Mein Auftrag lautet, Sie in Sicherheit zu bringen – Sie müssen sehr wichtig sein, Ma'am.«
Kadi bedachte sie flüchtig mit einem verwunderten Blick, schwieg jedoch.
Sie waren bereits über die Stadtgrenze hinausgefahren, als der Wagen auf eine schmale Straße einbog. Seine Scheinwerfer fielen auf mehrere kleine Flugzeuge um einen Hangar. Der Wagen hielt bei einem startklaren Hubschrauber an.
»Hinein mit Ihnen!« Pete half ihnen in den Helikopter.
»Kommen Sie mit?«

»Ich bin der Pilot«, antwortete er grinsend. Er sicherte die Tür und setzte sich an die Armaturen. Die Rotoren begannen sich immer schneller zu drehen, und plötzlich hoben sie in den Nachthimmel ab.
»Mrs. Pollifax«, fragte Kadi besorgt. »Werde ich entführt?«
Mrs. Pollifax blickte in ihr müdes, verängstigtes Gesicht. »Ich glaube, das werden wir beide. Ich muß gestehen, daß auch ich das nicht erwartete, aber ich vertraue meinem Freund, und das müssen Sie ebenfalls. So schwer Ihnen das momentan vielleicht auch fallen mag«, fügte sie trocken hinzu.
Kadi sagte staunend: »Ihr Freund muß sehr mächtig sein, Mrs. Pollifax.«
»Wissen Sie«, sagte Mrs. Pollifax lächelnd, »ich schicke ihm jedes Weihnachten ein Früchtebrot.«
Kadi lachte etwas zittrig.
Die Erde lag wie eine Patchworkdecke aus flackerndem Licht und großen dunklen Stellen unter ihnen. Kadi schlief plötzlich ein, worüber Mrs. Pollifax froh war. Sie hätte ebenfalls gern geschlafen, aber es war Nacht, die unsicherste Zeit, wenn man es mit dem Unbekannten zu tun hatte, wie sie aus Erfahrung wußte, und sie war übermüdet, zu müde, um zu schlafen. Sie durfte das Mädchen auf keinen Fall in die Hände ihrer Verfolger fallen lassen und hoffte, bald in dem von Bishop angekündigten, sicheren Versteck zu sein. Warum dauerte es nur solange, dorthin zu gelangen?
Ein Blick auf ihre Armbanduhr verriet ihr, daß sie bereits mehr als eine Stunde in der Luft waren und es auf zwei Uhr morgens zuging.
Es ist das Verantwortungsgefühl, dachte sie und seufzte. Ich fühle mich verantwortlich für diese Kadi, die sich aus Angst zwei Tage in unserer Rumpelkammer verkrochen hatte.

Es hatte nun ganz den Anschein, als würde sie an dem Treffen des Garten-Clubs heute nachmittag nicht teilnehmen können.
Sie dachte über Kadis Ubangiba nach und fragte sich, wie es wohl aussah. Afrika war so ein riesiger Kontinent, auf dem sie nur einmal in einem einzigen Land gewesen war, und das lag am Sambesi. Aber vermutlich gab es doch einige Ähnlichkeiten: eine schöne Hauptstadt mit Villen und Straßen, errichtet von den ersten Kolonisten, und am Rand dieser prächtigen Stadt die Slums und dann die armseligen Dörfer und die ländliche Gegend, wo die einheimischen Frauen hochaufgerichtet, stolz und barfuß, schwere Körbe mit Brennholz oder Nahrungsmitteln auf den Köpfen trugen; und durch die Bäume führten staubige Wege und Pfade zu den strohgedeckten Hütten winziger Ortschaften. Ob es in Kadis Ubangiba wohl Affenbrotbäume gab, die in der Sonne silbern schimmerten, und bis eineinhalb Meter hohe Ameisenhaufen?
Plötzlich wurde ihr bewußt, daß der Hubschrauber jetzt tiefer flog und offenbar zur Landung ansetzte. Sie spähte durch das Fenster und entdeckte mitten in der dunklen Gegend strahlende Lichter. Was das wohl war? Hoffentlich kein Flughafen! Sie stupste das Mädchen leicht an und sagte: »Wir landen, Kadi.«
Der Hubschrauber legte sich leicht schräg und flog eine weitläufige Kurve. Sie verlor die Lichter aus den Augen, bis sie auf der anderen Seite wieder auftauchten, aber in einiger Entfernung. Der Hubschrauber sank nun auf seine unheimliche Weise horizontal zur Erde. Mit einem leichten Scharren landeten sie mitten auf einer riesigen, dunklen Wiese.
»Wo sind wir?« fragte Kadi, sich die Augen reibend.
»Wir sind am Ziel«, antwortete Pete. »Keine Angst, Sie

werden erwartet.« Er ging geduckt an ihnen vorbei, öffnete die Tür und sprang hinunter, um ihnen heraus zu helfen. Beim Öffnen der Tür schlug ihnen Lärm entgegen: gedämpfte Schreie, Gebrüll und laute Musik. Und während sie ausstieg, sah Mrs. Pollifax aus der Richtung dieser fernen Lichter einen Mann mit Taschenlampe quer über die dunkle Wiese auf sie zukommen.
Verblüfft fragte sie: »Wo, in aller Welt, sind wir hier?«
»Mitten im Weidegebiet von Maine«, erklärte Pete. »Sie entfernen sich jetzt besser ein Stück, ich muß gleich wieder weiter.«
Mrs. Pollifax starrte ihn bestürzt an. »Sind sie sicher, daß Sie uns an den richtigen Ort gebracht haben? Hier soll ein Versteck für uns sein?«
»Es gibt kein besseres«, versicherte ihr Pete.
»Aber das ist Karussellmusik – das ist ein Rummelplatz!« rief Mrs. Pollifax.
»Richtig!« Pete grinste, schloß die Hubschraubertür, und gleich darauf begannen sich die Rotoren wieder zu drehen. Der Helikopter hob sich mit einem kalten Windstoß und ließ sie mitten auf der dunklen Wiese allein auf den näherkommenden Mann mit der Taschenlampe warten.

7

Die Taschenlampe wurde nacheinander auf ihre Gesichter gerichtet, und hinter ihrem blendenden Schein konnte Mrs. Pollifax die Umrisse eines stämmigen Mannes und seines schlappen, breitkrempigen Hutes sehen.

»Ich heiße Willie«, sagte er, ohne weitere Begrüßung. »Kommen Sie mit, aber passen Sie auf, wo Sie hintreten.«

Er führte sie quer über die Wiese zu den vielen Lichtern. Vor ihnen ragte, wie ein riesiges Spinnennetz, ein Riesenrad auf, das immer langsamer wurde und schließlich anhielt, was die Besucher, die in der Gondel ganz oben saßen, zu Schreien und lautem Lachen veranlaßte. Doch nicht einmal das ließ den ständigen Lärm unten vergessen, der Mrs. Pollifax an das Summen verärgerter Immen in einem Bienenhaus erinnerte. Aber mehr als das Riesenrad konnte sie von dem Rummel nicht sehen, weil dicht aneinandergedrängte Wohnwagen davor standen. Zu einem davon führte Willie sie. Als sie den schwach beleuchteten Kreis zwischen den Wagen betraten, blieb Willie kurz stehen, und jetzt konnte Mrs. Pollifax zum ersten Mal sein Gesicht sehen. Mitten im Gähnen klappte ihr Mund erstaunt zu. Es war ein breites, slawisches Gesicht mit hohen Wangenknochen, glatten, harten Muskeln und einer Haut so dunkel wie die von Zigeunern. Ein Mann, mit dem man besser keinen Streit anfing, dachte sie. In seinen ausgewaschenen Jeans und dem alten Hemd sah er nicht sehr repräsentativ aus, doch auf der Tür, zu der er mit ihnen ging, stand groß und deutlich DIREKTOR zu lesen. Er öffnete, trat zur Seite und ließ seine Besucher eintreten.

Sie kamen in ein warmes, mit alten Möbeln und Trödel vollgestelltes Wohnzimmer. Mrs. Pollifax sah zwei Couches, erstaunlich viele Lampen und Polstersessel, an einer Wand ein schreiend buntes Werbeplakat für Willies »Wanderrummel«, daneben Elvis Presley auf schwarzen Samt gemalt.

Willie nickte der völlig benommen wirkenden Kadi zu und sagte zu Mrs. Pollifax: »Ihre Tochter kann hier warten. Darf ich Sie bitten, mit mir in mein Büro zu kommen?« Er sprach mit schwachem Akzent, den sie nicht einordnen konnte, der ihr jedoch vertraut vorkam. Sie kannte ihn von irgendwoher. Wenn sie sich nur erinnern könnte, wo sie ihn gehört hatte!

»Sie ist nicht meine Tochter«, erklärte Mrs. Pollifax. »Sie heißt Kadi – K-a-d-i.«

Er blickte sie scharf an. »Ein afrikanischer Name, nicht wahr?«

»Ja«, bestätigte das Mädchen überrascht.

Auch Mrs. Pollifax staunte und sah ihn plötzlich in einem neuen Licht.

Er ging ihr voraus in sein Büro, wo er ihr einen Stuhl neben dem großen Schreibtisch zurechtrückte, hinter dem er Platz nahm. Ihren erstaunten Blick erwiderte er mit ironischem Lächeln. »Ich werde Sie nicht lange aufhalten, es ist schon fast zwei, und in wenigen Minuten schließt der Rummel.«

»Aber – ein *Rummel?*« rief sie ungläubig. »Vom Department organisiert und gemanagt?«

Er verzog das Gesicht. »Sagen Sie das *nie!* Wenn uns der Bankrott droht, hilft immer Willies reicher Onkel aus. Kein Department, keine Namen. Willies reicher Onkel! Bitte merken Sie sich das.«
»Ja«, sagte sie gehorsam und unterdrückte ein neuerliches Gähnen. »Aber das ist wirklich sehr originell.«
Er musterte sie eingehend und runzelte die Stirn. »Man hat mir gesagt, Sie hätten Erfahrung. Doch so sehen Sie nicht aus«, brummte er, ohne ein Blatt vor den Mund zu nehmen. »Willies reicher Onkel will, daß Sie uns helfen.«
»Wie liebenswürdig von Bish..., Willies reichem Onkel. Was meinen Sie mit ›helfen‹?« fragte sie scharf.
»Es hat hier einen Unfall gegeben. Wenige Minuten vor Mitternacht. Zu spät, Sie anderswo hinzubringen, Sie waren bereits unterwegs. Ich mußte Baltimore anrufen ...«
Armer Bishop, dachte Mrs. Pollifax. Gleich zweimal aus dem Schlaf gerissen.
»... wegen des Unfalls.«
»Unfall«, wiederholte sie, während sie ein weiteres Gähnen unterdrückte.
»Ein sehr suspekter! Es wurde vorgeschlagen, daß Sie helfen, da Sie ohnehin hier sind.«
So schläfrig war Mrs. Pollifax nun auch wieder nicht, daß sie die Anspielung überhörte. »Oh«, sagte sie, »aber ich kann nicht bleiben. Es ist Kadi, die sich in Gefahr befand. Wir sind uns erst heute vormittag – nein, gestern vormittag – begegnet, und dank Bishop ...«
»Willies reichem Onkel«, korrigierte er sie.
»Nein, *BISHOP!*« widersprach sie nun verärgert. »Dank Bishop wurde uns aus einer gefährlichen Lage geholfen, nur *so etwas* hatte ich nicht erwartet. Ich bin lediglich an Kadis Sicherheit interessiert. Ich meine ...« Sie unterbrach sich

und suchte nach Worten. Ihr wurde bewußt, daß sie bisher an nichts anderes gedacht hatte, als diesen Chigi-Schrotverwertungs-Leuten zu entkommen. Was *hatte* sie denn erwartet? »Ich nahm an, daß ich morgen nach Hause zurückkehren kann. Selbst Kadi könnte jetzt nach New York zu ihrer Kunstakademie zurückkehren. Zumindest«, fügte sie zweifelnd hinzu, »könnten sie sie dorthin nicht zurückverfolgen. *Glaube* ich.«

»Glauben Sie«, spöttelte er.

»Ich bin müde«, gestand sie. »Es war ein sehr langer Tag. Ich muß mich gleich in der Früh mit ... na gut, mit Willies reichem Onkel wegen Hilfe für Kadi in Verbindung setzen. Sie haben doch ein Telefon?«

»Ja, man hat uns ans Ortsnetz angeschlossen. Schließlich sind wir ein Unternehmen.«

»Sie sagten, es gab einen *Unfall?*«

Er nickte. Im Schein der Schreibtischlampe glänzte seine Haut wie poliertes Holz, und wenn er redete, war die Lücke zwischen seinen zwei mittleren Schneidezähnen zu sehen.

Diese Einzelheiten registrierte sie aus Gewohnheit, genau wie Willie – das entging ihr nicht – sich bemühte, in ihrem Gesicht zu lesen, um herauszufinden, wer und was sie war.

»Ja«, antwortete er. »Das Opfer ist Laszlo, der zu seinem Schutz hierhergeschickt wurde – genau wie Sie und das Mädchen.«

»Sehr berechnend ins Schwarze getroffen!«

Plötzlich lächelte er, und da wurde ihr bewußt, daß sie ihn vielleicht sogar mögen könnte.

Er beugte sich über den Schreibtisch, um seinen Worten Nachdruck zu verleihen. »Also, hören Sie zu ... Kurz nach Mitternacht schrie jemand ›He, Rube‹ ... das ist«, erklärte er, als er ihren verständnislosen Blick bemerkte, »auf jedem Rummel das Signal, daß es Schwierigkeiten gibt. Wie alle übrigen nahm auch Laszlo eine Zeltstange und eilte zu den anderen ans Tor. Und das«, sagte er düster, »nutzte jemand in der Menge, um ihm ein Messer in den Rücken zu stechen.«

»Ein Messer ... Ist er tot?«

»Nicht ganz, aber sein Zustand ist kritisch. Er liegt auf der Intensivstation im hiesigen Krankenhaus – und auch er war von Willies reichem Onkel geschickt worden, verstehen Sie?«

Sie verstand. So seltsam es auch scheinen mochte, so jemanden in dieser bizarren Umgebung zu finden, deutete Willie damit an, daß Laszlo Geheimagent war, der Gefahren überstanden hatte, die sie nicht einmal ahnen konnte, und er um seiner Sicherheit halber hierhergesandt worden war. Und heute nacht hatte jemand versucht, ihn umzubringen!

Stirnrunzelnd sagte sie: »Aber Sie sprachen von einem Unfall!«

Willie lehnte sich in seinem Schreibtischsessel zurück und kniff die Augen zusammen. »Ich fasse mich kurz, weil ich, wie Sie sehen werden, zu tun habe, aber aufschlußreich ist – und verdächtig –, daß ich, nachdem der Rettungswagen mit Laszlo weggefahren war, niemanden finden konnte, der ›He, Rube‹ gebrüllt hatte. Und nicht einer der Rummelleute hatte irgendwelche Schwierigkeiten gehabt, so daß er Hilfe gebraucht hätte.«

Erschrocken fragte Mrs. Pollifax: »Sind Sie sicher, daß sie es Ihnen gesagt hätten?«

Er blickte auf die Uhr. »Für die meisten würde ich die Hand ins Feuer legen. Sie machen jede Saison mit. Ja, sie würden es mir sagen. Ich führe einen ordentlichen Rummel. Kein Unbekannter wird eingeschoben, außer er kann beweisen, daß er seinen Wagen nicht hinter seinem Zelt parkt, um gleich abhauen zu können, wenn er die Abendkasse geplündert hat. Zwei der Zehn-in-Einem-Shows sind neu – notgedrungen, ich muß nehmen, was ich kriege. Und zwei Konzessionen hatte ich zuvor ebenfalls noch nicht. Für sie kann ich mich nicht verbürgen.«

»Vielleicht kam es zu einem Streit?« fragte sie.

Er blickte sie abfällig an. »Warum sollte es zu einem Streit gekommen sein? Laszlo ist ein guter Mann, sehr ruhig. Nachdem er sich erholt hatte, setzte ich ihn am Karussell als Kontrolleur ein. Er schlief allein, und ich habe ihn nie mit irgend jemandem reden sehen.«

Mrs. Pollifax kämpfte gegen ein neuerliches Gähnen an und sehnte sich nach Schlaf. Sie fand, daß sie während der vergangenen Stunden schon genügend Schocks ausgestanden hatte, und es kostete sie unendliche Mühe, noch durchzublicken, was Willie erzählt hatte. »Was sind das gewöhnlich für Schwierigkeiten, die einem dieser ›He-Rube‹-Rufe vorhergehen?«

Willie zuckte die Schultern. »Ein Einheimischer, der wütend ist, weil er sich aus irgendeinem Grund betrogen fühlt. Ein Besoffener, der sich unbedingt mit irgend jemandem anlegen will. Randalierende Jugendliche. Ein ertappter Taschendieb. Ein Glückspieler mit Pechsträhne, der alles auf eine Karte gesetzt und verloren hat – kommt aber nicht oft vor.«

»Sie glauben also«, begann Mrs. Pollifax. Doch er unterbrach sie, indem er aufstand.

»Ich habe keine Beweise für das, was ich glaube. Falls es jemand von außerhalb war, der ihn hierher verfolgte, könnte er inzwischen wieder weg sein. *Aber wie konnten sie Laszlo finden?* Wenn es bei Willies reichem Onkel eine undichte Stelle gibt, ist das etwas anderes. Doch wenn in meiner Show ein faules Ei ist, falls jemand bei mir eingeschleust wurde...« Seine Augen funkelten. Jedenfalls wußte jemand genug über uns, um ›He, Rube‹ zu brüllen. Ich kann nicht überall gleichzeitig sein, und man hat mir versichert, daß Sie gute Augen und Instinkte haben.«

Als auch Mrs. Pollifax aufstand, wurde er ärgerlich: »Sie können doch gewiß ein paar Tage abzweigen, trotz der Gefahr?«

»Gefahr?«

»Was sonst? Für Sie und das Mädchen. Falls Laszlos Tarnung aufgeflogen ist, weiß jemand bereits zu viel über eine bestimmte Verbindung zu Willies reichem Onkel, so daß er auch diese Tarnung auffliegen lassen kann. Vielleicht wurde der Hubschrauber gehört, und, weiß Gott, Sie sehen wahrhaftig nicht wie eine vom Rummel aus! Sie werden auffallen wie ein Hund im Ententeich.«

»Ja«, murmelte sie und spürte, daß ihre Kiefermuskeln vom vielen Gähnen bereits schmerzten.

Er musterte sie kritisch. »Nun, Willies reicher Onkel hält Sie für geeignet. Ich werde Gertie bitten, Ihnen was Altes zum Anziehen zu geben. Können Sie Karten legen?«

Mrs. Pollifax blinzelte bestürzt. »Ich habe es noch nie versucht.«

»Uns wird schon was einfallen. Das Mädchen ist zierlich. Der Professor kann für seine Zaubershow ein kleines Mädchen zum Auseinandersägen brauchen.« Mit einer Hand an der Tür drehte er sich noch einmal um. »Aber das hat alles Zeit bis morgen. Jetzt zeige ich Ihnen erst mal, wo Sie schlafen. Wie heißen Sie gleich?«

»Mrs. Pollifax, Emily Pollifax.«
Er schüttelte den Kopf. »Nicht hier. Wir nennen Sie lieber Emmy – irgendwas. Emmy Smith? Jones?«
Da sie mit Cyrus Reed verheiratet war, sagte sie trocken: »Wie wär's mit Reed?«
»Okay. Emmy Reed.« Er öffnete die Tür zum Wohnzimmer, wo Kadi geduldig wartete. Als sie Mrs. Pollifax sah, sprang sie auf. »Alles in Ordnung?«
Mrs. Pollifax nickte. »Alles okay, Kadi. Zumindest fast alles. Wir werden ein paar Tage hierbleiben, wenn Sie nichts dagegen haben. Nur um sicherzugehen.«
Kadi nickte. »O ja, ich möchte sichergehen.«
Der Lärm draußen war nicht mehr so groß. Das Riesenrad hatte angehalten, ebenso das Karussell.
Willie führte sie an zwei hellbeleuchteten Wohnwagen vorbei zu einem kleinen, schäbigen, aus dem kein Licht fiel. Er holte einen Schlüssel aus seiner Hosentasche, schloß auf und öffnete die Tür. »Schlafen Sie sich aus, hier steht niemand vor zehn oder elf Uhr auf. Wir werden noch einen Tag und eine Nacht hierbleiben, dann bauen wir alles ab und ziehen zur nächsten Stadt weiter. Das gibt Ihnen Zeit, sich mit den Tatsachen vertraut zu machen.« Er ging um Kadi herum, griff in den Wohnwagen und schaltete das Licht ein, das hell auf schäbige Wände und kaputte Jalousien fiel.
Kadi seufzte. »Betten!«
Sie waren auch Mrs. Pollifax nicht entgangen. Zwei einfache Feldbetten, jedes mit einer gefalteten Wolldecke an einem und einem Kopfkissen am anderen Ende. Nun, wenn ich schon vom Regen in die Traufe gekommen bin, dachte sie, kann ich mich dem, was mich erwartet, morgen zumindest ausgeruht stellen. Sie setzte sich aufs Bett, um es auszupro-

bieren, dann streckte sie sich abrupt darauf aus und schlief sofort ein.
Kadi blickte überrascht auf sie hinunter. Lächelnd deckte sie sie zu, dann küßte sie sie schüchtern auf die Wange.
»*Zikomo*, Freundin«, wisperte sie.

8

Als Carstairs am nächsten Morgen in sein Büro kam, fand er Bishop an seinem Schreibtisch vor. Den leeren Tassen nach zu schließen, die neben seiner Ablage aufgereiht waren, trank er gerade bereits seine vierte Tasse Kaffee. »Eine lange Nacht?« fragte Carstairs taktvoll.

»Nicht, wie Sie meinen«, antwortete Bishop düster. »Betsey hat mich gleich zweimal angerufen und aus tiefem Schlaf gerissen. Jetzt versuche ich, wach zu werden. Der erste Anruf kam von Mrs. Pollifax. Ich habe sie zu Willie geschickt ...«

»Pollifax!« rief Carstairs erstaunt. »Zu Willie? Was ist passiert. Was, in aller Welt ...«

»Der zweite«, unterbrach ihn Bishop, »war von Willie selbst. Er meldete einen Anschlag auf einen unserer Männer dort kurz nach Mitternacht. Der Mann bekam ein Messer in den Rücken und liegt jetzt auf der Intensivstation.«

Carstairs pfiff durch die Zähne. »Das gefällt mir gar nicht. Wer ist der Mann?«

»Laszlo, alias Asis Kalad.«

Carstairs starrte ihn irritiert an. »Wir haben ihn erst vor vier Monaten aus dem Iran geschmuggelt. Wieso, zum Teufel, versteckte er sich bei Willie?«

»Wir teilten ihn Farnesworth zu, erinnern Sie sich? Er hatte sich geweigert, Urlaub zu machen. Er sagte, nach vier Jahren Undercoveragent im Iran wäre er viel zu kribbelig, um untätig in der karibischen Sonne zu liegen oder sonstwo zu faulenzen. Es würde ihn verrückt machen. Er bat um eine ruhigere Arbeit, bis er sich wieder an die Freiheit gewöhnt habe. Farnesworth setzte ihn in Boston ein. Simple Observationen, soviel ich weiß.«

»Können nicht so simpel gewesen sein«, fiel Carstairs wütend ein, »wenn wir ihn in einem unserer Verstecke unterbringen mußten. Verdammt, er ist unersetzlich für uns! Was meint Willie? Eine gewöhnliche Messerstecherei? Oder haben ›sie‹ ihn gefunden?«

»Willie hält die Sache für ziemlich suspekt«, erwiderte Bishop. »Er erklärte mir, daß der Ruf ›He, Rube‹ alle zum Tor gelockt habe. Dort wurde Asis – ich meine Laszlo – in der Menge ein Messer in den Rücken gestoßen. Nur fand Willie später niemanden, der dieses ›He, Rube‹ gerufen hatte, und auch nicht einen in der ganzen Show, der Schwierigkeiten gehabt hatte, die ja normalerweise diesen Ruf auslösen.«

»Verdammt!« fluchte Carstairs. »Willies Rummel war immer ein so sicherer Hafen, das perfekte Versteck! Weiß Farnesworth bereits davon?«

Bishop schüttelte den Kopf. »Noch nicht. Ich fand, daß Willie nur uns etwas angeht.«

»Genau wie Laszlo. Rufen Sie Farnesworths Büro an und sagen Sie, daß wir sofort wissen müssen – und das hat Vorrang vor allem anderen! –, weshalb Laszlo bei Willie war und wie man ihm ein Messer in den Rücken stechen konnte. Einzelheiten, Bishop! Ich will Einzelheiten!«

Während er von seinem Schreibtisch aufstand, fügte Carstairs stirnrunzelnd hinzu: »Und was, zum Teufel, ist Mrs. Pollifax zugestoßen? Sie hat doch momentan gar keinen Auftrag!«

»Es war keine Zeit, sie zu fragen«, erklärte Bishop. »Ihr Anruf kam um dreiundzwanzig Uhr dreißig, etwa eine halbe Stunde vor Willies. Sie klang ziemlich gehetzt und sagte nur, daß sie von Connecticut nach Massachusetts gejagt worden sei und vom Stadtkrankenhaus in Worcester aus anrufe, wohin sie sich kurzfristig gerettet habe. Sie bat um Hilfe.«

»Allein?«

Bishop runzelte die Stirn. »Ich glaube nicht ... Sie erwähnte eine Begleiterin, die akute Blinddarmentzündung vortäuschte. Und da sie Begleiter*in* sagte, kann es nicht Cyrus sein.«

Carstairs seufzte. »Rufen Sie sie an und erkundigen Sie sich. Falls es irgendwas mit einem ihrer früheren Aufträge zu tun hat und jemand auch *ihr* auf der Spur ist ...«

»Zu früh zum Anrufen. Rummelleute schlafen bis Mittag. Beneidenswertes Leben«, stellte Bishop fest und fügte hinzu: »Willie sagte, sie habe Schlaf dringend nötig.«

»Na gut, dann rufen Sie sie später an, sobald Sie dazu kommen«, brummte Carstairs. »Haben Sie oben schon wegen Laszlo Bescheid gegeben?«

Bishop nickte. »Sie kümmern sich bereits darum. Im Krankenhaus von Ellsworth hat man inzwischen ein paar unserer Leute postiert, und es werden alle überprüft, die Zugang haben. Laszlo ist noch auf der Intensivstation.«

»Das wäre also erledigt. Jetzt hätte ich einen anderen Job für Sie, falls Sie dafür wach genug bleiben können«, sagte Carstairs. »Ich möchte, daß Sie nach New York fliegen – Helga kann einstweilen hier für Sie einspringen –, denn ich habe einen Termin mit dem Topmann von Clayborne-Osborne vereinbart.« Er warf einen Hefter auf Bishops Schreibtisch. »Zum Lesen für unterwegs, damit Sie intelligente Fragen stellen können.«

Überrascht sagte Bishop: »Haben Sie diesen Besuch mit Einverständnis des FBI vereinbart, oder arbeiten wir heimlich an diesem Fall?«

»Wann hat das FBI uns gebeten, unsere Computer zu befragen? Wir stellen unsere Uhren einfach um einen Tag zurück, Bishop. Dann kam ihre Bitte heute oder spät gestern. Wir gehen lediglich ihrer Anfrage über Bidwell in bezug auf Terroristengruppen in Europa nach.«
Bishop blickte ihn durchdringend an. »Und für welche besondere Frage ist die Tarnung notwendig?«
Carstairs lächelte ihn freundlich an. »Natürlich, um zu erfahren, was sie an Ubangiba so interessiert.«
»Sie meinen wohl eher, was *Sie* so interessiert«, erwiderte Bishop knapp. »Ich verstehe es nicht. Ich verstehe es wirklich nicht. Haben Sie denn einen bestimmten Verdacht?«
Carstairs Gesicht wurde ernst. »Ich weiß es nicht, Bishop, ehrlich, aber diese leeren Seiten in Bidwells privatem Terminkalender geben mir zu denken, sie gehen mir einfach nicht aus dem Kopf. Ein Terminkalender, der in seiner Schreibtischlade weggeschlossen und deshalb zweifellos nicht für andere Augen gedacht ist, das nehme ich zumindest an, ja, das macht mir zu schaffen. Dazu wurde dieser Mann entführt, und man verlangt Lösegeld in unglaublicher Höhe für ihn. Warum ausgerechnet Bidwell?«
»In *Fortune* stand voriges Jahr ein Bericht über ihn«, erinnerte ihn Bishop. »Daraus ging deutlich genug hervor, *wie* reich er ist. Ein Milliardär, wenn ich mich recht entsinne. Reich genug, jedenfalls, wagemutige Spinner zu verlocken.«
»Warum hat man ihn dann nicht gleich vergangenes Jahr gekidnappt? Niemand hat irgendwelche Geheimnisse in seinem Leben ausgegraben, und doch schrieb er keine Namen auf diese Seiten, keine Termine, keinerlei Hinweise – und jetzt hat man ihn entführt. Ich hoffe, daß Ihre Reise nach New York das alles aufklärt, damit es mir nicht länger

im Kopf herumspukt.« Er blickte auf seine Armbanduhr. »Sie müssen sich beeilen, wenn Sie den Flieger noch erreichen wollen! – Ah, da ist Helga ja schon«, murmelte er, als Bishops Sekretärin durch die Tür kam. »Beeilen Sie sich!« drängte er seinen Assistenten. »Gehen Sie subtil vor und taktvoll. Helga, übernehmen Sie hier. Heute ist der Teufel los!«

»Das ist mir nicht entgangen«, sagte sie bescheiden. Sie ging zu Bishops Schreibtisch und räumte als erstes die leeren Kaffeetassen weg.

Carstairs ging in sein Büro weiter, wo sich bereits die neuesten Meldungen und sonstiger Papierkram auf seinem Schreibtisch zu häufen begannen. Sein Mann im Krankenhaus von Ellsworth in Maine berichtete, daß Laszlo aus der Intensivstation in ein Privatzimmer verlegt worden sei, aber sein Zustand es noch nicht zuließe, daß er nach Boston zu einem Spezialisten gebracht werden könne. Die Wachen im Krankenhaus hatten nichts Verdächtiges bemerkt, niemand hatte versucht, sich dem Patienten zu nähern. Die Möglichkeit besteht also immer noch, daß Laszlo durch Zufall das Opfer einer Messerstecherei geworden ist, dachte Carstairs, daß womöglich irgendein einheimisches Bürschchen im Drogenrausch seine Männlichkeit unter Beweis hatte stellen wollen ... Ein wenig erleichtert wandte er sich dem Routinepapierkram zu, der tagtäglich erledigt werden mußte, und rief Helga herein, um ihr Notizen und Berichte zu diktieren.

Er war gerade mit seinem Lunch am Schreibtisch fertig, als Bishop aus New York anrief.

»Also, was ist?« fragte Carstairs brummig. »Hat Clayborne-Osborne Plutonium in Ubangiba gefunden? Eine ergiebige Goldader oder vielleicht Erdöl?«

Bishop antwortete nicht sofort, und Carstairs knirschte mit den Zähnen. »Was ist?« fragte er scharf.

»Clayborne-Osborne International«, antwortete Bishop endlich, »hat noch nie von Ubangiba gehört. Ich mußte dem Big Boß auf der Karte zeigen, wo dieses Land überhaupt ist.«

»Glauben Sie ihm?« fragte Carstairs rasch.

»Er müßte Kandidat für den Titel Meisterlügner sein, wenn er nicht die Wahrheit gesagt hat«, erwiderte Bishop. »Meine Frage verwunderte ihn ohne Zweifel. Als ich ihm trotzdem keine Ruhe ließ, rief er ein paar Mitarbeiter, die offensichtlich genauso verblüfft waren.«

»Und?«

»Als ich ging, hielt ich kurz bei Bidwells Sekretärin an und fragte auch sie. Sie hatte nie gehört, daß Bidwell oder sonst jemand in der Firma Ubangiba je auch nur erwähnte, aber zumindest liest sie Zeitung und wußte von dem Land.«

»Es wird immer verwirrender«, murmelte Carstairs. »Gute Arbeit, Bishop. Ich würde Ihnen ja einen schönen Tag bei den Fleischtöpfen der großen Stadt gönnen, aber Sie werden hier gebraucht. Kommen Sie zurück.«

»Jawohl, Sir. Übrigens rufe ich aus einem Café an, wo der Fernseher läuft. Bidwells Frau war eben zu sehen. Sie flehte die Entführer an, ihren Mann frei zu lassen.«

»Wie ist sie?« erkundigte sich Carstairs müßig.

»Sehr gepflegt, sehr vornehm, Sprache, wie sie nur in höheren Töchterpensionaten gelehrt wurde. Ich glaube nicht, daß irgendwas in ihrem Leben sie auf so etwas vorbereitet hat.«

»Wie trägt sie es?«

»Ich spürte eine Mischung aus Schock und Verlegenheit.

Verlegenheit, weil sie im Fernsehen so öffentlich bitten mußte. Und Schock, was ja zu erwarten war.«
»Ich verstehe. Also, bis bald.« Nachdem Carstairs seinem Assistenten einen guten Rückflug gewünscht hatte, dachte er darüber nach, was er erfahren hatte. Wenn Bishop recht hatte, waren Bidwells Flüge mit der 1192 ausschließlich privat gewesen, aber was steckte dahinter?
Bei einem seiner Termine in Paris hatte sich Bidwell mit Roger Desforges getroffen, der laut Bernard Geophysiker war. Vielleicht gab es da einen Ansatzpunkt. Möglicherweise hatte Bidwell ihn nicht privat zum Essen eingeladen. Wie auch immer, es war Zeit, dies herauszufinden.
Er drückte auf eine Taste des hausinternen Sprechgeräts und bat: »Seien Sie so nett, Helga, und bringen sie mir das amerikanische, britische und französische *Who's Who.*«
Bishop hätte bestimmt nicht mehr als drei Minuten gebraucht, die Bücher zu beschaffen, Helga brauchte zwölf, was Carstairs nicht entging.
»Bleiben Sie da«, bat er sie, während er alle drei beim »D« aufschlug. »Ich suche den Geophysiker Roger Desforges, und wenn ich ihn gefunden habe, möchte ich, daß Sie in Frankreich für mich anrufen und feststellen, ob er sich gerade beruflich irgendwo auf der Welt herumtreibt oder zu Hause erreichbar ist. Ich möchte heute noch mit ihm sprechen. Wie spät ist es jetzt in Paris?«
»Neunzehn Uhr«, antwortete Helga.
»Verdammt!« fluchte Carstairs. »Ich habe ihn gefunden. Er hat sein Büro in Paris und wohnt in Rouen. Versuchen Sie beide Nummern, und halten Sie die Daumen!«

9

Als Kadi am Morgen die Augen aufschlug, verwunderte es sie nicht sonderlich, in einem fremden Bett aufzuwachen. Sie hatte unter so vielen verschiedenen Dächern geschlafen, seit man sie nach dem Putsch, bei dem ihre Eltern getötet worden waren, aus Ubangiba geschmuggelt hatte. In den Vereinigten Staaten angekommen, hatte sie bei einer Tante in Ohio gewohnt und war dann nach New York und auf die Kunstakademie gegangen. Ralph Waldo Emerson, hätte ihr wechselvolles Schicksal als »Revolutionen eines Lebens« bezeichnet. Ihr Vater hatte Emerson sehr gemocht.

In dem Bett auf der anderen Seite des schmalen Ganges rührte sich etwas. Als Kadi Mrs. Pollifax sah, erinnerte sie sich abrupt an die vergangenen Tage und an die Angst, die sie so gequält hatte, und sie wurde von plötzlicher Dankbarkeit für diese Frau überwältigt. Dann runzelte sie die Stirn, denn es war doch zu geheimnisvoll, wie es Mrs. Pollifax fertiggebracht hatte, in so kurzer Zeit einen Piloten mit Hubschrauber zu beschaffen, und dem Wagen der CHIGI-SCHROTVERWERTUNG zu entkommen – wie ein Dschinn, der Wunder wirkt, fand Kadi.

Hinter all dem steckt wesentlich mehr, als sie mir erzählt hat, dachte sie, und ganz bestimmt ist sie nicht die biedere Hausfrau, für die ich sie anfangs hielt. Ich möchte mehr über sie wissen!

Aber welch wundervolles Gefühl, in Sicherheit zu sein!

Sie setzte sich auf, als eine Frau in Jeans und Baseballmütze hereinkam. »Hallo, ihr Lieben«, sagte sie vergnügt. »Willie hat mir angeschafft, euch was zum Anziehen zu bringen.«
Mrs. Pollifax wachte auf, blickte verwirrt auf die Frau, da sah sie Kadi. Sie schaute sich rasch im Wohnwagen um, dann setzte auch sie sich auf. »Also habe ich es nicht geträumt – ich bin tatsächlich hier!« murmelte sie. »Guten Morgen, Kadi ... Und Sie ...?«
»Ich bin Gertie, Pogos Frau.« Das Gesicht unter der Baseballmütze war das wettergebräunte einer Frau mittleren Alters. Sie machte sich daran, die Kleidung zu sortieren, die sie unter einem Arm trug. »Jeans, Socken und T-Shirt für Sie!« Sie warf die Sachen Kadi zu. »Für die Dame – Emmy Reed, richtig? – haben wir noch nichts Passendes gefunden, aber wir suchen noch. Hier ist einstweilen ein Pulli, falls Ihnen abends kalt werden sollte. Leider sind die Motten reingekommen, aber was soll's, warm ist er trotzdem.«
»Vielen Dank.« Mrs. Pollifax nahm das ihr großzügig überlassene Kleidungsstück in Empfang. »Ist vielleicht etwas zu essen in dem kleinen Kühlschrank?«
»Aber nein ... Sie müssen nach links, wenn Sie aus dem Wagen kommen, zur mittleren Rummelstraße. Frühstück bekommen Sie im Schnellimbiß. Im Küchenzelt«, erklärte sie. »Sie können es gar nicht verfehlen, auf dem Schild steht GRÖSSTE HOTDOGS DER USA.« Dann wandte sie sich an Kadi: »Sie werden den Professor dort finden, bis zur Achtzehn-Uhr-Vorstellung muß er Sie angelernt haben.
»Wofür?« fragte Kadi.
»Damit Sie auseinandergesägt werden können«, erwiderte Gertie verwundert. Dann verließ sie den Wagen und schloß die Tür hinter sich.

Kadi blickte Mrs. Pollifax verdutzt an. »Ich soll auseinandergesägt werden – und zu Ihnen hat sie ›Emmy Reed‹ gesagt!«
»Ich erkläre es Ihnen später«, versprach Mrs. Pollifax. »Aber erst brauchen wir Frühstück. Und«, fügte sie lächelnd hinzu, »nachdem ich gesehen habe, wie Sie auseinandergesägt werden, muß ich einiges mit Willie klären, denn vergangene Nacht war ich zu müde, um den richtigen Durchblick zu haben. Gehen wir.«
»Aber – ich soll *auseinandergesägt* werden?«
Mrs. Pollifax nickte. »Ich fürchte, wir beide müssen uns unsere Brötchen hier hart verdienen und beim Rummel mitmachen.«
»Oh!« rief Kadi nun und ihre Augen leuchteten auf. »Das wird ein Spaß!«
Mrs. Pollifax war nicht so ganz überzeugt, daß es ein Spaß werden würde, nicht, wenn sich unter diesen Leuten ein Mörder versteckte. Aber sie bewunderte Kadis Einstellung. Sie gingen zur mittleren Rummelstraße, vorbei am Transformator und der Achterbahn, und stellten fest, daß der Professor bereits vor dem Zelt auf sie wartete, in dem die Rummelküche untergebracht war. Er kam ihnen sofort entgegen und musterte strahlend Kadis zierliche Figur.
»Sie ist genau richtig!« rief er triumphierend. Dann verbeugte er sich vor Kadi. »Man nennt mich hier den Professor. Ich bin für Magie, Zauber und all die wundervollen Illusionen zuständig. Und wie heißen Sie?«
»Kadi Hopkirk«, antwortete sie begeistert.
Mrs. Pollifax, die in seiner Welt der Wunder offenbar keinen Platz hatte, musterte ihn amüsiert. Das auffälligste an diesem Mann mittleren Alters war sein grellgelb gefärbter Spitzbart, der einem geradezu ins Auge sprang, um so mehr, da sein Gesicht ziemlich farblos war. Außerdem trug

er ein ebenso grellgelb gefärbtes Toupet, einen Ring im linken Ohrläppchen, und auch an seinen Fingern glitzerten Ringe. Es gefiel ihr, weil er diese lächerlichen Attribute mit Würde zur Schau stellte und offensichtlich das Beste aus dem machte, was er sich mühevoll erarbeitet hatte. Der Professor führte sie in das Zelt zur Theke und stellte sie dem Mann dahinter vor. »Frühstück mit Kaffee für die beiden Damen, Mick«, bestellte er. »Und beeil dich, wir haben viel zu tun.«

Ein paar andere Rummelleute saßen auf Hockern und stierten ins Leere. Sie waren offensichtlich noch nicht so ganz wach und schon gar nicht zu einem Gespräch aufgelegt. »Es ist noch sehr früh für sie«, erklärte der Professor. Er bat vor allem Kadi, ihre Bratkartoffeln mit Rühreiern schnell zu essen, damit er ihr zeigen könne, was sie zu tun habe. »Tatjana«, rief er einer rothaarigen Schönheit zu, »das ist das neue Mädchen. Komm!«

Die außerordentlich attraktive Rothaarige murmelte etwas Unverständliches und ließ ihren Kaffee stehen, um ihnen zu folgen, als der Professor sie aus dem Küchenzelt und am Riesenrad vorbei die mittlere Rummelstraße entlangführte. »Im Tageslicht«, sagte er, »ist das hier ein ödes, leeres Fleckchen Erde, aber Punkt achtzehn Uhr wird alles in betörendem Lichterglanz erstrahlen, Musik ertönt, und Besucherscharen strömen herbei ...«

Jetzt, im blassen Sonnenschein, sah es wirklich öde aus, stellte Mrs. Pollifax fest. Die Buden waren geschlossen, das Sägemehl unter den Füßen war feucht von Tau, und außer ihnen war nicht eine Menschenseele zu sehen. Der Professor schritt ihnen voraus zu dem größten Zelt an der mittleren Rummelstraße und blieb davor stehen, damit sie es bewundern konnten.

»Das hier ist das ›Zehn-in-Einem‹«, erklärte er. »Zehn Shows unter einem Zeltdach – nur, daß wir in diesem Monat bloß acht haben. Die Ausrufebühne heißt bei uns die ›Bally Platform‹. Ich wette, Sie haben nie zuvor grandiosere Bilder gesehen.«

»Nein, wirklich nicht«, gab Mrs. Pollifax zu, die fast erschrocken zu den schreienden Bildern über der Bühne starrte. DIE SCHLANGENFRAU VON BORNEO stand unter der Abbildung einer Frau mit wirrer Mähne und Schlangen um den Hals und um die Hüften; bei EL FLAMO, DER FURCHTLOSE FEUERSCHLUCKER war die Farbe zwar etwas verblaßt, aber er posierte in majestätischer Haltung, und Flammen loderten aus seinem Mund; JASNA, DIE MESSERWERFERIN (*ein Fehlwurf bedeutet den Tod!*) stand im Trikot mit erhobenem Messer, während ihr Partner bereits mit Messern eingerahmt war. Die Bilder waren nebeneinander aufgereiht, und während Mrs. Pollifax sie betrachtete, kehrte ein wenig der Erregung zurück, die sie als Kind beim Besuch eines Jahrmarkts empfunden hatte. Als sie Kadis große, staunende Augen sah, mußte sie lächeln.

Der Professor führte sie an der Kasse vorbei ins Innere. »Glauben Sie an Magie?« fragte er Kadi.

»Natürlich«, antwortete sie ernst. »Aber es ist unmöglich, ein Mädchen auseinanderzusägen.«

Der Professor blickte sie amüsiert an. »Warum?«

»Weil Sie dann für die nächste Vorstellung keines mehr zum Auseinandersägen hätten.«

»Eine logische, aber sehr naive Folgerung! Waren Sie schon mal auf einem Rummelplatz, junge Dame?«

Kadi schüttelte den Kopf. »In dem Land, in dem ich aufwuchs, gibt es so was nicht.«

»Ein trauriges Land. Ich bedauere es«, sagte er, und damit

war es für ihn abgetan. »Jetzt müssen wir üben. Präzision ist alles! Üben, üben, üben!«
In diesem großen Zelt gab es mehrere geschlossene Abteile, doch der Blick fiel als erstes auf eine Bühne am hinteren Ende, vor der mehrere Bankreihen standen. Der Professor schaltete einige Lichter an und rollte ein fahrbares Podest auf die Bühne. »Für wen springt Kadi denn ein?« fragte Mrs. Pollifax.
»Für Shirley«, antwortete der Professor. »Sie ißt zu viel und ist zu dick geworden.«
»Wozu brauchen Sie dann Tatjana?«
»Ah, diese Naivität! Setzen Sie sich, Sie werden jetzt das Publikum sein und wir machen die Vorstellung nur für Sie. Kadi, Tatjana, kommt! Wie Sie sehen«, wandte er sich an Mrs. Pollifax, »befinden sich auf diesem Podest zwei Kisten, die sich bewegen lassen, sehen Sie?« Er schob sie zusammen. »Sie sehen auch, daß es darunter keine Falltür gibt, keine Spiegel. So, Kadi, du wirst jetzt in diese Kiste steigen und dich in das Podest darunter schlängeln. Also, hinein mit dir.«
»Das Podest ist zu klein!« protestierte Kadi.
»Du paßt hinein, es ist *nicht* zu klein. Es sieht bloß so aus, als wäre es zu klein – es wurde so angefertigt, daß es aussieht, als wäre es zu klein, daß sich jemand darin verstecken könnte. Alle Magie hier ist Illusion! Also bitte, steig hinein! Wenn die Vorstellung beginnt, bist du bereits darin versteckt.«
Mit unverhohlenem Mißtrauen kletterte Kadi in die bunt bemalte Kiste auf dem Podest, und offenbar fand sie doch genügend Platz, denn sie war plötzlich nicht mehr zu sehen. »Wir fangen jetzt an!« Er und Tatjana verneigten sich. Effektvoll klappten sie die Vorderseite der beiden Kisten

ganz herab, um zu beweisen, daß sie leer waren und nicht mit Spiegeln ausgestattet. Dann half der Professor Tatjana mit grandiosen Gesten in die zu einer Einheit zusammengeschobenen Kisten, und sie streckte sich darin aus. Danach klappte der Professor die Seiten wieder zu und ließ nur ihren Kopf und die Füße an jedem Ende herausschauen.
»Jetzt, Kadi!« rief er. »Kannst du mich hören?«
Ein gedämpftes Ja war zu hören.
»Ich werde jetzt anfangen. Ich habe die Seiten zugeklappt – wegen des dramatischen Effekts, selbstverständlich –, so daß nur noch Tatjanas Kopf und Füße zu sehen sind. Paß jetzt gut auf, junge Kadi, du hörst mich doch? Gut! Ich werde das Podest nun herumdrehen – in einem weiten Kreis, spürst du es? –, um den Zuschauern zu zeigen, daß wir nicht mit irgendwelchen billigen Tricks arbeiten und daß tatsächlich nur Tatjana da ist. Und während ich dich jetzt auf den Rädern herumdrehe und Tatjanas Füße vom Publikum aus nicht gesehen werden können, mußt du deine Füße durch die Öffnung im Podest und aus der Kiste schieben. Verstehst du? Im gleichen Moment, während das Ding sich dreht, zieht Tatjana ihre Füße zurück und die Knie in ihrer Kiste dicht an sich, und deine Füße sind jetzt Tatjanas Füße. Mon Dieu –, wie gut, daß ich die gleichen Schuhe in vielen Größen habe. Großartig! Deine Füße schauen nun heraus … Wir sind wieder in der ursprünglichen Position. Ich greife jetzt nach der Säge, und Tatjana schreit, während du, Kadi, mit den Füßen zappelst. So, ich säge!«
Mit viel Getue und unter den Schreien Tatjanas sägte er die Kisten durch und schob sie auseinander. Die Illusion war vollkommen: Tatjanas Kopf schaute aus einem Ende der einen Kiste, und ihre zappelnden Füße ragten aus der anderen – dazwischen war nur Luft.

Mrs. Pollifax lachte und klatschte. »Bravo!«
»Gut so?« Der Professor strahlte. »Verstehen Sie jetzt?«
»Ja, ich verstehe es. Bitte sagen Sie Kadi, daß ich noch etwas vorhabe und gehen muß.« Lachend ließ sie die drei bei ihren Proben allein und verließ das große Zelt, um Willie zu suchen.

Erneut saß sie Willie am Schreibtisch gegenüber, doch diesmal, um ein Ultimatum zu stellen. »Vergangene Nacht war ich müde und konnte nicht mehr klar denken. Aber jetzt kann ich es! Mein Mann wird am Montag von einem Kongreß der Strafverteidiger in Connecticut zurückkehren und ich beabsichtige, zu Haus zu sein, wenn er heimkommt! Wenn ich Ihnen ein paar Tage lang behilflich sein soll, brauche ich viel mehr Informationen, beispielsweise, wann Ihr Rummel hier die Zelte aufschlug, wann dieser Laszlo eintraf und wer nach ihm hergekommen ist, denn es könnte ja sein, daß ihn jemand bis hierher verfolgen konnte.«
Willie lehnte sich in seinem Sessel zurück und blickte sie unfreundlich an. »Die Polizei war hier und hat Fragen gestellt, jetzt stellen auch Sie Fragen und sprechen von Strafverteidigerkongressen und ähnlichem Unsinn.«
»So ist es«, entgegnete sie freundlich. »Sind Sie ein Rom?«
»*Was?*«
»Ein Zigeuner?«
Seine Augen funkelten gefährlich. »Warum fragen Sie?«
Sie zuckte die Schultern. »Sie sehen wie einer aus ... Ich dachte es mir schon letzte Nacht, so müde ich auch war«, sagte sie trocken. »Ich bin einmal mit Zigeunern durch Europa gereist.«
»*Sie?*«

Sie nickte.

»So jemand wie Sie?«

Mrs. Pollifax lächelte verzeihend. »Ja, so jemand wie ich, und sie haben mir das Leben gerettet.«

Abfällig sagte er: »Das ist schwer zu glauben! Wie hießen denn diese Zigeuner, die Sie angeblich kennen – Sie, eine *Gajo!*«

»Es war in der Türkei – da waren Goru und Sébastian und Orega, vor allem aber ihre Königin, eine wundervolle Zingari, die Anjeta Inglescu heißt.«

Er starrte sie stumm und stirnrunzelnd an. Dann nickte er und sagte brüsk: »Ich werde in meinem Buch nachsehen.« Er holte es aus einer Schreibtischlade, schlug es auf und sagte schließlich: »Wir haben die Saison am ersten März in Westmassachusetts eröffnet, und zwar in Lanesborough. Wir überwintern immer in Florida und öffnen dort den Rummelplatz für ein paar Tage, lediglich um Willies reichem Onkel einen Gefallen zu tun, verstehen Sie. Aber die wirklich guten Geschäfte machen wir im Osten, und die Saison beginnt für uns jeweils am ersten März.« Er blätterte weiter. »Laszlo stieß in der zweiten Märzwoche in Vermont zu uns. Er wurde mir avisiert. Er kam mit dem Bus in die Stadt und von dort zu Fuß zu uns.«

»Nicht mit dem Hubschrauber?«

Er blickte amüsiert auf. »Wir halten uns nicht sooft in der Nähe von brachliegenden Feldern oder Wiesen auf, daß er landen könnte, ohne zu große Aufmerksamkeit zu erregen. Und selbst kleine Flugplätze werden oft überwacht, was nicht so günstig wäre. Ich weiß nicht, weshalb er mit dem Bus kam, einen Grund muß er wohl gehabt haben. Jedenfalls traf er völlig erschöpft und mit einem gebrochenen Arm ein.«

»*Womit?*«

»Einem gebrochenen Arm. Wir haben ihn hier eingerichtet. So was habe ich schon öfter gemacht. Gus und Pogo halfen, und einer unserer Saisonarbeiter war früher Sanitäter.« Wieder blickte er in sein Buch. »Ich erinnere mich, daß wir im Zehn-in-Einem nicht ausgebucht waren, als er eintraf.«

»Sie buchen alle im voraus?«

»So gut wie alle. Die meisten sind ohnehin in jeder Saison dabei, außerordentlich loyal, sowohl die drei Vorarbeiter wie der Großteil der Helfer. Und fast alle Shows sowie Aussteller kommen Jahr für Jahr wieder. Pogo und Gertie sind für die Konzessionen verantwortlich. Ich sehe hier, daß sie ein Glücksrad und eine Wurfbude dazugenommen haben, nachdem Lazlo bereits hier war. Diese beiden, sowie Jasna und ihr Vater und die Schlangenfrau trafen erst später ein. Lubo ist für das Glücksrad zuständig und Pie-Eye für die Wurfbude.«

Mrs. Pollifax faszinierten diese Namen. »Dann sind also vier beziehungsweise fünf Personen nach Laszlo angekommen. Doch wenn man Laszlo bis hierher verfolgte, erscheint es dann nicht ziemlich unwahrscheinlich, daß sein Verfolger so plötzlich mit einer Bude oder einer Show aufwarten konnte?«

»Wäre nicht so schwierig, die Konzession für irgendeine Bude zu kriegen. Das schafft jeder. Bei einer Show im Zehn-in-Einem ist das allerdings nicht so einfach. Aber«, fügte er hinzu, »Sie sind ein wenig naiv, denn jeder, den Willies reicher Onkel herschickt, ist auf seine Weise Spitze, und wer immer ihn verfolgt, muß auch Spitze sein, und um einen Killer zu finden, brauchen sie bloß mit den Fingern zu schnippen.«

»Selbst wenn dieser Killer eine Schlangenfrau oder ein Messerwerfer ist?« fragte Mrs. Pollifax trocken.
Willie lächelte. »Sie würden sich wundern! Ich wette, das könnte sogar der Mann, der Sie hier unterbrachte – ich will keine Namen nennen.« Er blätterte weiter in seinem Buch zurück. »Aber es wären mindestens vierundzwanzig Stunden nötig, etwas zu arrangieren, also könnten alle in Frage kommen. Ich hatte in Gibtown Inserate aufgegeben«, erklärte er. »Wir hätten gern noch mindestens zwei weitere Buden gehabt, und für das Zehn-in-Einem hatten wir nur sechs Shows. Wir nehmen die Übriggebliebenen, die zweite oder gar dritte Garnitur, wissen Sie. Die großen Vergnügungsparks bekommen die Klasse-Shows. Sehen Sie sich mal den Schlangenmenschen an – er heißt Norbert –, seine Darbietung ist wirklich große Klasse, aber wie Sie selbst bemerken werden, schaut er oft zu tief ins Glas, darum kommt er auch sonst nirgendwo unter.«
»Und was ist mit Jasna und der Frau mit den Schlangen?«
Willie seufzte. »Jasna ist verdammt gut mit ihren Messern, aber vielleicht ist jemand dahintergekommen, daß ihr Vater blind ist, und hat es nicht gut gefunden, daß sie Messer nach einem Blinden wirft.«
»*Blind?*«
Willie nickte. »Ja, wie sie uns erzählte, hat er vor einigen Jahren sein Augenlicht verloren. Gehört allerhand Mut dazu, sich mit Messern bewerfen zu lassen, ohne sich auch nur ducken zu können. Über die Schlangenfrau weiß ich so gut wie nichts.«
»Nun, zumindest haben Sie mir vier Namen genannt«, sagte Mrs. Pollifax. »Sonst noch jemand?«
Willie schüttelte den Kopf. Er lehnte sich noch weiter in seinem Sessel zurück und blickte sie nachdenklich an. »Sie

werden einen guten Grund brauchen, Fragen zu stellen, die ich nicht stellen könnte, selbst wenn ich die Zeit dafür hätte. Vor zwei Jahren hatten wir in Vermont einmal einen Tag lang den Reporter irgendeiner Zeitschrift bei uns. Er hat einen sehr ansprechenden Bericht darüber veröffentlicht, wie so ein Rummel funktioniert. Wie wär's, wenn Sie sich auch als so was ausgeben?«

»Oh, das ist *viel* besser, als Kartenlegen zu müssen«, erwiderte sie erfreut. »Wie schnell könnten Sie bekanntgeben, daß der Hubschrauber vergangene Nacht eine Journalistin gebracht hat, die sich für einen Artikel über den Rummel informieren will?«

Willie grinste. »Wenn ich es Boozy Tim erzähle, wird es in Kürze jeder wissen. Übrigens, falls Ihnen jemand am Tor dumm kommen sollte, brauchen Sie nur zu sagen, daß Sie ›dazugehören‹.«

Mrs. Pollifax nickte und blickte auf die Notizen, die sie sich gemacht hatte.

Lubo – Glücksrad
Pie-Eye – Wurfbude
Jasna – Messerwerferin
die Schlangenfrau

»Aber wenn jemand hier eingeschleust wurde, um Laszlo zu töten«, meinte sie stirnrunzelnd, »hätte er dann nicht alles darangesetzt, so schnell wie möglich von hier zu verschwinden?«

»Nicht *zu* schnell«, widersprach Willie. »Nicht solange die Polizei hier ermittelt, das wäre zu auffällig, ja verdächtig gewesen. Nein, es handelt sich zweifellos um einen schlauen Killer, einen Profi, der genau die richtige Zeit abwartete –

eine Menschenmenge, in der keiner auf den andern achtet. Er – oder sie, wie auch immer – würde auf jeden Fall abwarten, bis die Polizei abgezogen ist.«

Mrs. Pollifax nickte. »Sie sind plötzlich viel netter zu mir, Willie. Darf ich fragen ...?«

»Oh, das!« Er grinste, stand auf und öffnete ihr die Tür. »Ich werde es Ihnen irgendwann mal sagen, aber jetzt genügt es, wenn ich Ihnen verrate, daß mir der Name Inglescu nicht fremd ist. Kennen Sie die Romaniworte ›ja develesa‹?«

»Geh mit Gott?«

Er nickte. »Also dann: ja develesa. Und seien Sie vorsichtig.«

10

Farnesworths Büro hatte den Bericht über Laszlo zu Carstairs heruntergeschickt. Das Dossier lag nun auf seinem Schreibtisch in einem kleinen Päckchen, das ihm verriet, daß das Gespräch mitgeschnitten worden war. Darüber war er froh. Helga hatte ihn mit Frankreich verbunden, und zwar mit Desforges Privatadresse. Jemand dort hatte ihm mitgeteilt, daß Desforges mit Freunden außerhalb beim Abendessen sei und gegen einundzwanzig Uhr mitteleuropäischer Zeit zurückerwartet würde. Es gab genügend andere Arbeit, die erledigt werden mußte, während Carstairs wartete, aber er konnte der Versuchung nicht widerstehen und schob die Laszlokassette in seinen Recorder, gleichzeitig überflog er den Zettel, den Farnesworth dazugelegt hatte. *Was gibt's? Anbei Laszlos Anruf vom 10. März aus Boston, wo er einen Geldkurier namens Kopcha observiert hatte.*

Das Band begann.

»Hier Laszlo. Ich rufe aus der Altstadt an. Es könnte sein, daß man mir gefolgt ist. Ich weiß es nicht bestimmt. Wie beauftragt habe ich Kopcha beschattet, als er zu einer Häuserruine fuhr, deren Fenster zur Straßenseite hin mit Brettern beschlagen waren. Er stieg die Eingangsstufen hinauf und betrat das Haus. Ich wartete eine Minute, dann folgte ich ihm. Er betrat das dritte Zimmer vom Eingang, das einzige mit einer Tür, die er hinter sich schloß. Aber zwischen dem Eingang und der Zimmertür war ein kleines Foyer, wo ich mich hinter einem Ziegelhaufen verstecken und lauschen

konnte. Gott weiß, es erschien mir sicher genug bei den vielen Ziegeln, hinter denen man mich von der Tür aus bestimmt nicht sehen konnte.«

Seine Stimme, die bisher sehr gefaßt geklungen hatte, begann nun leicht zu zittern. *»Drei Männer sprachen miteinander, zwei ziemlich ordinär, der dritte jedoch mit kultivierter, befehlsgewohnter Stimme, verstehen Sie? Er hatte einen französischen Akzent, dessen bin ich mir ziemlich sicher. Sie hatten Kopcha erwartet und fragten ihn, ob er interessiert sei, Geld bei einem großen Job – wie sie es nannten – zu verdienen. Er müßte bloß Lösegeld abholen, sagten sie, in etwa einem Monat. Im April. Sie brauchten noch einen Mann.«*

Dann war Farnesworth zu hören. *»Reden Sie weiter!«*

»Kopchas Stimme troff vor Verachtung. Er war wirklich arrogant! Er sei nicht an Kleinkram interessiert, sagte er abfällig, und er beabsichtige auch nicht, für einen Ausländer zu arbeiten. Dann verließ er das Zimmer. Die anderen folgten ihm – und entdeckten mich hinter dem Ziegelhaufen. Sie zerrten mich in das Zimmer, aus dem sie gekommen waren – der Mann mit dem französischen Akzent war inzwischen gegangen –, und schlugen mich zusammen. Sie wollten wissen, wieviel und was ich mitgehört hatte und wer ich war. Es gelang mir, davonzulaufen, aber einer blieb mir noch ein paar Block weit auf den Fersen. Kopcha habe ich dabei natürlich aus den Augen verloren.«

Er atmete schwer. *»Mir ist nicht gut. Ich glaube, mein Arm ist gebrochen.«*

Eine unpersönliche Stimme vom Fernamt verlangte nach mehr Münzen. Dann war zu hören, wie zwei Geldstücke eingeworfen wurden.

Farnesworth sagte: *»Ich höre Sie, Laszlo. Schnell zwei Fragen: Haben Sie eine Ahnung, worüber Sie da gestolpert sind?«*

»Nicht die geringste.«

»Wie waren diese beiden Männer, die zwei, von denen sie zusammengeschlagen wurden?«

»Brutale Burschen. Sahen auch genauso aus, wofür Kopcha sie hielt. Kleine Fische mit einem kleinen Job. Heruntergekommen.«

»Und was glauben SIE?«

Laszlo zögerte, ehe er antwortete. *»Ich bin mir da nicht so sicher. Könnte Tarnung gewesen sein.«*

Wieder eine Pause, dann war ein würgendes Geräusch zu hören. *»Tut mir leid. Man hat mir auch in den Bauch getreten. Ich dachte vielleicht – ich war vor ein paar Jahren bei Willie. Er ist wohl nicht zufällig in der Nähe?«*

»Der richtige Ort für Sie«, pflichtete ihm Farnesworth bei. *»Schauen wir mal nach, wo er zur Zeit ist – bleiben Sie dran! Ah, ich hab ihn. Er ist diese Woche in Pownal in Vermont. Aber Sie hören sich gar nicht gut an, Laszlo. Wenn Sie es bis dorthin schaffen, gut, aber gehen Sie zuvor zum Arzt. Ich melde Sie bei Willie an.«*

»Danke.«

Damit war das im März, eine Woche nach Beginn der Rummelsaison, aufgenommene Band zu Ende. Jetzt war es Mai, und Willie war nach Maine weitergezogen. Armer Teufel, dachte Carstairs. Er konnte dieser gefährlichen Situation mit einem gebrochenen Arm entkommen, doch nur Wochen später bekam er ein Messer in den Rücken. Es wäre möglich, daß er bei seiner Flucht nach Vermont unvorsichtig gewesen war, aber Carstairs hoffte inbrünstig, daß man ihn nicht dorthin hatte verfolgen können, denn er wollte nicht einmal daran denken, daß er Willies Wanderrummel als sicheres Versteck aufgeben müßte.

Andererseits, überlegte er, während er sich stirnrunzelnd zurücklehnte, falls Laszlo so geschickt und so weit verfolgt worden war, konnte es nur bedeuten, daß er am 10. März ahnungslos über etwas gestolpert war, was er – und auch

Kopcha – so gleichmütig abgetan hatten, das von bedeutend größerer Tragweite gewesen war, als die beiden auch nur geträumt hatten.
Carstairs rief sich ins Gedächtnis, was er über Laszlo, eigentlich Asis Kalad, wußte. Er hatte sich als ungemein erfahrener und hingebungsvoller Mitarbeiter erwiesen. Vier Jahre hatte er im Iran als Undercoveragent gearbeitet und sein Leben aufs Spiel gesetzt, um Informationen aus dem Land zu schmuggeln. Es war schwer vorstellbar, daß er seine Spuren nicht sorgfältig verwischen würde. Doch da erinnerte Carstairs sich an die würgenden Laute auf dem Band und an das Zittern der Stimme. Laszlo war völlig fertig gewesen, der gebrochene Arm, die Schmerzen, wahrscheinlich Fieber! Sie hätten darauf beharren müssen, daß er Urlaub machte. Es war *doch* vorstellbar, daß er bei seiner Flucht nach Vermont zu Willie nicht so vorsichtig gewesen war wie sonst.
Carstairs schaltete den Kassettenrecorder noch einmal ein und hörte sich das Band ein zweites Mal an. Vor allem interessierte ihn diesmal der Job, den man Kopcha angeboten hatte. Das Wort »Lösegeld« sprang ihn an, sowie der Hinweis auf »nächsten Monat. Im April«. Inzwischen war der April bereits vorbei, und das Wort Lösegeld fiel nun immer wieder in allen Nachrichten.
Helgas Stimme riß ihn aus seinen Gedanken und brachte ihn in die Gegenwart zurück. »Ich wurde nach Frankreich durchgestellt, Sir, Mr. Desforges ist auf Apparat drei.«
Gewaltsam verdrängte Carstairs seine Gedanken an Laszlo, um sich auf Ubangiba und den Geophysiker Roger Desforges zu konzentrieren.
»Monsieur Desforges?« vergewisserte er sich.
Der Mann hatte eine angenehme Stimme, und sobald Car-

stairs sich vorgestellt hatte, sprach Desforges sofort Englisch mit nur ganz leichtem Akzent.
Carstairs holte tief Atem. Er war gegenüber dem Mann am anderen Ende der Leitung insoweit im Vorteil, als er genau wußte, was er fragen wollte, und er Erfahrung darin hatte, behutsam Fragen zu stellen. Trotzdem ähnelte die Situation einer kritischen Operation und barg das Risiko, auf einen falschen Nerv zu stoßen und so die Verbindung abrupt zu trennen. »Es ist Ihnen vermutlich bekannt, daß Henry Bidwell in den Vereinigten Staaten entführt wurde?« fragte er behutsam.
»Ja. Es stand auch hier in den Zeitungen. Tragisch!«
Mit größter Vorsicht fuhr Carstairs fort: »Um bei unseren Ermittlungen festzustellen, ob irgendwelche ausländischen Gruppen an ihm interessiert sind, wären wir Ihnen dankbar, wenn Sie uns Näheres über Ihre gemeinsame Reise nach Ubangiba erzählen könnten.« Er erwartete, gegen Enttäuschungen gewappnet, die Erwiderung zu bekommen, daß Desforges sich in Paris mit Bidwell getroffen hatte und nie in Ubangiba gewesen war.
Mit unendlicher Erleichterung und fast Triumph hörte er jedoch Desforges freundlich sagen: »Es war sehr interessant. Diese afrikanischen Potentaten lassen es sich wirklich gutgehen. *Sehr* interessant.«
Carstairs wollte dahinterkommen, was Desforges damit meinte, und versuchte es mit einem amüsierten: »Man hat Ihnen wohl alles aufgetischt, was gut und teuer ist?«
»Mon Dieu, ja! Champagner, Fasan, Kaviar. Die Afrikaner ließen sich unseren Besuch etwas kosten!«
Carstairs Hoffnung wuchs. »Würden Sie sagen, daß Bidwell eine gute Beziehung zu dem Präsidenten hat?«
»O ja, absolut. Alte Freunde, könnte man sagen. Wir ver-

brachten zwei Tage und Nächte im Palast, und als wir uns draußen auf dem Land an unsere Untersuchungen machten, gab er uns Dienerschaft und Wächter mit. Das Volk hungert allerdings«, fügte er bedrückt hinzu, »während der Präsident einen dritten Palast, oder eher schon ein Schloß, bauen und sich seinen Kaviar aus Europa einfliegen läßt. So etwas ist natürlich bedauerlich, aber in Bidwells Fall war Geschäft eben Geschäft.«

»Natürlich«, sagte Carstairs. »Und welche Art von Geschäft war das, Mr. Desforges?«

»Das darf ich Ihnen ohne Mr. Bidwells Zustimmung leider nicht sagen.«

»Wie Sie wissen«, erinnerte ihn Carstairs, »bin ich von der CIA. Vielleicht, wenn Ihre Sûreté diese Frage stellte?«

Desforges zögerte. »Sie würde dieselbe Antwort erhalten. Auch in unserem Beruf gilt die Schweigepflicht, von der nur der Kunde einen entbinden kann.« Vorsichtig fügte er hinzu: »Es ist vielleicht statthaft, Ihnen zu sagen, daß Monsieur Bidwell und seine Firma jetzt das Exklusivrecht auf alle Mineralien des Landes haben.«

»O ja«, murmelte Carstairs scheinbar gleichmütig. »Erinnern Sie sich zufällig an den Namen der Firma?«

»Nicht auf Anhieb, ich sah ihn nur auf den Dokumenten.«

»War es vielleicht Clayborne-Osborne International?«

»Nein, nein, ein ganz anderer – etwas wie Mining Company von Ubangiba, aber der dazugehörende Name fällt mir jetzt nicht ein.«

Aha! dachte Carstairs und klopfte noch einmal auf den Busch. »Mit Leclerc und Romanowitsch als Gesellschafter, natürlich.«

»Ihre Namen wurden zumindest erwähnt.«

Das wird immer besser, triumphierte Carstairs, die Sache bekommt ein Gesicht. »Vielen Dank, Mr. Desforges ...« Und, als fiele ihm das eben ein, fügte er hinzu: »Oh – eine Frage noch, wenn ich sie stellen darf, ohne Ihre Schweigepflicht gegenüber Ihrem Kunden zu gefährden. Ist die Beteiligung an einer Abbaukonzession in den Augen eines Geschäftsmanns gewinnbringend?«

»Hm«, brummte Desforges nachdenklich. »Natürlich wären Erdöl oder Erdgas viel profitabler, aber ich nehme an, jegliche Art von Energie in dieser Region ... Mit billigen Arbeitskräften, und sie müßten *sehr* billig sein – ein wenig Leopoldisch natürlich –, ja, mit niedrigen Arbeitskosten dürfte es Gewinn bringen.«

Carstairs war aufgeregt. Bidwell mochte zwar nicht auf Öl gestoßen sein, hatte aber trotzdem einen Treffer gelandet. »Vielen Dank, Mr. Desforges«, verabschiedete er sich.

Energie! Er rief die Afrika-Abteilung an. Zeit, herauszufinden, was Bidwell mit Ubangiba vorgehabt hatte. »Pete? Hier Carstairs. Ich würde gern wissen, was Ihre Geologen über die verschiedenen Schichten – ich glaube, man nennt es metamorphe und sedimentäre Gesteinsformationen – über Ubangiba herausfinden können, nämlich welche Mineralien dort möglicherweise abgebaut werden können. Keine bekannten, verstehen Sie? Sondern potentielle.«

»Was meinen Sie mit ›keine bekannten‹?!« fragte Pete.

»Genau das, was es heißt. Nach den üblichen Beschreibungen des Landes gibt es dort überhaupt keine Mineralien. Andererseits scheint jemand etwas entdeckt zu haben, was er für wert hielt, sich die exklusiven Abbaurechte zu sichern. Und so wie ich es verstehe, handelt es sich dabei weder um Erdöl noch um Erdgas.«

»Hm, Zink, Baryt, Gold, Wolfram ...«, murmelte Pete.

Carstairs schüttelte den Kopf. »Es wurde als energieerzeugend erwähnt. Aber wie gesagt, Öl ist es nicht!«
»Dazu werden wir ein paar Tage brauchen«, entgegnete Pete. »Wir werden neu anfangen und uns etwas eingehender damit befassen müssen.«
»Das habe ich nicht anders erwartet«, versicherte ihm Carstairs. »Aber klemmen Sie sich dahinter! Ich brauche so schnell wie möglich Bescheid. Und danke.«
Er blickte auf, als Bishop in sein Büro kam.
»Ich bin zurück«, meldete der Assistent düster. »In New York regnet es, und mein Ausflug war eine totale Pleite, nicht wahr?«
»Keineswegs«, beruhigte ihn Carstairs. Er warf einen Blick auf seine Uhr. »Der Nachmittag ist schon fast vorbei. Sie hatten sicher noch keine Zeit, sich mit Mrs. Pollifax in Verbindung zu setzen, oder?«
»Keine Verschnaufpause«, klagte Bishop. »Ich werde es gleich versuchen, aber Willie ist nachmittags selten in seinem Büro. Doch zumindest hat er einen Anrufbeantworter. Ich werde also von jetzt an ständig Nachrichten hinterlassen. Irgendwann wird er dann schon zurückrufen.«
»Ja, tun Sie das.« Carstairs wandte sich der Arbeit auf seinem Schreibtisch zu. »Wichtig ist, daß sie in Sicherheit ist. Trotzdem würde es mich sehr interessieren, wozu sie hier in den Vereinigten Staaten ein sicheres Versteck brauchte, noch dazu, wenn sie momentan nicht an einem Auftrag von uns arbeitet. Also, versuchen Sie es immer wieder!«

11

Kadi hatte soviel Spaß wie selten zuvor. Schließlich war sie bisher nie auseinandergesägt worden. Und während sie sich auf die Anweisungen des Professors konzentrierte und auf die Schlüsselworte für ihren Einsatz wartete, die sie warnten, daß Tatjana und sie sogleich schwindelerregend in einem weiten Kreis gedreht werden würden, vergaß sie völlig die zwei Tage in der Rumpelkammer, Chigi-Schrotverwertung und ihre Sorge um Sammy. Sie war in eine Welt der Magie und der Illusion versetzt worden, und da sie durch die vielen tragischen Geschehnisse in ihrem Leben viel zu schnell erwachsen geworden war, durfte sie nun wieder ein spielendes Kind sein. Erstaunlich, wie beruhigend und befreiend das war!

Gegen vierzehn Uhr versicherte ihr der Professor, daß sie mit dem Timing in ihrer Rolle nun gut zurechtkam und sie sich jetzt, falls sie Lust hatte, in ihrer neuen Umgebung umsehen dürfe. Bevor sie sich daran machte, kramte er rasch noch in einem riesigen Koffer und händigte ihr schließlich ein Paar schwarze Strümpfe und Schuhe Größe 36 aus, die aussahen wie jene von Tatjana. »Nehmen Sie sie mit«, wies er sie an, und seien Sie pünktlich um achtzehn Uhr wieder hier!«

Kadi kehrte sofort zum Wohnwagen zurück und zog aus ihrem Rucksack den Zeichenblock, den sie – vor einer Ewigkeit, wie ihr nun schien – nach New Haven mitgenommen

hatte. Ein Rummel würde eine großartige Gelegenheit sein, Gesichter zu skizzieren, fand sie.
Mrs. Pollifax war ebenfalls im Wohnwagen und hatte einen Notizblock auf dem Schoß liegen. »Ich soll eine Journalistin spielen, die einen Artikel über den Rummel schreibt, und muß mich daher mit den Rummelleuten eingehend unterhalten«, erklärte sie Kadi. »Ich bin dem Schicksal, Karten legen zu müssen, gerade noch um Haaresbreite entgangen.«
Abrupt setzte sich Kadi nieder und stützte die Ellbogen auf ihren Rucksack. »Mrs. Pollifax ...«
»Jetzt Mrs. Reed«, wurde sie freundlich belehrt.
»Reed – Reed«, murmelte Kadi, »aber warum? Und – Sie sagten, Sie würden es mir erklären, nicht wahr? Daß wir ausgerechnet hierhergekommen sind – und plötzlich sind Sie nicht mehr Mrs. Polli... Ich meine, plötzlich sind Sie Mrs. *Reed.*«
Mrs. Pollifax nickte. »Ja, ich glaube, ich muß Sie einweihen.« Sie setzte sich neben Kadi auf den Bettrand. »Aber es ist *streng* vertraulich! Verstehen Sie?«
»Ja.« Kadi beobachtete ihr Gesicht.
Leise sagte Mrs. Pollifax: »Sie haben bestimmt von der Central Intelligence Agency in diesem Land gehört, der CIA?« Kadi nickte. »Vor ein paar Jahren, während einer schwierigen Phase in meinem Leben ...« Sie lächelte bei der Erinnerung. »... bewarb ich mich bei der Agency. Ich dachte mir gar nichts dabei. Mein Leben war in einer Sackgasse angelangt, und ich wollte alles, was hinter mir lag, vergessen. Der Mann, der mich interviewte – ich kann Ihnen gar nicht sagen, wie erstaunt oder vielmehr entsetzt er über mein Ansinnen war –, wollte mich so rasch wie nur möglich loswerden. Aber durch Zufall bemerkte mich ein Mann, der im

Augenblick gerade nach jemandem wie mir suchte und fand, daß ich einen brauchbaren Kurier abgeben würde. Ich mußte lediglich eine ›harmlose Touristin‹ spielen, weiter nichts. Diesen ersten Auftrag habe ich nur mit viel Glück überlebt«, sagte sie trocken. »Aber er endete mit Erfolg, und seither wurde ich mit weiteren Aufträgen im Ausland betraut. Als ich Sie in meiner Rumpelkammer entdeckte, war ich – nun, sagen wir, hatte ich einige Erfahrung mit Überraschungen. Und als ich vom Krankenhaus aus telefonierte, setzte ich mich mit jemandem im Department in Verbindung.«

Kadi, die sie mit großen Augen beobachtete, sagte nach einigem Zögern: »Sie meinen – der Zufall hat mir geholfen, die einzige Person zu finden, die mir helfen konnte?«

»Nicht die einzige«, wehrte Mrs. Pollifax bescheiden ab, »aber eine der wenigen. Auch ich erlebte eine Überraschung: dieser Rummel wird von meinem – meinen Freunden unterstützt, da er dem Department als sicheres Versteck für Personen dient, die nicht gefunden werden dürfen. Willie hat mir das vergangene Nacht alles erzählt. Die Leute glauben, daß Willies reicher Onkel dem Rummel unter die Arme greift, wenn er seine Rechnungen nicht bezahlen kann. Ich finde das außerordentlich einfallsreich und schlau. Doch einem Mann, den Willies reicher Onkel hierhergesandt hatte, wurde gestern nacht, während wir unterwegs waren, ein Messer in den Rücken gestochen, und man hat mich gebeten zu helfen. Aber nur für ein paar Tage!« fügte sie entschieden hinzu.

»Wow!« sagte Kadi bewundernd. »Darf ich auch helfen?«

Mrs. Pollifax lächelte. »Sie können helfen, indem Sie mich Emmy nennen oder Mrs. Reed und die Augen offenhalten und mir Bescheid geben, wenn Sie etwas Ungewöhnliches bemerken. Nur«, fügte sie mitfühlend hinzu, »fürchte ich, daß uns eine ganze Menge ziemlich ungewöhnlich vorkommen wird. Beispielsweise …« Sie blickte auf ihre Liste, »… werde ich jetzt die Schlangenfrau aufsuchen. Was beabsichtigen Sie inzwischen zu tun?«

»Personenskizzen zu machen«, antwortete Kadi. »Zur Übung.«

Mrs. Pollifax blickte sie nachdenklich an. »Eine sehr gute Idee. Es könnte natürlich sein, daß einige sich nicht skizzieren lassen wollen. Sie könnten vielleicht behaupten, daß Willie Ihnen eine eigene Konzession als Schnellzeichnerin versprochen hat, wenn Sie Ihre Sache gut machen.«

Kadi beugte sich zu ihr herüber und küßte sie auf die Wange. »Ich bewundere, wie schnell und logisch Ihr Verstand arbeitet.«

»Und falls irgend jemand wissen will, was Sie hier machen, dann sagen Sie nur, daß Sie ›dazugehören‹.«

»Dazugehören?«

»Ich nehme an, zum Rummel. Willi hat mich darauf aufmerksam gemacht, daß man das sagt. Also sagen Sie ihnen, daß Sie dazugehören.«

»Dazugehören!« murmelte Kadi wehmütig. »So ein schönes Wort!« Sie öffnete die Tür und machte sich mit Skizzenblock und Bleistift daran, die faszinierende Welt des Rummelplatzes zu erforschen.

Mrs. Pollifax kramte Streichhölzer hervor und verbrannte ihre Liste der Verdächtigen. Dann verließ auch sie den Wagen. Es war kurz nach fünfzehn Uhr, als sie das Zentrum des Platzes erreichte und ein Polizeiauto neben dem großen Zelt geparkt sah, welches das Zehn-in-Einem genannt wurde. Ein uniformierter Polizist stand daneben. Mrs. Pollifax' Blick schweifte nach rechts, als ein zweiter Polizist eine außerordentlich jung aussehende Person aus dem Zelt führte, die in den ausgestreckten Armen, wie eine Opfergabe, eine polierte Mahagonischatulle trug. Mrs. Pollifax ging langsamer. Sie war sich nicht sicher, ob diese Person eine junge Frau oder ein Junge war. Er oder sie war gertenschlank, hatte orangefarbenes Haar im Punkerstil und trug ein straff sitzendes, rosafarbenes Trägeroberteil und schwarze Leggings. Erst als Mrs. Pollifax die hohen Absätze und die kleinen Wölbungen unter dem Trägeroberteil bemerkte, war ihr klar, daß es sich um eine junge Frau handelte. Ihr Gesicht war nicht weniger erstaunlich als ihr langer, schmaler Körper, es hatte scharfe und doch feine Züge und einen scharlachroten Strich als Mund.

»Sie hat alle ihre Messer, Lieutenant«, rief der Polizist seinem wartenden Kollegen zu. »Sie sind anders, keinerlei Ähnlichkeit.«

»Wollen mal sehen«, sagte der Lieutenant. »Sie sind Jasna?«

Die junge Frau nickte und stellte die Mahagonischatulle auf die Motorhaube des Wagens. Während sie das Kästchen öffnete, sagte sie mit leichtem Akzent: »Damit arbeite ich. Die Schatulle bleibt verschlossen. Sie ist immer verschlossen, bis ich mit meiner Darbietung beginne.«

Mrs. Pollifax, die im Schatten einer Bude stehengeblieben war, sah, wie der Lieutenant ein Maßband zum Vorschein brachte, eines der langen spitzen Messer aus der Schatulle nahm und es abmaß. »Sie werfen damit? Nach einem Mann?«

Sie nickte gleichmütig. »Ja.«

»Sie treffen nie daneben? Es macht ihm nichts aus?«

»Er hat es mir selbst beigebracht.« Sie zuckte die Schultern. »Früher stand *ich* an der Wand, und *er* warf die Messer nach mir.«

Zwischen den zwei Buden erschien ein Bärtiger in langem Cape. Er hielt den Kopf schräg nach oben und seine Augen waren hinter einer dunklen Brille verborgen. »Jasna?« rief er. »Jasna?«
»Hier bin ich, Papa!« rief sie.
Er tastete sich mit einem Stock auf sie zu, und Mrs. Pollifax wurde bewußt, daß er der Blinde war, den Willie in der Nacht erwähnt hatte. Die beiden Polizisten, die ihm entgegenblickten, wirkten bestürzt. »Großer Gott, er ist *blind!*« murmelte der Lieutenant.
»Wenn Sie es unbedingt wissen müssen«, sagte das Mädchen kalt. »Aber er war in Europa sehr berühmt, ehe er sein Augenlicht verlor!« Sie wandte sich an den alten Mann. »Ist schon gut, Papa. Sie wollten sich nur die Messer ansehen, um sicherzugehen, daß keines fehlt, oder feststellen, ob ich ...« Sie blickte die beiden Polizisten amüsiert an. » ... ob ich herumlaufe und versuche, andere umzubringen.«
Der Stock ihres Vaters fand den Wagen und verharrte, er wirkte bei seiner Suche nach Jasna so lebendig wie eine Hand. »Ich bin hier, Papa, auf der anderen Seite«, sagte sie sanft. »Da Sie die Messer gesehen haben, dürfen wir nun gehen?«
Der Lieutenant zog eine Fotografie aus seiner Brusttasche. »Nach der Tiefe und Breite der Wunde, müßte es so ein Messer gewesen sein.« Er reichte Jasna das Foto. »Haben Sie je ein *solches* Messer gesehen?«
»Es sieht aus wie ein Küchenmesser«, antwortete sie abfällig. »Sie sollten lieber im Küchenzelt nachfragen.«
»Ich würde es eher Dolch nennen«, widersprach der Lieutenant.«
Jasna zuckte die Schultern. »Jedenfalls ist es keines meiner Messer.«

Mrs. Pollifax beschloß weiterzugehen, bevor man sie bemerkte. Sie eilte durch den Durchgang, aus dem Jasnas Vater gekommen war, ging um die Rückseite des Zehn-in-Einem herum und gelangte ein Stück weiter unten wieder auf den mittleren, durch den Rummel führenden Weg. Einige Buden hatten inzwischen geöffnet und ihre Markisen ausgefahren. Bei einer der Buden stand ein Mann auf einer Leiter und zog mit einem Pinsel die verblaßten Buchstaben auf einem Schild nach. Kadi stand vor einem anderen Verschlag und stritt mit dem Mann darin. Als Mrs. Pollifax näherkam, hörte sie Kadi: »Ich habe Ihnen doch gesagt, daß ich ›dazugehöre‹. Aber ich bezahle auch, wenn Sie es verlangen. Sie brauchen doch bloß auf den Schalter zu drücken, damit die Enten sich bewegen. Ich will ja gar keinen Preis.«

Der Mann in der Bude hatte ein rotes Gesicht und ein hartes Kinn. Er starrte sie wütend an. »Sie sind ja fast noch schlimmer als meine Frau! Immer will sie was von mir. Gut, ich tu's, aber nur einmal, hören Sie? Nur damit ich Sie wieder loswerde! Und dann lassen Sie mich in Ruhe, okay?«

Mrs. Pollifax blieb hinter Kadi stehen. Es war eine Schießbude, vor der das Mädchen stand. Ein paar Gewehre lagen in einer Reihe auf dem Tresen, und entlang der hinteren Wand standen auf einem Laufband gelbe Enten aufgereiht. Mit dem Seufzen eines Märtyrers drückte der Mann auf einen Schaltknopf, und die Enten begannen sich zu bewegen; wütend funkelte er Kadi an, die jetzt eines der Luftgewehre nahm, zielte, rasch hintereinander feuerte und alle acht Enten umwarf.

Kadi schenkte dem Mann ein strahlendes Lächeln. »Das hat einen Riesenspaß gemacht. Danke!« Vergnügt ging sie weiter.

Mrs. Pollifax starrte ihr staunend nach, aber mit dieser Reaktion war sie nicht allein.
»He, Mädchen!« brüllte der Budenbesitzer. »Komm zurück!«
Kadi machte kehrt.
»Würdest du das noch mal schaffen?«
»Hm. Ich glaube schon«, antwortete Kadi nach kurzem Überlegen.
»Vielleicht sogar noch schneller? Zeig es mir!« Wieder drückte er auf den Knopf. Die Enten klappten hoch und bewegten sich auf dem Band, doch jetzt schneller als zuvor. Kadi hob ein Gewehr, zielte, feuerte, und sieben der acht Enten kippten um. Der Mann starrte Kadi an. »Hör zu, Mädchen, hättest du Lust, heute abend für mich zu arbeiten. Du machst meinen Stick, und ich bezahl dich. Das wird die Kunden anziehen wie Honig die Bienen!«
»Was ist ein *Stick?*« wollte Kadi wissen.
»So 'ne Art Lockvogel. Die Leute sehen, daß ein junges Ding wie du die Enten so mühelos niederschießt, daß sie es gar nicht erwarten können, ihren Geldbeutel zu zücken, um es selbst zu probieren.« Er zwinkerte ihr zu. »Zumindest so lange, bis sie zu viel gewinnen.« Er erklärte nicht, was er in diesem Fall tun würde.
Kadi sagte höflich: »Danke für das Angebot, aber ich arbeite schon abends für den Professor – ich werde auseinandergesägt.«
Der Besitzer der Schießbude beugte sich vor. »Weißt du was, komm doch einfach zwischen den Auftritten her. Ich wär dir sehr dankbar. Übrigens, ich bin Pogo.« Er streckte ihr eine schwielige Hand entgegen. Kadi ergriff und schüttelte sie. »Ich werde sehen, was ich tun kann, Pogo. Danke.«

Erst als sie sich umdrehte, bemerkte sie Mrs. Pollifax und grinste. »Hallo, Emmy Reed.«
»Kadi«, sagte Mrs. Pollifax fast ehrfurchtsvoll. »Wo, in aller Welt, haben Sie so schießen gelernt?«
»Zu Haus, in Ubangiba«, erwiderte Kadi und schloß sich ihr an. »Wir schossen auf Skorpione und Schlangen, manchmal auch auf Flughühner – Sammy und Rabi, Duma und ich. Ich besaß nur ein Luftgewehr, Sammy und Duma hatten jedoch richtige Pistolen.«
»Zweifellos haben Sie Pogos Sympathie errungen.« Mrs. Pollifax blickte auf den Skizzenblock, den Kadi unter den Arm geklemmt hatte. »Ich sehe, Sie haben ihn bereits gezeichnet.«
Kadi lachte. »Das ist nur eine Karikatur, für mehr hatte ich keine Zeit.«
»Aber er ist auf den ersten Blick zu erkennen!« Mrs. Pollifax studierte die flüchtige Skizze. »Diese vorstehende Unterlippe – und das ist ein sehr geschickter Strich, der seine gebrochene Nase andeutet. Haben Sie noch mehr?«
Kadi blieb stehen und schlug eine Blatt um. »Nur noch die.«
»Jasna!« entfuhr es Mrs. Pollifax. »Perfekt! Ich habe sie eben erst gesehen.« Lächelnd sagte sie. »Ich werde an die Polizei in New Haven schreiben müssen, um sie darauf aufmerksam zu machen, welches Talent ihnen da entgangen ist, weil sie Sie nicht eingestellt haben.«
»Ich wollte, das würden Sie wirklich.« Kadi seufzte. »Ich brauche unbedingt einen Job!«
»Sie hatten doch eben ein Angebot«, erinnerte Mrs. Pollifax sie augenzwinkernd.
Kadi lachte. »Stimmt, nicht wahr?«
Willie lief mit gestreßter Miene den Weg zwischen den

Buden entlang, blieb jedoch stehen, als er die beiden sah. »Hat es beim Professor geklappt?« fragte er Kadi.
»O ja!« antwortete sie eifrig. »Aber, Mr. Willie, verraten Sie mir doch bitte, woher Sie wußten, daß mein Name afrikanisch ist?«
Er grinste. »Die oberste Regel beim Rummel: nie persönliche Fragen stellen. Aber wie du mir, so ich dir. Aus welchem Land kommst du?«
»Ubangiba.«
Er nickte. »Kannst du Pidgin-Englisch?«
Sie lachte. »Ein bißchen. *Gut ifnin, ha yu de?*«
»A de wel«, dankte er und lachte mit ihr. *»A de fayn.«*
»Gut«, sagte sie. *»Waka fayn.«*
Sehr vielseitig, dieser Mann, dachte Mrs. Pollifax. Das läßt auf eine Menge Abenteuer für die CIA in seiner Jugend schließen. »Tut mir leid, daß ich Sie unterbrechen muß, aber könnten Sie mir sagen, wo ich die Schlangenfrau finden kann, Willie?«
Er blickte auf seine Uhr. »Sie dürfte noch in ihrem Wohnwagen sein. Er ist dunkelbraun und hat rote Vorhänge.« Mit einem Lächeln wandte er sich wieder Kadi zu. *»Waka fayn«*, sagte er und schritt weiter.
Kadi blickte Willie staunend und erfreut nach. Mrs. Pollifax verließ sie und vergewisserte sich verstohlen, daß der Polizeiwagen leer war. Bei den Wohnwagen fand sie mühelos den dunkelbraunen, der so lang und luxuriös war wie Willies rollende Heimstatt. Eine außerordentlich üppige junge Frau sonnte sich in einem Liegestuhl in der Nähe. Als sie Mrs. Pollifax sah, rief sie mit freundlichem Lächeln. »Hallo, kommen Sie auf einen Sprung zu mir. Sie sind doch die Dame, die uns in die Zeitung bringen wird, nicht wahr?«

»Woher wissen Sie das?« fragte Mrs. Pollifax verblüfft.
Das Mädchen lachte. »Von Boozy Tim. Boozy Tim kennt allen Klatsch. Er weiß *alles*, was hier vorgeht. Setzen Sie sich doch.« Eine Hand mit grellrot lackierten Nägeln deutete auf den Liegestuhl neben ihrem.
Mrs. Pollifax nahm sich vor, diesen Boozy Tim aufzusuchen, der »alles wußte«, lehnte jedoch die Einladung ab. »Ich suche die Schlangenfrau, sind Sie ...?«
»Oh, die – sie füttert gerade die Schlangen.« Die Hand mit den lackierten Nägeln deutete zu dem Wagen hinter ihr. »An Ihrer Stelle würde ich warten. Es ist kein angenehmer Anblick.«
Mrs. Pollifax beäugte die Fülle braunen Haares auf dem Schoß des Mädchens. »Ist das lebendig?«
»Großer Gott, nein!« Das Mädchen lachte. »Das ist meine Perücke, Honey. Ich habe sie gebürstet.« Sie hob sie hoch, damit die bis zur Taille reichenden Korkenzieherlocken zu sehen waren. »Ich bin die Hälfte der Girlie-Show, Zilka ist die andere. Ich heiße Shannon Summer. Setzen Sie sich!«
Mrs. Pollifax setzte sich – und starrte, denn es gab eine Menge von Shannon Summer, auf was sie starren konnte. Das Mädchen war mindestens einsachtzig groß, mit langen Beinen und Kurven, die offenbar jedem Naturgesetz trotzten, und hatte ein kesses rundes Gesicht mit einem ansteckenden Lächeln. »Girlie-Show?« fragte sie.
»Ja, aber nur ein bißchen Hüftwackeln und so. Sie sind wirklich sehr streng in diesem Staat. Übrigens zur Zeit fast überall.«
»Mit dieser Figur«, sagte Mrs. Pollifax offen, »sollte man meinen, daß Sie im Showbusineß sind. Am Broadway, meine ich. Ist es nicht Vergeudung für Sie, im Rummel zu arbeiten?«
Shannon Summer lachte zufrieden. »Oh, das hier ist mein

Leben! Ich komm gern herum. Mal da, mal dort ist mein Motto. Einmal machte ich bei einer Revue in New York mit. Aber an einem Ort bleiben zu müssen, machte mich ganz kribbelig. Außerdem fühlte ich mich einsam. Hier ist es wie in einer großen Familie.«
Mrs. Pollifax wurde bewußt, daß sie es notieren sollte und holte rasch ihren Block und Kugelschreiber hervor.
»Wird mein Bild in die Zeitung kommen?« fragte Shannon.
Es machte Mrs. Pollifax verlegen, lügen zu müssen, was sie sich jedoch nicht anmerken ließ. »Wahrscheinlich, aber nicht vor meinem letzten Tag hier. Der Fotograf ist nicht eher abkömmlich.«
»Er wird nur einen Tag hier sein?« fragte Shannon schmollend. »Ich wette, ausgerechnet dann wird es regnen. Sieht er gut aus?«
»Ich finde schon.«
»Gut. Schnüffeln die Bul … – die Polizisten – noch herum?«
»Ihr Auto ist jedenfalls noch da.«
Shannons Augen wurden traurig. »Schlimm für diesen Burschen Laszlo. Ich hab ihn hier nie gesehen, bis er auf der Tragbahre lag. Hallo, Boozy Tim!« rief sie.
Mrs. Pollifax drehte sich um und folgte ihrem Blick. Unwillkürlich mußte sie lächeln. Boozy Tim war ein zahnloses, hutzeliges Männchen mit fröhlicher Miene und einer verwegen auf dem Kopf sitzenden Baseballmütze. Er grinste und legte grüßend die Fingerspitzen an die Mütze.
»Boozy Tim ist Gott begegnet!« erklärte Shannon überzeugt.
»Wie bitte?« fragte Mrs. Pollifax.
»Jawohl, Ma'am«, bestätigte Boozy Tim und zwinkerte ihr zu. »Er ist mir erschienen. Mir – Boozy Tim. Hat sogar zu mir geredet.«

»Erzähl's ihr!« drängte Shannon. »Erzähl's ihr!«
Boozy Tim machte es sich auf der Armlehne von Shannons Liegestuhl bequem und hob theatralisch die Arme. »Er kam zu mir ganz in Gold, wie eine goldene Wolke, so wie Dinge an einem diesigen Tag aussehen, verschwommen, wissen Sie, und schimmernd. Und er streckte mir die Arme entgegen ...« Er nickte heftig. »So. Und er hat mir was gesagt.«
»Was Privates!« erklärte Shannon nickend.
»Jawohl, Ma'am. Und von da an hab ich keinen Tropfen Schnaps mehr angerührt. War *danach* nicht mehr nötig.«
»Nein«, flüsterte Mrs. Pollifax wie gebannt durch seine unglaubliche Ausstrahlung. »*Danach* nicht mehr.«
Er deutete mit dem Finger auf sie. »Sie sind Emmy Reed«, sagte er, ihr wieder zuzwinkernd. »Sie sind gekommen, um über uns zu schreiben.«
Das bestätigte sie, während sie sich fragte, was sein Zwinkern bedeutete und ob er wußte, daß sie alles nur vortäuschte. Shannon hatte gesagt, »er weiß *alles*«. Vielleicht stimmte das, aber sie konnte sein fröhliches Lächeln nur ohne Skepsis erwidern. Wie sonst, fragte sie sich, könnte man auf einen so sonnigen kleinen Mann reagieren? Sie stand auf. »Ich mache mich jetzt lieber an meine Arbeit. Es war mir eine echte Freude, Sie kennengelernt zu haben, Boozy Tim, und vielleicht – vielleicht können wir uns später noch ein bißchen unterhalten?«
»Jawohl, Ma'am.« Er strahlte sie an. »Freut mich auch, daß ich Sie kennengelernt hab.« Wieder tippte er an seine Baseballmütze, bevor sie sich umdrehte, um zum Wagen der Schlangenfrau zu gehen. Sie hoffte sehr, daß die Schlangen ihre Ratten oder Mäuse – oder was immer sie als Futter bekamen – inzwischen verschlungen hatten. Sie hob gerade

die Hand, um an der geschlossenen Wohnwagentür zu klopfen, als ein Knacken aus den Lautsprechern die Ruhe des Nachmittags störte, ehe eine Stimme erdröhnte.

»Hier spricht Willie – kein Abbau heute abend! Die Polizei verlangt, daß wir noch hierbleiben. Niemand darf den Rummel verlassen, bevor die Untersuchungen nicht abgeschlossen sind. Verdammte Ungelegenheit für uns, aber wir können nichts dagegen machen.«

Eine verbindlichere Stimme folgte: »Hier spricht Detective-Lieutenant Allbright. Ich möchte Ihnen versichern, daß wir diese Ungelegenheit bedauern. Aber«, fuhr er mit fester Stimme fort, »wir dürfen es nicht zulassen, daß Sie zu einer anderen Stadt, hundert Kilometer von hier, weiterziehen, ehe die Ermittlungen in diesem Fall, der einem der Ihren beinahe das Leben gekostet hätte, ganz abgeschlossen sind. Wir bitten um Ihr Verständnis. Wir müssen leider jeden festnehmen, der versucht, diesen Platz zu verlassen. Danke.«

»Was, zum Teufel, geht da vor?« hörte Mrs. Pollifax Shannon hinter sich sagen. »Wenn ein Arbeiter verletzt wird, scheren die Bullen sich keinen Scheiß darum! Und was ist mit Willie? Überall hängen schon die Plakate, der nächste Platz ist gemietet und die Anschlüsse sind gelegt ...«

Mrs. Pollifax klopfte nun an die Tür. Sie konnte streitende Stimmen hören, und klopfte noch einmal.

Ein wütender junger Mann mit schwarzem Haar und Schnurrbart riß die Tür auf. Hinter ihm konnte Mrs. Pollifax flüchtig eine Blondine sehen, die ihm zubrüllte: »Ich hab dir doch gesagt, daß wir noch gestern abend hätten wegfahren sollen! Ich *hab's* dir gesagt ...«

Mrs. Pollifax sagte höflich: »Guten Tag, ich bin ...«

Man gab ihr keine Gelegenheit, weiterzureden. Der Mann

sagte: »Bedauere, meine Dame, wir reisen ab ... Wirf die Schlüssel her, Elda – *die Schlüssel!*«
Ein Ring Schlüssel flog durch die Luft. Der Mann fing sie, schmetterte die Tür hinter sich zu und rannte zum Zugfahrzeug. Mrs. Pollifax wich zurück, als der Motor aufheulte. Der Wohnwagen fuhr ein Stück rückwärts, löste sich aus dem Wagenkreis und raste, so schnell seine Größe es zuließ, holpernd über die Buckel und Furchen der anschließenden Wiese.
Offenbar war die Durchsage des Detective-Lieutenants die Ursache für die hastige Flucht der Schlangenfrau und ihres Begleiters, was Mrs Pollifax sehr interessant fand. Sie fragte sich, ob es ihnen gelingen würde querfeldein zu entkommen, oder ob die Polizei vor der Durchsage mit so etwas gerechnet und Vorkehrungen getroffen hatte. Jedenfalls hatte sich die Schlangenfrau ein Sternchen neben ihrem Namen auf der Liste verdient. Da ein Interview mit ihr nicht mehr möglich war, machte sich Mrs. Pollifax auf die Suche nach dem Glücksrad und fragte sich, ob Lubo, sein Konzessionär, sich ebenfalls ein Sternchen verdienen oder sie seinen Namen nur abhaken würde.

12

Während Mrs. Pollifax zwischen den Buden dahinschlenderte, bemerkte sie, daß Willie neben dem Transformator streng mit Boozy Tim redete. Als sie kurz darauf über die Schulter blickte, sah sie die beiden Männer in Willies Wagen verschwinden. Weitere Buden – oder *Joints*, wie Willie sie nannte – hatten im Lauf des Nachmittags aufgemacht. Der Mann, der sein Schild mit Farbe und Pinsel verschönert hatte, stieg soeben von seiner Leiter. Mit Erleichterung stellte sie fest, daß Lubos Glücksrad, ein Stück weiter, bereits geöffnet hatte. Der Stand war kaum zu übersehen. Ein schreiendes Band lud ein: DREHEN SIE DEN PFEIL! WERTVOLLE PREISE! Und mit etwas kleinerer Schrift, aber in nicht weniger schreienden Farben: FERNSEHER ZU GEWINNEN! VIDEORECORDER! UND VIELES ANDERE!

Der Mann in der Bude paßte nicht so recht zu diesen schreienden Ankündigungen. Mrs. Pollifax schätzte ihn auf etwas über Dreißig, und er hatte ein Gesicht so ruhig wie stilles Wasser. Nicht ausdruckslos, fand sie, aber zurückhaltend und wachsam. Seine dunklen Augen, die sich bei ihrem Näherkommen hoben, blickten sie so durchdringend an, daß sie fast etwas wie einen elektrischen Schlag auslösten. Sie spürte, daß sie abgeschätzt wurde, analysiert, ja fast seziert und kategorisiert, und all das mit einer beinahe unerträglichen Ruhe. Ob das die Augen eines Mephistopheles, eines Mystikers oder eines Mörders waren?

»Sie müssen Lubo sein«, sagte sie trotzdem betont heiter. »Willie hat mir gestattet, mich ein paar Tage auf dem Rummel aufzuhalten. Ich mache ein Feuilleton für meine Zeitung.«

»Welche Zeitung?« fragte er scharf.

»*Portland Gazette*«, antwortete sie prompt.

»Nie davon gehört.«

Genausowenig wie sie, aber um seiner kurz angebundenen Art nicht nachzustehen, behauptete sie ebenso kurz und bündig: »Ist neu!«

Ein dünnes Lächeln verzog flüchtig seine Mundwinkel. Sie bezweifelte, daß er ihr glaubte. »Und?«

Mit dem Notizblock in der Hand sagte sie: »Und ich möchte Sie fragen, wie lange Sie schon für den Rummel arbeiten, Mr. Lubo, und ob immer mit dem Glücksrad. Und ob Ihnen dieses Leben gefällt.«

Er zuckte die Schultern. »Weiß ich noch nicht.«

»So neu?«

»So neu.«

Sie lächelte höflich. »Aus welchem Grund haben Sie sich Willies Wandershow angeschlossen?«

»Brauchte Arbeit.« Seine Augen musterten sie erneut so durchdringend, daß ihr ein kalter Schauder über den Rücken rann.

Sie kritzelte ein paar Worte und nickte. »Interessant. Darf ich fragen, welchen Beruf Sie zuvor ausübten?«

»Nein«, antwortete er ausdruckslos.

»Ich könnte nicht behaupten, daß ich von Ihnen Feuilletonmaterial bekomme.« Dann fügte sie mit einem freundlichen Lächeln hinzu. »Sie sind nicht gerade entgegenkommend, nicht wahr?«

»Nein.«

»Trotzdem vielen Dank.« Sie nickte und ging, ohne aufzuhören, in ihren Block zu kritzeln. Jetzt fügte sie hinzu: Lubo, kultivierte Sprache, intelligent, teure Rolexuhr, neu beim Rummel, nicht direkt feindselig, aber keineswegs mitteilsam oder freundlich. Augen, die einem angst machen können.

Die Wurfbude war noch geschlossen. Als sie zu ihrem Wohnwagen zurückkehrte, sah sie, daß der lange braune Wohnwagen der Schlangenfrau wieder auf seinem alten Platz stand, offenbar unerbittlich von der Polizei zurückgeleitet. Die roten Vorhänge waren dicht zugezogen, als wollten sie die Welt ausschließen. Kein gerade günstiger Augenblick für ein Interview, sagte sich Mrs. Pollifax und ging zu dem Wohnwagen weiter, den sie sich mit Kadi teilte.

Kadi saß auf ihrer Pritsche und zog soeben die schwarzen Strümpfe und Schuhe für die Achtzehn-Uhr-Vorstellung an. »Sie drücken«, erklärte sie, als sie ein paar Schritte in den neuen Schuhen machte. »Aber sind sie nicht hübsch?«

»Ja«, bestätigte Mrs. Pollifax, »und Sie brauchen in den Schuhen ja keine langen Spaziergänge zu machen. Haben Sie noch ein paar Skizzen gezeichnet? Ich habe überlegt, ob Sie sich gut genug an Sammys angeblichen Zimmerkameraden erinnern, daß Sie ihn für mich zeichnen könnten? Und Sammy ebenfalls.«

Kadi lächelte. »Sammy brauche ich nicht zu zeichnen. Ich habe ein Bild von ihm.« Sie griff in ihren Rucksack, holte eine Geldbörse heraus und entnahm ihr ein Foto.

Es war ein Gruppenschnappschuß, in glühender Sonne aufgenommen: drei schwarze und drei weiße Gesichter. Kadi deutete darauf: Das ist mein Vater, das meine Mutter, dann die Oberschwester Rakia und Tiamoko, Dads Assistent – und ich –, und das, ganz hinten, ist Sammy.«

Offenbar war das Foto schon mehrere Jahre alt. Kadi sah aus

wie vierzehn, höchstens fünfzehn, und geradezu winzig neben Sammy, der ein stämmiger und gutaussehender Teenager mit breitem Lächeln war. Aber mehr interessierten sie momentan Kadis Eltern. Sie standen vor einem blendendweißen Betonblock mit einem Schild, auf dem MANKHWALA NJUMBA stand: »Was heißt das?« Sie deutete.
»Medizinhaus.«
»Warum wurden sie erschossen, Kadi?« fragte Mrs. Pollifax behutsam.
Mit völlig ausdruckslosem Gesicht antwortete das Mädchen: »Weil jemand sie verraten hatte. Sie wurden beschuldigt, den Dissidenten zu helfen. Man hat sie erschossen, weil sie angeblich Spione gewesen waren.«
Ja, sie waren der Typ, der anderen half, fand Mrs. Pollifax, als sie die beiden eingehend betrachtete. Mrs. Hopkirk mit ihrem klaren, ausdrucksstarken Gesicht. Dr. Hopkirk, hoch aufgerichtet, reserviert, mit den gleichen Augen und Brauen, wie auch Kadi sie hatte. So wie die beiden aussahen, hatten sie sich nie nach einem leichten Leben gesehnt oder es sich selbst leichtgemacht. Und jetzt mußte Kadi geschützt werden.
Als sie die Fotografie zurückgab, fiel ihr auf, daß Kadi das Bild nicht ansah – es vielleicht nicht wagte. »Danke«, sagte sie mit einem Lächeln. »Und jetzt dürfte es doch wirklich Zeit für ein frühes Abendessen sein, meinen sie nicht. Ich werde jedenfalls einen dieser ›größten Hotdogs in den USA‹ versuchen. Was ist mit Ihnen?«
»O *ja!*« rief Kadi, und sie gingen wie zwei langjährige Freundinnen zum Küchenzelt.

Um achtzehn Uhr stand Mrs. Pollifax auf dem Feld vor dem Eingang und sah zu, wie der Rummel zu lautem Leben erwachte. Über der Kasse verkündete eine riesige Leuchtschrift: WILLIES WANDER- UND WUNDERSHOW – SPIEL, SPASS UND SENSATIONEN! Hinter ihr füllte sich das Feld mit Autos aller Art, und Leute – *Städter* nannten die Rummelleute sie – drängten sich ins Zelt und hatten für diesen Abend einmal ihre Fernseher und Videorecorder verlassen, um Unterhaltung live zu genießen. Auf der kleinen erhöhten Bühne neben dem Eingang brüllte der Ausrufer: »Hallo, hallo, hallo – das wird ein Abend voller Aufregungen und Sensationen. Zwei bildschöne Mädchen direkt aus Paris erfreuen Sie mit dem Tanz der sieben Schleier – Sie werden aus dem Staunen nicht herauskommen. Und Elda, die Schlangenfrau, mit ihren zehn lebenden, gefährlichen Schlangen, wie Sie sie sonst nirgendwo, nur hier bei Willies, sehen können! Und lassen Sie sich Jasna, die Messerwerferin nicht entgehen – vielleicht trifft sie heute abend daneben – wer weiß, meine Damen und Herren!« Seine dröhnende Stimme wurde von anderen übertönt, als Mrs. Pollifax an der Kasse verkündete, daß sie »dazugehöre«, und sich dann ins Gedränge warf, gewappnet gegen den marktschreierischen Lärm, der von allen Seiten auf sie einstürmte und versprach, den Rummel zu einem erregenden Abenteuer zu machen. Das Riesenrad drehte sich bereits, die Leierkastenmusik des Karussells erinnerte an vergangene Zeiten, und aus den Buden überboten sich die Verlockungen in wachsender Lautstärke. »He, Mister! He, schöne Frau! He, Großer! Kommen Sie näher! Versuchen Sie Ihr Glück! Frische Zuckerwatte!«

Und irgendwo unter diesen Leuten, erinnerte sie sich, befand sich ein Mörder, außer, Laszlos Angreifer war von außerhalb gekommen, hatte geschickt eine Menge angelockt und sich sofort nach dem Anschlag aus dem Staub gemacht. Es wäre möglich, mußte sie eingestehen. Aber bei so vielen beschäftigten Rummelleuten durfte mehr als nur ein Besuch erforderlich gewesen sein, diesen Laszlo zu finden, der ohne Aufhebens Karten am Karussell kontrolliert hatte. Willie, dem sie am Spätnachmittag zwischen den Ständen begegnet war, hatte ihr mitgeteilt, daß die Polizei bereits alle drei Motels in dieser Gegend überprüft und einen Vertreter gefunden hatte, dessen Alibi jedoch wasserdicht gewesen war. Drei Familien mit kleinen Kindern kamen als Verdächtige wohl ebenfalls nicht in Frage. In diesen Kleinstädten fielen Fremde auf, und Motels hatten um diese Zeit nicht viele Gäste. Wenn Laszlo so wichtig war, daß das Department ihn hier unterbrachte, erschien es ihr wahrscheinlicher, daß der Rummel infiltriert worden war. Da war beispielsweise dieses »He, Rube«, und wer immer »sie« waren, es konnte angenommen werden, daß sie nicht unvorsichtig sein würden und einen Plan ausgearbeitet hatten, der genau auf die Situation zugeschnitten war.

Und die Situation eines Rummels, dachte sie trocken, war exotisch und einschüchternd.

Sie weigerte sich jedoch, auch nur in Erwägung zu ziehen, daß der Rummel als sicheres Versteck aufgeflogen sein könne, denn sie würde es nicht ertragen, daran zu denken, daß all diese Leute ihre Jobs und Willie seine Wandershow verlören.

Und ich hab mein Herz daran verloren, gestand sie sich lächelnd ein.

Pogos Schießbude war bereits von einer Schar junger Männer und Burschen umlagert. Als sie an Lubo und seinem Glücksrad vorbeikam, blieb sie kurz stehen, um seine Technik zu bewundern. Er war immer noch derselbe Lubo, der mit der Schnelligkeit von Maschinengewehrfeuer in sein

Mikrophon sprach, aber mit fast leiser Stimme und in so vertraulichem Ton, daß die Passanten stehenblieben, um zu verstehen, was er sagte. »Die Chancen stehen acht zu eins«, flüsterte er fast in sein Mikrophon. »Versuchen Sie Ihr Glück, nutzen Sie Ihre Chancen, wagen Sie es! Mathematisch gesehen, werden Sie feststellen, daß dieses Spiel ...«

Sie schlenderte weiter und fragte sich, ob es Lubo sein könnte. Sie würde für Willie tun, was sie konnte, zumindest bis Cyrus nach Hause zurückkam und Kadi nicht mehr in Gefahr war. Aber sie konnte sich nicht wirklich vorstellen, daß sich der Täter in diesen wenigen Tagen aufspüren ließe. Sie verstand nun vollkommen, weshalb Willie selbst nicht dazu kam, heimlich Untersuchungen anzustellen, während sie dagegen ungehindert herumspazieren und beobachten konnte. Aber schließlich war sie für diese Leute eine Außenstehende, der sie möglicherweise eher vertrauten als der Polizei, die sich bereits den ganzen Tag hier umhörte und noch immer hier war, sich jedoch nun weniger auffällig benahm. Sie hatte bemerkt, daß ein Streifenwagen hinter dem Wohnwagenkreis abgestellt war, unweit der Stelle, wo der Hubschrauber sie abgesetzt hatte, und sie vermutete, daß ein paar Beamte in Zivil in der Menge herumstreiften.

Das Zehn-in-Einem öffnete soeben, und ein großer, dünner Mann probierte das Mikrophon auf der Ausruferbühne aus. Sie blieb stehen, denn sie wollte Kadis Vorstellung sehen, egal, wie wenig sichtbar das Mädchen dabei war. Der Ausrufer räusperte sich, dann rief er: »Hierher, Freunde, kommt hierher!« Er beschrieb, welche Vergnügungen und Sensationen hier bei den verschiedenen Shows warteten. Um seinen Worten Nachdruck zu verleihen, traten Shannon und Zilka zu ihm heraus und wurden mit begeisterten Pfiffen begrüßt. Sie schienen nur aus langen Haaren und

Beinen zu bestehen und sahen in ihren hautengen, schillernden und glitzernden Kostümen umwerfend aus. El Flamo schloß sich ihnen an, eine lodernde Fackel schwingend. Ihm folgten der Professor und Tatjana, deren schwarzes Trikot das feurige Rot ihres Haares betonte. Als letzte erschien die Schlangenfrau, die von der Polizei so unerbittlich zu Willies Wandershow zurückgebracht worden war. Sie hielt eine riesige Schlange in den Armen und hatte eine weitere um den Hals geschlungen. Eine mutige Frau, aber keine glückliche, dachte Mrs. Pollifax, während sie sie scharf musterte. Nicht einmal das dick aufgetragene Augen-Make-up konnte den gehetzten, verängstigten Blick übertünchen. Sie dürfte Ende Dreißig sein, schätzte Mrs. Pollifax, gebleichtes blondes Haar, schlecht frisiert, und die Lippen zu rot. Erst als sie eine Schlange hob, änderte sich ihr Gesicht, wurde sanfter und jünger, als gäbe die Schlange in ihren Händen ihr mehr, als ein Mensch es je könnte.

Mrs. Pollifax betrat das Zelt und schaute die nächsten fünf Minuten zu, wie Jasna unbewegt ihre langen, tödlichen Messer nach ihrem Vater warf. Sie sah die Schlangenfrau mit ihren Schlangen reden, mit ihnen spielen, hörte die Reptilien zischen, und bewunderte das Finale, als sie alle zehn Schlangen um sich drapierte. Danach widmete sie ihre Aufmerksamkeit dem Professor, der Eier aus einem Hut zog und regenbogenfarbene Schals aus seinem Ohr, und freute sich, als er Tatjana und Kadi erfolgreich in zwei Hälften gesägt hatte.

Erst als seine Vorstellung zu Ende war, fiel ihr auf, daß Boozy Tim neben ihr stand. Er flüsterte ihr zu: »Willie hat gesagt, ich soll jetzt mit Ihnen reden.«

»Oh, gut. Ich wollte sowieso mit Ihnen sprechen. Sie wissen so viel und ich so wenig.«

»Jawohl, Ma'am.« Er strahlte sie an. »Ich weiß, warum sie hier sind, aber was das angeht, sind meine Lippen versiegelt.«

Sie verließen das Zelt und zogen sich in die Schatten hinter einer Bude zurück, wo Mrs. Pollifax sich dem kleinen Mann zuwandte. »Boozy Tim, können Sie mir irgend etwas über den Vorfall vergangene Nacht sagen? Waren Sie unter der Menge, als man dem Mann das Messer in den Rücken stieß?«

»Ja, Ma'am.« Er nickte.

»In der Nähe?«

»Ja, Ma'am.«

»Ist Ihnen etwas aufgefallen? Haben Sie etwas gesehen? Irgend jemanden ganz in der *Nähe* von Laszlo, als es passierte?«

Boozy Tim seufzte. »Nun, wie ich's Willie schon gesagt hab – er hat mich nachmittags zu sich ins Büro gerufen – ich hab nicht *wirklich* was gesehen, außer ...«

»Außer?« fragte sie schnell.

Er verzog das Gesicht. »Nur einen Mann mit weißem Bart, wie ich Willie schon gesagt hab. Ich hätt' ihn gar nicht bemerkt, wenn er mir nicht auf den Fuß gestiegen wär. Sein Gesicht hab ich nicht gesehen, aber ...« Er runzelte nachdenklich die Stirn. »Irgendwas an ihm ist mir bekannt vorgekommen. *Irgendwas.*«

»Was zum Beispiel?«

Er zögerte. »Das weiß ich eben nicht, Emmy. Hab bloß den Bart gesehen, als er sich seitwärts drehte, fort von mir. Sein *Gesicht* hab ich nicht gesehen. Vielleicht war's die Art, wie er seine Schultern hielt. Oder seine Nase. Oder vielleicht seinen Kopf.«

»Was hat er angehabt?«

Boozy Tim schüttelte den Kopf. »War nicht sehr hell dort,

alle die Leute, die sich da zusammendrängten. War wie ein Städter angezogen, glaub ich, schwarzer Pullover und schwarze Windjacke drüber. Hab ihn nur flüchtig gesehen – von der Seite und dann von hinten.«

»Er hat sich nicht entschuldigt, daß er Ihnen auf den Fuß getreten ist?«

Boozy Tim schüttelte den Kopf. »War in Eile. Nein.«

»In Eile ... Haben Sie Willie das gesagt?«

»Ja, nur hab ich nicht gleich daran gedacht.«

»Haben Sie sonst noch jemanden in Laszlos Nähe gesehen?«

Wieder schüttelte er den Kopf. »Hab gar nicht gewußt, daß Laszlo vor mir war, bis er auf den Boden gesunken ist und jemand geschrien hat.«

»Wer hat geschrien?«

»Die Frau von der Zauberbude vorne beim Tor – sie ist gekommen, weil sie wissen wollte, worum es bei dem ›He, Rube‹ ging, nur daß es überhaupt keinen Grund für irgendeinen ›He, Rube‹ gab, wie sich herausgestellt hat.«

»Und Willie weiß das? Sie haben es ihm gesagt?«

»O ja, Ma'am. Aber es gibt niemand mit einem weißen Bart in Willies Show. So weiß wie der vom Weihnachtsmann, rein weiß wie frischer Schnee. So jemand ist nicht hier.«

»Ich verstehe.« Sie runzelte die Stirn. »Wie alt war dieser Mann in etwa, der Ihnen auf den Fuß gestiegen ist und in solcher Eile war?«

Boozy Tim dachte darüber nach. »Kann ich nicht sagen, nur daß er sich ziemlich flink bewegt hat für jemand mit weißem Bart.«

»Glauben Sie, daß es ein falscher Bart war?« fragte Mrs. Pollifax.

Der Gedanke war ihm offenbar noch nicht gekommen, und er wirkte jetzt beunruhigt. »Hab ihn nur flüchtig gesehen.

Ganz flüchtig. Und gar nicht mehr daran gedacht, bis Willie immer wieder fragte, ob mir irgend jemand in der Nähe von Laszlo aufgefallen ist. Hab gehört, daß er noch lebt. Stimmt das?«

»Soweit ich weiß, ja«, antwortete sie abwesend, weil sie über seine Geschichte nachdachte.

»Willie hat mich richtig ins Verhör genommen«, sagte Boozy Tim. »Er hat gesagt: ›Boozy Tim, wenn du dort warst, *mußt* du was gesehen haben.‹ Und ich hab gesagt: ›Nein, Willie, hab gar nichts gesehen.‹ Aber da hat mir mein Fuß gerade wieder weh getan – und das tut er immer noch –, da ist mir *das* eingefallen und ich hab's ihm gesagt.«

»Danke«, sagte Mrs. Pollifax ernst und lächelte ihn an. »Sie sind Willie bestimmt eine große Hilfe. Haben Sie auch eine Konzession als Schausteller?«

»*Ich?*« Er grinste sein breites, zahnloses Lächeln. »O nein, Ma'am. Ich reparier, was kaputtgeht. Gibt nicht viel, was ich nicht über das Karussellzeug weiß, wenn's plötzlich streikt. Bin Mechaniker«, sagte er voller Stolz.

Mrs. Pollifax erwiderte sein Lächeln herzlich. »Ich mag Sie, Boozy Tim.«

»Ich mag Sie auch«, erwiderte er erfreut. »Muß jetzt das Karussell nachsehen. Möchten Sie mitfahren?«

»*Gern!*«

»Ich hab ihnen allen Namen gegeben«, vertraute er ihr an. »Setzen Sie sich auf Cynthia. Ich mag sie am liebsten.«

Und so endete Mrs. Pollifax' erster Rummelabend. Sie saß verträumt auf Cynthia, die sich auf und ab bewegte, während die Lichter funkelten und die Melodienwalze des Karussells *In the Good Old Summertime* spielte. Sie hätte es vorgezogen, sich vorzustellen, daß sie der Kavallerie zu Hilfe ritt; oder quer durch eine große Wüste, um sich mit einem Scheich zu treffen, der genau wie Cyrus aussah, aber sie konnte ihre Gedanken nicht von Boozy Tims Geschichte losreißen, von dem Mann, der ihm, in seiner Eile wegzukommen, auf den Fuß getreten war, während die Leute herbeieilten, um zu erfahren, weshalb jemand geschrien hatte.

13

Am Freitag morgen kam Bishop fünfzehn Minuten zu spät ins Büro. »Tut mir leid«, entschuldigte er sich, »ich bin in dem Café, in dem ich immer frühstücke, dem FBI in die Arme gelaufen – Sie wissen schon, Jed Addams. Möchten Sie das Neueste über die Bidwell-Entführung wissen?«

»Hat ihn schon jemand befreit?« fragte Carstairs trocken. »Was ist passiert?«

»Streng vertraulich, natürlich, aber jedenfalls sagt Jed, daß es drei fehlgeschlagene Versuche gegeben hat, das Lösegeld zu übergeben – drei, und das in der einen Woche! Sie haben die fünfzig Millionen in gebrauchten, unmarkierten Scheinen zusammengestellt – eine echte Leistung! – und die Anweisungen peinlichst genau befolgt, aber das Geld wurde nicht abgeholt. Heute vormittag gibt es einen weiteren Versuch, aber inzwischen ...« Er hielt inne.

»Inzwischen was?«

Bishop grinste. »Ich will bloß das bißchen Drama an einem langweiligen Freitag auskosten. Inzwischen wurde auf einem Postamt in Manhattan ein Video gefunden, das irgend jemand unbemerkt dort deponiert hat. Es zeigt Bidwell, der darum bittet, ihn am Leben zu lassen. Es soll bei den Mittagsnachrichten gesendet werden.«

»Bidwell selbst? Nicht seine Frau?«

»Bidwell selbst«, bestätigte Bishop. »Es kann nur von den Geiselnehmern gefilmt worden sein. Übrigens, Jed sagte,

daß Mrs. Bidwell noch unter ärztlicher Aufsicht steht, aber einer der Burschen im Haus meint, daß es ihr gar nicht soviel ausmachen würde, wenn die Entführer ihren Mann umbrächten. Porträt einer glücklichen Ehe, hm?«
»Nur die Meinung eines Außenstehenden«, erinnerte ihn Carstairs.
»Richtig, nur die Meinung eines Außenstehenden«, bestätigte Bishop lächelnd.
Carstairs deutete auf den kleinen Fernsehapparat in der Ecke. »Das würde ich mir gern ansehen. Es interessiert mich, wie Bidwell seine Gefangenschaft bisher durchgestanden hat. Die Mittagsnachrichten, sagten Sie? Erinnern Sie mich bitte.«
»Das vergesse ich bestimmt nicht«, versicherte ihm Bishop und setzte sich an seinen Schreibtisch, von wo aus er um zehn Uhr zum sechstenmal versuchte, Willie und seine Wandershow in Maine zu erreichen. Aber wieder meldete sich lediglich der Anrufbeantworter. »Schlauer Fuchs«, brummte Bishop. »Ich wette, er hat sein Telefon irgendwohin gebracht, wo er es nicht hören kann, während er schläft.« Er machte sich eine Notiz, es in einer Stunde nochmal zu versuchen.
Als er die Tageszeitung in seiner Ablage bemerkte, überflog er die Schlagzeilen, dann wandte er sich auf einen kurzen Blick der zweiten Seite zu. Ganz unten fand er eine kleine Überschrift: NEUE WELLE DER GEWALT IN UBANGIBA.
Carstairs Ubangiba, dachte er und schnitt den Kurzbericht aus, um ihn seinem Boß auf den Schreibtisch zu legen – bloß so zum Spaß, wegen des seltsamen Interesses, das Carstairs in den letzten Tagen für dieses Land an den Tag gelegt hatte. Ehe er den Ausschnitt zur Seite legte, fielen ihm noch

die Worte *Aufstände* und *zwei Tote* auf, und die Tatsache, daß der ubangibanische Gwar, der vor kurzem noch umgerechnet fünfundsiebzig Cents wert gewesen war, es heute nur noch auf acht Cents brachte.

Armes Ubangiba, dachte er.

Carstairs hatte in seinem Büro inzwischen drei Berichte abgezeichnet, als ein Anruf von Pete aus der Afrika-Abteilung kam.

»Was Ubangiba betrifft«, erinnerte er Carstairs. »Die Bodenanalyse ist mit allergrößter Eile vorgenommen worden. Wir werden Ihnen den Report in wenigen Minuten faxen.«

»Großartig«, lobte Carstairs, »aber könnten Sie mir nicht vielleicht gleich jetzt das Ergebnis in aller Kürze verraten? Haben sie irgend etwas Besonderes herausgefunden?«

»Möglicherweise«, antwortete Pete. »Es gibt einen Berg im Süden von Ubangiba, nicht sehr hoch, eigentlich eher eine Hügelkette, und nach der Analyse, mit der Sie sich abplagen können, sobald der Bericht durch ist, gibt es dort Kohle.«

»Kohle!« rief Carstairs. »In Afrika?«

»Ja, unser Geologe wies uns darauf hin, daß in Algerien Mitte des Jahrhunderts in der Sahara vier oder fünf Kohlebergwerke abgebaut worden waren. Bei Kenadsa, westlich von Béchar, wurden 1956 beispielsweise dreihunderttausend Tonnen gefördert. Kein Grubenabbau. Das Flöz verläuft in ›Galerien‹, wie er es nannte, durch den Berg. Etwa fünfundsechzig Kilometer weiter südlich wurde ein Flöz von sogar noch besserer Qualität entdeckt, und später fand man auch bei Ksi, Ksou und Mazarif Kohle. Wenn es in Ubangiba Kohle gibt, könnte es ein Überbleibsel derselben urzeitlichen Wälder oder Moore sein, die vor Äonen durch das Gebiet verliefen. Er bezweifelt, daß diese Bergwerke noch betrieben werden. Wahrscheinlich wurden sie geschlossen, als man im Norden auf Erdgas stieß. Aber jedenfalls ist dort Kohle oder war es zumindest.«

»Mit Kohle in der Mitte von Nirgendwo läßt sich wenig machen«, brummte Carstairs. »Keine Möglichkeit, es in einem Binnenland zu exportieren, und der Ertrag dürfte verdammt gering sein.«

»Oh, ich weiß nicht«, meinte Pete. »In einem Land ohne natürliche Energiequellen, von der Sonne abgesehen, ließe sich damit schon etwas machen. Man könnte ein oder zwei Städte beheizen und beleuchten, artesische Brunnen graben, eine Eisenbahn betreiben oder ein paar Fabriken.«

»Hm«, brummte Carstairs. »Gut, faxen Sie mir den Bericht.«

Kohle, dachte er, als er auflegte. Er konnte seine Enttäuschung nicht verbergen. Erdöl und Erdgas hatten Kohle so gut wie abgelöst, und Kohle schien ihm diese heimlichen Flüge nach Ubangiba zur Beschaffung der Exklusivrechte nicht wert zu sein. Was hatte Desforges gesagt? Daß es mit billigen Arbeitskräften einigermaßen rentabel sein könnte. Oder so ähnlich jedenfalls. Und noch etwas hatte er gesagt, woran er sich jedoch jetzt einfach nicht erinnern konnte. Etwas, das mit billiger Arbeitskraft zu tun hatte. Er strengte sein Gedächtnis an, doch momentan erfolglos. Glücklicherweise hatte er sein Gespräch mit Desforges mitgeschnitten. Wenn er etwas mehr Zeit hatte, würde er sich das Band noch einmal anhören. Im Augenblick war er etwas verwirrt und – wie er zugeben mußte – ein wenig niedergeschlagen. Er konnte sich nicht vorstellen, daß etwas nur »einigermaßen Rentables« einen Mann wie Bidwell mit seinen Fähigkeiten, Millionen – oder, wie Bishop erwähnt hatte, Milliarden – zu machen, auch nur hinter dem Ofen hervorlocken könnte.

Er blickte auf den Zeitungsausschnitt über Ubangiba, den ihm Bishop auf den Schreibtisch gelegt hatte, dann griff er

danach, zerknüllte ihn und warf ihn in den Papierkorb. Ich verliere das Interesse daran, Gott sei Dank, dachte er. Es ging mich ohnehin nie was an.
Um zwölf Uhr dreißig kehrte Bishop von einer kurzen Mittagspause in der Cafeteria zurück und wählte wieder einmal Willies 207-Nummer. Und diesmal wurde der Hörer nach dem siebten Läuten abgenommen.
»Hallo, alter Junge«, sagte er zu Willie. »Ich bin es wirklich leid, meine fröhliche Stimme auf Ihrem elektronischen Sklaven zu hinterlassen, aber es ist höchste Zeit, daß ich mit Petes Lieferung rede, egal, wie beschäftigt Sie sind.«
»Schon gut«, brummte Willie. »Wir müssen noch eine Nacht hierbleiben. Die Polizei besteht darauf. Das wird ganz schön teuer kommen.«
»Unser Problem, nicht Ihres«, beruhigte ihn Bishop. »Wir mögen es gar nicht, wenn unsere Leute hinterrücks erstochen werden.«
»Ich auch nicht. Bleiben Sie dran, ich hole sie.«
Das Öffnen und Schließen einer Tür war zu hören, und Bishop wartete. Nach einer Weile erklangen entfernt Stimmen, und schließlich meldete sich Mrs. Pollifax ein wenig atemlos: »Hallo, hier bin ich.«
Bishop grinste. »Ist mir nicht entgangen. War verdammt schwierig, Sie endlich zu erreichen. Carstairs, von meiner Wenigkeit ganz zu schweigen, möchte wissen, was zum Teufel Ihnen vorgestern nacht zugestoßen ist.«
»Und ich möchte Ihnen herzlich danken, daß Sie uns gerettet haben, Bishop.«
»Aber wovor? Wer war hinter Ihnen her, und wer ist ›wir‹? Reden Sie, um Himmels willen!«
Er hörte, wie sie tief Atem holte. »Geben Sie mir eine Minute, die wesentlichen Details in meinen Gedanken chro-

nologisch zu ordnen – oder ich brauche Stunden.« Nach einer kurzen Pause begann sie: »Also, es fing mit Kadi Hopkirk an, die Hilfe brauchte und jetzt mit mir hier ist. Sie ist neunzehn, wuchs in Afrika auf und geht nun auf die Kunstakademie in New York. Sie war zu einem Vorstellungsgespräch in New Haven, als sie unerwartet einem Jungen begegnete, mit dem sie aufgewachsen ist und der jetzt in Yale studiert. Sie trafen sich auf der Straße. Dieser Freund aus ihrer Kindheit stellte ihr seinen Begleiter als Zimmergenossen vor, doch als sie dann in einem nahen Lokal Kaffee tranken, schob er ihr verstohlen einen Zettel zu, auf dem stand ›Kein Zimmergenosse – Aufpasser‹.«

»Ich höre«, versicherte ihr Bishop.

»Sie verließ ihn verwirrt und besorgt. Ein Lieferwagen, der vor dem Café geparkt hatte, folgte ihr zum Busbahnhof und hängte sich dann an den Bus. Irgendwann nach Bridgeport bat sie in ihrer Panik den Busfahrer anzuhalten und sie aussteigen zu lassen. Sie sprang aus dem Bus und irrte durch eine Gegend mit alleinstehenden Häusern und Gärten. Doch zu ihrem Pech verfolgten die beiden Männer aus dem Lieferwagen sie dort zu Fuß. Jedenfalls gelang es ihr schließlich, sich zwei Tage in unserem Haus zu verstecken, ohne daß Cyrus und ich es merkten. Und ich sollte vielleicht hinzufügen«, erklärte Mrs. Pollifax, »daß dieser Lieferwagen während der zwei Tage oft genug an unserem Haus vorbeifuhr, so daß er mir auffiel, noch ehe ich das Mädchen in der Rumpelkammer entdeckte.«

»Derselbe Wagen?« fragte Bishop skeptisch. »Wie können sie das wissen?«

»Es war unmöglich, die verrückte Aufschrift zu übersehen«, antwortete sie leicht gereizt. »›Chigi-Schrotverwertung‹, stand darauf.«

»Sie meinen *Schrott*verwertung, nicht wahr?«
»Eben nicht! Sie hatten das zweite T von Schrott vergessen.«
»Schon gut«, beruhigte er sie. »Also Schrotverwertung. Und dieses Mädchen, das Sie in Ihrem Haus fanden, was ist sie für ein Typ? Glaubwürdig?«
»Eine ganz reizende Missionarstochter«, erwiderte Mrs. Pollifax. »Und was ihre Glaubwürdigkeit betrifft, nun, ich kann bestätigen, daß in unser Haus eingedrungen und es durchsucht wurde. Und als ich sie später zurückbringen wollte, wurden wir stundenlang den Connecticut Turnpike auf und ab verfolgt. In Worcester gelang es uns, sie gerade so lange abzuschütteln, daß wir uns ein Motelzimmer nehmen konnten. Doch schon eine Stunde später hatten sie uns auch dort aufgespürt. Mein Wagen steht übrigens immer noch dort, wir konnten mit einem Taxi entkommen – zum Krankenhaus, von wo aus ich Sie anrief.«
Bishop schwieg einen Augenblick, verwirrt über das Gehörte. Schließlich sagte er: »Zumindest können wir Ihren Wagen abholen. Welches Motel? Ich werde Pete schicken.«
»Bide-A-Wee. Es ist in der Nähe der Highwayausfahrt. Aber mich interessiert, was mit Kadis Freund Sammy ist, und ich weiß, daß sie sich Sorgen um ihn macht.«
»Alles sehr merkwürdig«, murmelte Carstairs. »Gibt einem zu denken. Ich habe das Gespräch jedenfalls auf Band aufgenommen, für Carstairs, er wird bestimmt noch selbst mit Ihnen reden wollen, aber momentan ist er bei einer Besprechung oben. Konnten Sie bereits irgendwas herausfinden, Sie wissen schon worüber?«
»Nein, aber die Polizei ist hier und befragt alle – und das tue ich ebenfalls.« Verschmitzt fügte sie hinzu. »Willie hielt es für eine gute Idee, daß ich mich als Journalistin ausgebe und

für meine Zeitung über den Rummel schreiben soll. Ich werde dann gleich die Schlangenfrau interviewen.«

»Schlangenfrau?« fragte Bishop. »O ja, *natürlich*, die Schlangenfrau.«

»Und Kadi wird auseinandergesägt«, fügte Mrs. Pollifax vergnügt hinzu und legte auf.

Bishop grinste. Er schloß, daß es Mrs. Pollifax dort gut gefiel, trotz ihres anfänglichen Protests, was ihr Bleiben betraf, wie Willie ihm erzählt hatte.

Als Carstairs eine Stunde später von der Besprechung zurückkam, rief ihm Bishop entgegen. »Ich konnte Mrs. Pollifax endlich bei Willie erreichen. Ich hab das Gespräch mitgeschnitten.«

Carstairs nickte abwesend. »Gut«, murmelte er, was verriet, daß er mit den Gedanken anderswo war.

»*Ich habe gesagt* ...«, versuchte Bishop es noch einmal.

»Ja, ja, ich habe Sie schon gehört«, wehrte Carstairs ungeduldig ab. »Sie konnten Laszlo endlich befragen. Man hat ihn soweit aufgepäppelt, daß er die Vernehmung durchstand.«

»Weiß er, wer ihm bei Willie das Messer in den Rücken stieß?«

Carstairs blickte ihn verwundert an. »Beim Rummel? Nein, ich wollte, daß man ihn ausführlicher darüber befragte, was der Grund für seine Flucht zu Willie am zehnten März war. Sie haben Mornajay das Protokoll eben gefaxt.«

»Aber das ist doch schon so lange her«, sagte Bishop völlig verblüfft. »War das denn so wichtig?«

Carstairs blickte auf die Notizen, die er sich gemacht hatte. »Wir vermuten, daß er von Boston zum Rummel verfolgt wurde. Das würde zumindest bedeuten, daß wir Willies Wandershow nicht als Versteck aufgeben müssen. Und es könnte uns möglicherweise zu einem Hinweis verhelfen, wer ihn dort niedergestochen hat. Laszlo hatte einen Observierungsauftrag in Boston, wo er einem Mann namens Kopcha zu einem abbruchreifen Mietshaus folgte. Dort hörte er Gesprächsfetzen über eine Lösegeldabholung im April.«

Bishop pfiff leise durch die Zähne. »Eine Lösegeldabholung im *April?*«

Carstairs nickte. »Als Laszlo dieses Haus verließ, wurde er zusammengeschlagen und ihm ein Arm gebrochen. Danach flüchtete er zu Willie.«

»Bidwell wurde im April entführt. Halten Sie es für möglich ...?«

»Ja.« Carstairs fügte jedoch sogleich hinzu: »Aber es ist eben nur eine Möglichkeit. Falls sie dort tatsächlich über Bidwells Entführung sprachen, könnte es sein, daß sie beabsichtigten, ihn in diesem Haus gefangenzuhalten – und vielleicht ist er jetzt sogar dort. Ich wollte eigentlich noch mehr wissen, aber ich fürchte, mehr war nicht zu erfahren.« Carstairs überflog stirnrunzelnd die gefaxten Seiten. »Er hatte bereits die Größe des Hauses beschrieben: es war hoch, stand leer, die meisten Fenster mit Brettern vernagelt ... Man bat ihn, Einzelheiten der Straße zu beschreiben, die zu einer Identifizierung führen könnten. Er erinnerte sich an einen Hydranten in dem angrenzenden Grundstück – keine große Hilfe – und an einen Lieferwagen der vor dem abbruchreifen Haus stand. Ein ziemlich heruntergekommener, sagte er, mit der Aufschrift ›CHIGI-SCHROTVERWERTUNG‹ ...« Sein Stirnrunzeln vertiefte sich. »Ein Tippfehler, muß wohl Chigi-Schrottverwertung heißen ...«

Bishop sprang aufgeregt aus seinem Sessel. »Nein, nein, lassen Sie mich sehen!«

»Was, in aller Welt ...«, rief Carstairs, »Ich habe doch nur gesagt ...«
»Ich weiß, ich weiß, Sie sagten ›CHIGI-*SCHROT*verwertung – und genau das gleiche hat auch Mrs. Pollifax gesagt! Es ist auf ihrem Band. Genau so einen Lieferwagen hat auch sie beschrieben, und genau wie Sie, sagte ich, ›Sie meinen Schrott ..., nicht wahr?‹, und sie sagte, nein, CHIGI-*SCHROT*verwertung. Sie hätten das zweite T vergessen.«
»Sind Sie noch bei Sinnen? Wie kann Mrs. Pollifax ...?« Carstairs unterbrach sich und starrte Bishop ungläubig an. »Sie müssen sich verhört haben! Was könnte es für eine Verbindung ...« Es kostete ihn Mühe, sich zu fassen und ruhig weiterzusprechen. »Ich glaube, ich sollte mir die Kassette anhören, Bishop. Und sorgen Sie dafür, daß ich die nächste halbe Stunde nicht gestört werde.«
Carstairs zog sich in sein Büro zurück, und nachdem er sich das Band von Mrs. Pollifax' Gespräch mit Bishop angehört hatte, grübelte er lange darüber nach. Plötzlich warf er einen Blick auf seine Uhr, griff nach dem Telefon und hoffte, daß sich Willie in seinem Wagen aufhielt.
Eine Frauenstimme antwortete. »Ich muß Willie dringend sprechen! Hier ist sein Onkel.«
»Ich bin Gertie. Bitte bleiben Sie am Apparat. Ich sehe Willie durchs Fenster, er unterhält sich gerade mit jemandem. Ich rufe ihn sofort!«
Carstairs wartete, aber voll Ungeduld, und sobald er Willie am Apparat hatte, sagte er: »Willie, dieses Mädchen, das Pete vorgestern nacht mit Mrs. Pollifax gebracht hat. Kennen Sie sie? Sie heißt Kadi.«
»Ja, wirklich nettes Ding, kann großartig mit einem Luftgewehr umgehen.«
»Sie ist aus Afrika?«

»Ja.«
»Wissen Sie zufällig auch aus welchem Land, Willie?«
»Ja.«
»Ja und?«
»Ubangiba.«
Carstairs unterdrückte seine Aufregung. »Danke, Willie«, sagte er ruhig. Er legte auf und starrte finster auf seinen Schreibtisch, als könne er dort die Lösung des Rätsels finden. Schon wieder Ubangiba, dachte er. Eine Entführung, eine Messerstecherei. Ein Mann in Boston, der von einer Lösegeldabholung im April sprach. Leclerc und Romanowitsch. Eines unserer Verstecke. Und ein Mädchen, das von einem Lieferwagen der CHIGI-SCHROTVERWERTUNG verfolgt wurde. Und Desforges' Bericht.
Was war es nur, was Desforges gesagt hatte und an das er sich einfach nicht erinnern konnte. Er nahm die Tonbandkassette seines Gesprächs mit dem Geophysiker aus dem Regal, schob sie in seinen Recorder und hörte sie sich konzentriert an. Er hatte gesagt: *Mit billigen Arbeitskräften, und sie müßten sehr billig sein – ein wenig Leopoldisch natürlich –, ja, mit niedrigen Arbeitskosten dürfte es Gewinn bringen.«*
»Leopoldisch« war das Wort, das er gesucht hatte.
Er griff nach seinem Lexikon und schlug die biographischen Namen auf. Es waren drei Leopolds aufgeführt, aber wenn er Desforges richtig verstanden hatte, konnte er nur Leopold II., König von Belgien, 1865–1909, gemeint haben. König Leopold und der Kongo.
Carstairs stellte das Lexikon zurück und legte die Stirn in Falten. Es war wie ein Puzzlespiel, von dem er bloß ein paar Stücke hatte, die nicht zusammenpaßten, jedenfalls nicht, solange noch so viele fehlten. Aber der sprichwörtliche rote Faden begann sich abzuzeichnen. Er blieb lange über die-

sem Puzzle sitzen, schob ein Stück dahin, nur um es rasch mit einem anderen zu ersetzen. Schließlich hörte er sich das Band mit Desforges noch einmal an, und als es zu Ende war, sagte er laut zu sich: »Ich muß verrückt sein, zu denken, was ich denke – völlig verrückt –, und doch denke ich es.« Allerdings wäre es eine Erklärung für die ungeheure Lösegeldforderung für Bidwell.

Jedenfalls traf er einen Entschluß: Gleich morgen früh, auch wenn es Samstag war, würde er Bishop zu Willie nach Maine senden. Es war Zeit, Kadi Hopkirk zu befragen!

14

Auf dem Weg zur Schlangenfrau sah Mrs. Pollifax Boozy Tim zusammengesackt auf einer großen Holzkiste neben dem Transformator hocken. »Hallo, Boozy Tim«, rief sie ihm freundlich zu, aber er brummte nur einen Gruß und starrte weiterhin finster auf den Boden. Ohne sein übliches Lächeln wirkte er verschrumpelt und müde, seine ganze fröhliche Ausstrahlung war verschwunden.

Als sie Shannon auf dem Wagenplatz traf, fragte sie: »Was ist mit Boozy Tim los? Er sieht aus, als hätte er seinen letzten Freund verloren. Kaum daß er meinen Gruß erwidert hat.«

Shannon nickte. »Er ißt auch nichts. Hat sich bestimmt irgend so einen Virus eingefangen. Saß beim Frühstück neben ihm, aber er starrte bloß auf sein Essen und stand auf, ohne es auch nur angerührt zu haben.«

»Was machen Sie hier, wenn Sie einen Arzt brauchen?«

Shannon grinste. »Ich glaub, ich würde zu dem Mädchen gehen, das mit Ihnen gekommen ist. Sie hat mir erzählt, wie die Medizinmänner in Afrika jemanden heilen.«

»Das hat Kadi erzählt?«

Wieder grinste Shannon. »Ja, ihr Arztpapa hat sich sehr dafür interessiert, er kannte ein paar von ihnen. Honey, können Sie sich vorstellen, daß ein Medizinmann einmal einen Burschen, der durchgedreht hatte und wirklich nicht mehr richtig im Oberstübchen war, gemeinsam mit einer Ziege lebend in eine Grube gesteckt und diese dann zugeschüttet hat? Dabei leierte er eine Menge Beschwörungen.

Und als sie ihn nach einer Stunde wieder ausgruben, war die Ziege tot, aber der Mann lebte und war geheilt. Das war er wirklich! Ihr Vater untersuchte ihn gründlich und behielt ihn eine Zeitlang unter Beobachtung.«

»Hört sich wie ein vernünftiges Äquivalent einer Schockbehandlung an«, meinte Mrs. Pollifax. »Aber ich bezweifle, daß es für Boozy Tim in seinem gegenwärtigen Zustand geeignet wäre.«

Shannon kicherte. »Wir hätten auch weder eine Ziege noch einen Medizinmann.« Nach einem Blick auf den Himmel runzelte sie die Stirn. »Diese Wolken gefallen mir gar nicht.«

»Regen?«

»Eine Pleitenacht, falls es regnet, Honey. Wohin wollen Sie jetzt?«

Mrs. Pollifax wies ihren Notizblock und Kugelschreiber vor und deutete auf den langen, eleganten Wohnwagen der Schlangenfrau. »Vielleicht gelingt es mir diesmal, sie zu interviewen.« Ihr wurde plötzlich bewußt, daß sie sich nun fast noch mehr für den Mann interessierte, mit dem sie zusammenlebte. »Und ihren Gefährten.«

»Oh, Jock.« Shannon verzog das Gesicht. »Komischer Kerl. Ich kenne seinen Typ, und glauben Sie mir, solche wie er haben gewöhnlich ein Auge auf Mädchen, aber er ist zu sehr damit beschäftigt, *sie* zu managen.« Schulterzuckend fügte sie hinzu. »Vielleicht läßt sie sich von ihm rumkommandieren, damit er ihr nicht wegläuft, aber er kann wirklich gemein sein! Viel Glück, Honey.«

Jock öffnete die Tür. Er war auf gutaussehende Weise fast hager und blickte seine Besucherin mit kalten Augen ungeduldig an. Dann wurde ihm bewußt, daß sie die Frau war, die für eine Zeitung über den Rummel schrieb. Da lächelte er, daß seine makellos weißen Zähne in dem sonnenge-

bräunten Gesicht blitzten. »He, Elda«, rief er. »Publicity! Die Dame, die Interviews macht.«
Mit außerordentlicher Höflichkeit bat er Mrs. Pollifax einzutreten. »Nehmen Sie doch bitte Platz – nein, nicht den Sessel – diesen.«
Die Schlangenfrau kam durch eine innere Tür. »Publicity?« fragte sie zweifelnd.
Mrs. Pollifax erkannte sie an diesem Morgen fast nicht wieder. Sie war ungeschminkt, das Haar glatt in den Nacken gekämmt, und sie trug eine Hornbrille. »O je«, sagte sie. »Ich war gerade dabei, Herman zu füttern.«
»Ich kümmere mich darum«, versicherte ihr Jock. »Aber sei so lieb und nimm die Brille ab.«
»Du weißt, daß ich ohne sie halbblind bin!«
»Nimm sie ab!« befahl er. »Willst du, daß ein Bild von dir mit Brille in die Zeitung kommt?«
Mrs. Pollifax warf höflich ein. »Noch keine Bilder. Der Fotograf kommt erst später.«
Das brachte ihr einen leicht verärgerten Blick von Jock ein, der jedoch rasch einen weiteren Befehl erteilte. »Erzähl, wie du in Borneo aufgewachsen bist, Elda.« Er ging, vermutlich, um Herman weiterzufüttern.
Die Schlangenfrau lächelte schwach. »Ich bin natürlich nicht in Borneo geboren, sondern auf einer Farm im Westen und wuchs in Nebraska und später in Montana auf. Darf ich Ihnen Kaffee anbieten?«
Mrs. Pollifax lehnte höflich ab, nachdem sie die großen Glaskäfige entlang der Wand gesehen hatte, in denen, wie man auf den ersten Blick meinen konnte, gewaltige Taurollen lagen – bis diese anfingen, sich träge zu bewegen. Ihr war auch die weiße Maus nicht entgangen, die plötzlich durch das Zimmer gehuscht war. Sie holte ihren

Notizblock hervor und sagte: »Ich sehe, Sie leben tatsächlich mit Ihren Schlangen zusammen ... Fangen wir mit Ihrem Namen an.«

Die Schlangenfrau setzte sich an das andere Ende des Couchtischs und sagte: »Okay, ich bin Elda Higgins.«

»Und Jock, heißt er ebenfalls Higgins?«

»O nein, wir sind nicht verheiratet. Jedenfalls noch nicht«, sagte sie ruhig. »Übrigens war er es, der mir so lange zugeredet hat, bis ich mit der Show anfing. Ich war Lehrerin, müssen Sie wissen, in einem kleinen College im Mittleren Westen – ich unterrichtete Herpetologie.« Ihre Stimme wurde etwas schärfer und fast sarkastisch, als sie hinzufügte: »Er sagte, welchen Spaß das machen würde und wieviel Geld es einbrächte, wenn ich meine Schlangen bei großen Ausstellungen herzeigte, da ich doch so viele als Haustiere hielt.« Sie stand auf und ging zu einem der Käfige, und Mrs. Pollifax zuckte zusammen, als sie eine gut zwei Meter lange Schlange mit braunen Streifen herausnahm. »Er mag es gern, wenn ich ihn halte«, erklärte sie und nahm die Schlange zu ihrem Sessel mit. »Er ist noch sehr jung, eine Boa, ist er nicht schön? Er heißt Jimmy.«

»Eine Boa *constrictor*?« vergewisserte sich Mrs. Pollifax leise.

»Ja.«

Nachdem Mrs. Pollifax sich wieder gefaßt hatte, fragte sie, ob Elda ihre neue Karriere Spaß machte und auch etwas einbrachte.

Elda seufzte. »Einbringen ...?« Sie zögerte. »Bis jetzt noch nicht. Wir begannen die Saison mit einer großen Ausstellung im Staat New York und es sah recht vielversprechend aus, aber dann hatte Jock Streit mit der Ausstellungsleitung, deshalb kamen wir hierher. Später als die anderen«, sie lächelte etwas schief, »darum kann ich auch nicht sagen, daß es bis jetzt viel Geld gebracht hat, es ist ja ein so kleiner Rummel.«

Mrs. Pollifax lächelte mitfühlend. »Ich habe gestern völlig ungewollt mitgehört – ich war gerade dabei, an Ihre Tür zu klopfen –, daß Sie eher abreisen wollten.«

»Oh, Jock – Jock ist allergisch gegen Polizei«, sagte Elda etwas bestürzt und fügte dann hinzu: »Um ehrlich zu sein, ich wollte es. Ich dachte, daß wir anderswo vielleicht besser rauskommen würden, so spät in der Saison ist es ja noch nicht. Es ist eine Geldfrage, wissen Sie. Es kostet ziemlich viel, die Terrarien für die Schlangen warm genug zu halten – knapp siebenundzwanzig Grad –, dann kommt ihr. Futter dazu, das ist sehr teuer, außerdem das Reisen und die Raten für den Wohnwagen. Und ich habe eine Tochter in Nebraska …« Ihre Stimme klang, als würde sie in Tränen ausbrechen, wenn sie weiterredete.

»Das ist sehr interessant«, sagte Mrs. Pollifax, »ich werde mir alles notieren.« Sie kritzelte ein paar Zeilen. »Kennen Sie Jock schon lange?«

»Nein, nicht sehr lange.« Ihre Augen leuchteten auf, »aber er kennt sich mit dem Rummelleben und dergleichen aus, er war Ausrufer bei den Strates Shows und …«

»Und hat es Ihnen schmackhaft gemacht.« Mrs. Pollifax nickte. »Und die Schlangen, sind sie noch sehr gefährlich?«

»Nein, nicht mehr«, antwortete Elda verärgert.

»Nicht giftig?«

Der Ärger schwand und sie sagte ausdruckslos: »Jock weigerte sich, mit mir zusammenzuleben, wenn ich ihnen nicht die Giftdrüsen herausschneiden ließe.« Sie stieß abrupt ein Lachen hervor, das jedoch unecht klang. »Er hatte wahrscheinlich recht, denn sie mögen ihn nicht, aber ich sage

Ihnen eines«, sie beugte sich vor und ihre Stimme klang leidenschaftlich. »*Nie* hat eine Klapperschlange je auch nur versucht, mich zu beißen, oder eine Python oder eine Boa mich zu würgen, und ich ziehe sie auf, seit ich sieben oder acht Jahre alt war. *Nie* hat mir eine weh getan!«

»Wie machen Sie das?« fragte Mrs. Pollifax ehrlich erstaunt.

Elda lehnte sich wieder zurück und entspannte sich. »Nun, sie *kennen* mich, wissen Sie, wir sind Freunde. Ich rede mit ihnen, kose sie, füttere sie, zähme sie. In den USA gibt es nicht viele Todesfälle durch Schlangen, und die wenigen hauptsächlich durch Rautenklapperschlangen, und mit denen gebe ich mich nicht ab. Was ich habe sind Königsnattern, Boas, Pythons und Kettenklapperschlangen. *Drei* wunderschöne Pythons!« Mit dem Kopf deutete sie zu den Terrarien an der Wand. »Möchten Sie sie sehen?«

»Uh – jetzt lieber nicht. Würden Sie sich als Schlangenbeschwörerin bezeichnen?«

Elda lachte. »Oh, es gibt keine Schlangenbeschwörer, nur willensstarke Menschen.«

Willensstark mochte Elda ja sein, gestand Mrs. Pollifax ihr zu, aber nicht, wenn es um Jock ging. Mit einem beunruhigten Blick auf die Boa, die von Eldas Schoß glitt, stand sie auf. »Damit dürfte ich für den Augenblick genügend Material haben. Ich möchte jetzt noch mit einem der Schausteller reden, zu denen ich bisher nicht gekommen bin.«

»Oh, die.« Elda hob die Boa vom Boden auf und öffnete die Tür für Mrs. Pollifax. Sie blinzelte in die Sonne hinaus.

»Kennen Sie irgendwelche Ihrer Nachbarn? Kommen Sie gut mit Ihren neuen Kollegen hier aus?«

Eifrig antwortete Elda »Oh, ich würde gern ...« Sie unterbrach sich und blickte zur Küche. »Nein. Ich kenne hier so gut wie niemanden.«

Schon wieder Jock, dachte Mrs. Pollifax und ging. Sie hatte das Gefühl, daß sie keine große Hilfe für Willie sein würde, denn ihre Begabung, Dinge herauszufinden und Geheimnisse aufzudecken, verlor sich ein wenig in der für sie so exotischen Umgebung. Beispielsweise fand sie Elda, die Schlangenfrau, ebenso in einem Käfig gefangen wie ihre Reptilien. Aber das konnte natürlich auch nur Tarnung sein. Möglicherweise war sie in Wirklichkeit eine begabte Schauspielerin und nie Herpetologielehrerin gewesen. Die Polizei hatte ihren Lebensgefährten Jock zweifellos nervös gemacht, aber wahrscheinlich aus Gründen, die nichts mit internationaler Spionage zu tun hatten. Sie hatte gestern heimlich mitgehört, als die Polizei Jasna und ihren Vater vernahm, und wenn der Verlust seines Augenlichts dazu geführt hatte, daß eine so großartige Nummer sich jetzt mit Vorstellungen bei Willies Rummel begnügen mußte, verbarg er seine Blindheit sehr gut. Sie hatte ihre Vorstellung vergangene Nacht im Zehn-in-Einem mit großen Interesse verfolgt. In seiner weißen Satinrobe und dem üppigen schwarzen Bart hatte er wie ein russischer Patriarch ausgesehen. Daß er eine dunkle Brille trug, konnte man durch das auf ihn gerichtete grelle Scheinwerferlicht erklären. Ihr war nicht entgangen, daß er sich bereits in der richtigen Position befunden hatte, ehe der Vorhang hochging. Die beiden gaben sich große Mühe, seine Behinderung zu verbergen. Da war auch Lubo, auf eigensinnige, unerbittliche Weise verschlossen – nicht einmal Kadi war es geglückt, etwas aus ihm herauszubekommen. Aber Rummelleute waren eben keine gewöhnlichen Leute, das war ihr klar. In der normalen Gesellschaft wären sie Außenseiter. Die üppige Shannon beispielsweise, die ein Engagement am Broadway nicht interessierte, weil sie in der Welt herumkommen wollte. Boozy Tim, dessen Exzentrik hier voll Stolz, ja Ehrfurcht akzeptiert wurde – wo sonst würde er ein so freundliches Publikum finden, das so auf ihn einging?

Die Sonne war wieder zwischen den Wolken hervorgekommen, und ihre Hitze würzte die Luft mit dem Geruch von Sägemehl. Mrs. Pollifax beschloß nachzusehen, ob Pie-Eye seine Wurfbude bereits geöffnet hatte, und ging zur Mittelstraße. Jake machte sich am Transformator zu schaffen und nickte ihr zu, als sie vorüberging. Sie hatte Pie-Eye noch nicht kennengelernt, ihn gestern abend nur flüchtig in seiner Bude gesehen und den hellroten Turban bemerkt, den er um den Kopf gewickelt hatte. Er betonte sein hageres, dunkelhäutiges Gesicht mit den schmalen Lippen und dem strichdünnen Schnurrbart darüber. Jetzt sah sie, daß seine Bude geöffnet war und er sich mit – ja, es war tatsächlich Kadi, unterhielt. Das würde die Befragung bestimmt erleichtern. Sie schlenderte über die Straße zu ihnen.

»Er heißt gar nicht Pie-Eye«, empfing Kadi sie. »Aber weil niemand seinen Namen richtig aussprechen kann, nennt ihn jeder so. Er heißt in Wirklichkeit ...« Sie blickte ihn fragend an.

»Pyrrhus! Der Name eines Königs!« erinnerte er sie streng.

»Ja, tatsächlich.« Mrs. Pollifax nickte. »Und Sie betreiben die Wurfbude?«

Er zuckte die Schultern. »Dieses Jahr, diese Saison, ja.« Er lächelte sie großmütig an.

Sie erwiderte sein Lächeln. »Und zu anderen Zeiten?«

Wieder zuckte er die Schultern. »Irgendwas. So gut wie alles! Gedankenlesen, Wahrsagen, Glücksrad, Wurfringstand. Ich beherrsche alles. Ich bin Medium und«, fügte er voller Charme hinzu, »ein Genie.«

»Ein Allroundtalent«, stellte sie schmunzelnd fest. »Ein wahres Wunder, daß Sie hier sind und nicht bei einem der großen Vergnügungsparks.«

Sein Charme war plötzlich wie fortgewischt. Er starrte sie argwöhnisch an und sagte kühl: »Ich gehe, wohin es mir gefällt – wohin meine Bestimmung mich führt –, ich folge dem Wind.«

»Heute ist es ein Südostwind«, warf Kadi schlichtend ein. »Ein ziemlich schwüler noch dazu.« Sie blinzelte Mrs. Pollifax zu und wandte sich zum Gehen. »Kommen Sie, Emmy. Suchen wir Boozy Tim.« Als sie außer Pyrrhus' Hörweite waren, sagte sie: »Niemand mag Pie-Eye. Gertie erzählte mir, daß ihn alle für einen Langfinger oder so was auf der Flucht halten. Vielleicht ist er derjenige.«

»Sie sind ja schon ganz schön rumgekommen«, neckte Mrs. Pollifax sie. »Haben Sie neue Zeichnungen?«

Kadi blickte auf ihren Skizzenblock. »Bloß von den zwei Männern aus dem Wagen der CHIGI-SCHROTVERWERTUNG, die mich verfolgt haben. Nur, daß ich sie nie ganz aus der Nähe gesehen habe.«

Mrs. Pollifax betrachtete die beiden Gesichter und murmelte: »Älter, als ich dachte. Asiatisch, orientalisch, vielleicht? Grob und brutal. Nicht gerade jemand, von dem man verfolgt werden möchte.«

»Nein«, bestätigte Kadi. »Ich dachte mir eigentlich nur, wenn ich versuchte, sie auf Papier zu bannen, würden sie aus meinen Träumen verschwinden. Gestern nacht haben sie mich in meinem Alptraum wieder in Ihren Garten verfolgt. Als sie das mit scheinbar gleichmütiger Stimme gestanden hatte, fuhr sie lächelnd fort: »Haben Sie gewußt, daß Boozy Tim auf Frachtschiffen rund um die Welt gefahren ist? Daß er als Stadtstreicher sein Leben fristete, als Willie ihn fand?«

»Nein, das wußte ich nicht.«
Kadi nickte. »Es gibt noch mehr, was ich Ihnen bisher nicht erzählen konnte. Man hat mir bereits drei Jobs angeboten – drei! Pogo, der Professor und – Sie werden es nicht glauben! – Willie. Für den Sommer.«
»Willie!«
Kadi strahlte. »Er möchte, daß ich eine Kohlezeichnung von ihm für sein Wohnzimmer mache – aber nicht als Ersatz für Elvis Presley – und neue Rummelplakate entwerfe und die Bilder im Zehn-in-Einem ein wenig verschönere, vor allem die von El Flamo und von den Tanzmädchen.«
Amüsiert fragte Mrs. Pollifax: »Und haben Sie bereits zugesagt?«
Kadi wirkte bedrückt. »Ich sagte Willie, daß ich zuerst herausfinden müsse, was mit Sammy los ist.« Sie blickte um sich. Dann rief sie dem Rummelvormann zu: »Jake, haben Sie Boozy Tim gesehen?«
Jake lächelte sie fast schüchtern an.
Alle lächelten Kadi an, bemerkte Mrs. Pollifax. Es war auch fast unmöglich, es nicht zu tun. Sie war ein so sonniges Ding mit strahlenden Augen, rosigen Wangen, das dunkle Haar windzerzaust.
»Boozy Tim? Er ist in die Stadt. Zu Fuß.«
Überrascht sagte Mrs. Pollifax: »An einem so heißen Tag? Shannon hat heute morgen gesagt, daß er sich nicht besonders wohl fühlte.«
Jake runzelte die Stirn. »Sie hat ihm angeboten, ihn zu fahren, aber er wollte lieber zu Fuß gehen.« Er schüttelte den Kopf. »Er verläßt selten den Rummel, wahrscheinlich brauchte er ganz dringend etwas.« Beruhigend fügte er hinzu. »Er wird es schon schaffen, es sind ja nicht einmal fünf Kilometer, und Shannon versprach, daß sie nach ihm

Ausschau halten und ihn in ihrem Wagen zurückfahren würde.«
Mrs. Pollifax war sehr erleichtert, das zu hören.
Sie und Kadi gingen zu ihrem Wohnwagen, und Mrs. Pollifax schloß auf, was sich als viel schwieriger erwies als bisher.
»Es will nicht«, murmelte sie. Sie steckte den Schlüssel ein zweites Mal ins Schloß und runzelte die Stirn.
»Müßte vielleicht geölt werden«, meinte Kadi.
»*Irgend etwas* braucht es bestimmt.« Wieder zog Mrs. Pollifax den Schlüssel heraus und steckte ihn aufs neue hinein. Diesmal ließ er sich drehen, wenn auch mit ziemlicher Kraftanwendung, und sie konnten die Tür öffnen.
Mrs. Pollifax trat als erste ein. »Oh-oh!« entfuhr es ihr.
»Was ist los?« fragte Kadi.
»Holen Sie Willie«, bat sie. »Jemand hat hier was gesucht. Und sich nicht mal Mühe gegeben, es zu verheimlichen. Ich hatte meine Handtasche unter das Kopfkissen geschoben, ganz, so daß sie nicht zu sehen war. Aber jetzt ragt sie gut zur Hälfte darunter hervor. Wo ist Ihr Rucksack?«
Erschrocken blickte sich Kadi in dem kleinen Wohnwagen um. »Auf der Bank beim Tisch – aber ich hatte ihn auf meinem Bett stehen lassen! Emmy …«
»Holen Sie rasch Willie. Sie können später nachsehen, ob etwas fehlt. Das Seitenfenster ist offen und das Fliegengitter herausgedrückt. Wer immer es war, hat sich in größter Eile verzogen, als er uns kommen hörte.«
Als Kadi gegangen war, schaute Mrs. Pollifax in ihre Handtasche. Der Inhalt war zwar etwas durcheinander, doch es fehlte nichts, nicht einmal die siebzig Dollar in ihrer Geldbörse. Wer immer sie durchsucht hatte, hatte ihre Scheckkarte gesehen und wußte jetzt, daß sie nicht einfach Emmy Reed hieß. Sie fragte sich, wie wichtig das war.

Als Willie endlich kam, machte er ein grimmiges Gesicht. »Jemand hat Ihre Sachen durchstöbert? Das gefällt mir gar nicht. Was fehlt?«

»Mir gefällt es auch nicht«, versicherte sie ihm. »Es fehlt nichts!«

»Um so schlimmer!« Willies Gesicht wurde noch finsterer.

Kadi schaute in ihrem Rucksack nach, schließlich leerte sie ihn einfach auf das Bett. Zwei Tafeln Schokolade, vier Zeichenblöcke, ein Geldbeutel für Kleingeld, einer für Scheine und Ausweise, ein Mäppchen mit Schreib- und Malstiften, ein Reisepaß, drei Lippenstifte, eine Haarbürste, ein Kamm und ein Ordner, auf dem mit sauberen Lettern stand: LEBENSLAUF, KADI HOPKIRK.

Mrs. Pollifax lächelte ein wenig über diese Sammlung. »Ist noch alles da?«

Kadi nickte.

»Das gefällt mir ganz und gar nicht!« wiederholte Willie. »Am hellichten Tag noch dazu! Und ohne, daß etwas mitgenommen wurde! Ich sehe keine andere Erklärung, als daß Laszlos Angreifer noch hier ist und nervös wird. Oder neugierig. Wenn der Einbrecher Sie bestohlen hätte, wäre es etwas anderes, aber so ...«

»Meinen Sie, daß meine sogenannten Interviews jemanden nervös machen?«

Willie überlegte. »Nein«, antwortete er nachdenklich. »Es ist wohl eher, daß sich jemand beobachtet fühlt.«

»Bestimmt nicht von mir!« entgegnete Mrs. Pollifax verärgert. »Die einzige Person, die ich bisher jeden Abend beobachtet habe, ist der Professor, wenn er Kadi auseinandersägt.« Während ihr Blick an Willie vorbei durchs Fenster fiel, sah sie Boozy Tim mit einem großen weißen Papierbeutel in der Hand am Wagen vorbeigehen. Sie seufzte erleichtert. »Gott sei Dank! Da ist Boozy Tim endlich! Wir haben uns Sorgen um ihn gemacht.«

Willie machte wieder ein grimmiges Gesicht. »Genau der, mit dem ich reden muß!« Er schritt zur offenen Tür, rief ihm zu und stieg vom Wohnwagen hinunter. Beide blieben unmittelbar unter dem Fenster stehen. »Boozy Tim, was zum Teufel ist mit dir los?« fragte Willie heftig. »Alle sind angelaufen gekommen, weil sie wissen wollten, was heute mit dir ist, ob du krank bist.«

Boozy Tim antwortete ernst. »Ich hab bloß versucht nachzudenken, Willie. Ehrlich, Willie, wenn ich nur fest genug nachdenken könnte, das weiß ich ganz bestimmt, würde ich dir mit diesem Weihnachtsmannkerl helfen können, der mir auf den Fuß getreten ist.«

Willies Stimme wurde sanft. »Dann fehlt dir also nichts?«

»Nein, Willie. Ich streng mich bloß an, nachzudenken!«

»Bitte, Boozy Tim, tu's nicht mehr. Wir alle brauchen dein Lächeln!«

»Wirklich, Willie? Okay, dann hör ich auf, wenn du es willst.«

»Ja, ich will es. Komm, gehen wir auf eine Tasse Kaffee zu Mick ins Küchenzelt. Du siehst müde aus.«

Das ist es also! dachte Mrs. Pollifax. Boozy Tim hatte Willie unbedingt helfen, ihm eine Freude machen wollen – kein Wunder, wenn man bedachte, daß Willie ihn von der Straße geholt und in der großen Familie der Rummelleute aufgenommen hatte. Shannon hatte den Rummel so beschrieben, und wirklich mußte es für jene, die Jahr um Jahr wiederkommen, so was wie Familie sein.

Kadi packte ihren Rucksack wieder ein. »Ich glaub, ich sollte jetzt duschen, die Show fängt bald an.«

Mrs. Pollifax nickte. Der Zwischenfall war vorbei, sie würde das Fliegengitter wieder einhängen, sich den Rummelleuten für ein frühes Abendessen im Kochzelt anschließen, und um achtzehn Uhr ging dann das Vergnügen wieder los. Wie jeden Tag. Aber sie wußte, daß es nicht mehr ganz dasselbe sein würde, denn etwas hatte sich geändert. Laszlos Angreifer war keine Einbildung mehr, kein Phantom. Es gab ihn wirklich.

Um achtzehn Uhr drängte sich Mrs. Pollifax durch die in Gegenrichtung vom Tor her strömende Masse von Städtern, um ins Zehn-in-Einem zu gelangen. Sie schritt fast unbewußt im Dreivierteltakt der Karussellmusik, *An der schönen blauen Donau* im Moment, doch bis sie das große Zelt erreichte, hatte sie bereits zu einem fröhlichen *Ciribiribin* gewechselt. Es war nun schon fast ein Ritual, an Kadis erster Abendvorstellung teilzunehmen. Danach würde sie Kadi begleiten, die zu Pogos Schießbude eilte, um fünfzehn oder zwanzig Minuten lang seinen Lockvogel zu spielen. Im Zelt hielt sie neben der sprechenden Sphinx an – *Fragen Sie, was Sie wollen, die Sphinx wird Ihnen antworten!* – und wünschte, sie könnte fragen, ob es ein Mörder gewesen war, der heute nachmittag ihren Wohnwagen durchsucht hatte. Aber die junge Bauchrednerin hinter der Sphinx würde sie lediglich für verrückt halten.
Es war eine warme Nacht und im Zehn-in-Einem-Zelt noch wärmer als im Freien. Sie nahm ihren Platz in der Zuschauerreihe ein und sah zu, wie Norbert, der Schlangenmensch, die Beine um seinen Hals wand, und dann bewunderte sie Flamo, den Feuerschlucker. Als Elda mit ihren Pythons und Boas auf die Bühne kam, drehte sie den Kopf, um zu sehen, wie voll der Zuschauerraum war und entdeckte Boozy Tim, der mit nachdenklichem Gesichtsausdruck im Schatten der

Tribüne stand. Sie erinnerte sich an seine Worte: »Ehrlich, Willie, wenn ich nur fest genug nachdenken könnte, das weiß ich ganz bestimmt, würde ich dir mit diesem Weihnachtsmannkerl helfen können.« Und Willie hatte gesagt: »Bitte, Boozy Tim, tu's nicht mehr.«

Offenbar versuchte es Boozy Tim trotzdem noch. Mit düsterer Miene beobachtete er konzentriert jede Bewegung der Schlangenfrau. Nach ihrem Auftritt kam der Professor auf die Bühne, und ihn beobachtete er ebenfalls mit höchster Aufmerksamkeit. Nach dem Professor würden, wie Mrs. Pollifax wußte, Jasna und ihr Vater kommen. Sie hatte plötzlich ein ungutes Gefühl. Boozy Tim sollte es nicht so offensichtlich tun, dachte sie. Er sollte es wirklich nicht. In seiner Bemühung, die Person zu identifizieren, die ihm auf den Fuß getreten war, würde er bald auffallen. Sie erinnerte sich erschrocken, daß Willie gesagt hatte: »Es ist wohl eher, daß sich jemand beobachtet fühlt.«

Sie wollte zu Boozy Tim gehen und sagen: »Hören Sie auf, so auffällig zu beobachten, es ist gefährlich«, würde jedoch abgelenkt, denn die Darbietung des Professors war zu Ende und Kadi kam auf sie zu. Als sie jedoch an Boozy Tim vorbeikamen, blieb Mrs. Pollifax stehen. »Boozy Tim«, sagte sie leise, »wären Sie so nett und kommen mit uns hinaus? Kadi und ich wollen zu Pogos Schießbude, und Sie könnten mir Gesellschaft leisten, während sie Pogo hilft. Bitte!«

»Ja, Ma'am«, antwortete er höflich, ohne den Blick von der Bühne zu nehmen. »Ich komme nach. Bald.«

Er starrte immer noch angestrengt auf die Bühne, als sie das Zehn-in-Einem verließen.

15

Bishop war alles andere als erfreut, als er erfuhr, daß er am Samstag nach Maine fliegen solle, um mit Kadi Hopkirk zu reden. »Verdammt!« protestierte er. »Ich habe morgen ein Verabredung zum Mittagessen und zum Golf. Ich habe das Mädchen erst kennengelernt. Sie ist eine umwerfende Blondine, und sie *mag* mich.«

»Ich mag Sie auch«, sagte Carstairs trocken. »Genau wie Mrs. Pollifax. Vielleicht mag sogar Kadi Hopkirk Sie.«

Bishop rümpfte verärgert die Nase. »Aber niemand von Ihnen ist blond, hat eine Traumfigur, arbeitet fürs Finanzministerium und kann stundenlang sachverständig über die Zentralbank reden.«

Carstairs zog eine Braue hoch. »Stundenlang über die Zentralbank reden? Also wirklich, Bishop!«

»Schon gut.« Bishop grinste ein wenig verlegen. »Falls ich meine Enttäuschung deutlich genug gemacht habe, werde ich aufhören. Aber es gibt Zeiten ...«

»Für die wir bezahlt werden!« erinnerte ihn Carstairs. »Wie auch immer, Sie werden um etwa vierzehn Uhr bei Willie ankommen und können gegen Abend wieder zurück sein. Ich verspreche Ihnen, daß Sie am Sonntag von uns nicht gestört werden. Sie sind der einzige, den ich damit betrauen kann.« Nachdem Carstairs das zugegeben hatte, schlug er sofort wieder einen geschäftsmäßigen Ton an. »Aber jetzt möchte ich, daß Sie erst zweierlei erledigen. Beauftragen Sie die Bundespolizei von New York, Connecticut und New

Jersey, Nachforschungen nach einem weißen Lieferwagen mit der Aufschrift CHIGI-SCHROTVERWERTUNG anzustellen, Zulassungsnummer unbekannt. Mrs. Pollifax ist nicht zufällig die Farbe des Nummernschilds aufgefallen, oder?«
Bishop schüttelte den Kopf. »Es könnte für Tagesfahrten absichtlich mit Schmutz verschmiert gewesen sein und unbeleuchtet bei Nachtfahrten. Da er ständig hinter ihnen fuhr, überrascht es nicht, daß es ihnen nicht auffiel. Ich werde gleich die Polizeistellen anrufen, aber was ist das zweite?«
Carstairs lächelte. »Wann immer Sie es heute nachmittag für den richtigen Zeitpunkt halten – könnten Sie Jed Addams beim FBI anrufen und ihn fragen, ob die Lösegeldübergabe heute morgen geklappt hat. So, aber jetzt lassen Sie mich weiterarbeiten, Sie wissen ja, wie es freitags zugeht!«
»Bin schon weg.« An der Tür zögerte Bishop und drehte sich grinsend um. »Ich muß zugeben, dieser Ausflug nach Maine verspricht interessant zu werden. Als ich mit Mrs. Pollifax telefonierte, erzählte sie mir recht vergnügt von einem Interview mit einer Schlangenfrau. Ich bin gespannt, wie sie es auf einem Rummel anpackt. Ist doch ein kleiner Unterschied zwischen so einem Jahrmarkt und ihrem Garten-Club.«
»Noch interessanter wäre, wenn sie herausfinden könnte, wer Laszlo das Messer in den Rücken gestoßen hat«, sagte Carstairs, aber Bishop hatte bereits die Tür hinter sich geschlossen und hörte es nicht mehr.

Pünktlich um elf Uhr siebenundfünfzig schalteten sie den Fernseher ein. Eine Seifenoper ging gerade zu Ende und Bishop betrachtete fasziniert eine üppige blonde Darstellerin. Nach zwei Werbespots wurde aufgeregt verkündet, daß man endlich von George Bidwell gehört hatte und er allem Anschein nach noch lebte. Dann wurde der ganz offensichtlich von einem Amateur aufgenommene Videofilm gezeigt. Die Ausleuchtung war schlecht, der Hintergrund verschwommen, aber Bidwells Gesicht war in Großaufnahme und deutlich genug, daß man einen Bluterguß auf einer Wange und Ringe unter den Augen sehen konnte. Seine Stimme klang müde. Er sagte, er sei George Bidwell, würde nicht mißhandelt, aber das Lösegeld sei immer noch nicht bezahlt worden. Man hatte ihm gesagt, die Polizei habe sich bisher nicht sehr professionell verhalten und mehrmals zum falschen Zeitpunkt eingegriffen. Er ersuchte sie mit zitternder Stimme, die Bezahlung nicht mehr zu verhindern, denn er fürchte nun um sein Leben. »Ich flehe Sie an, tun Sie, um Gottes willen, alles, daß ich nicht umgebracht werde und zu meiner Familie zurückkehren darf. *Diese Leute sind nicht sehr geduldig.*«

Das Band endete abrupt.

»Sehr dramatisch.« Carstairs nickte.

»Dramatisch!« rief Bishop heftig. »Nicht mißhandelt! Aber haben Sie den Bluterguß auf seiner Wange gesehen? Die Jungs vom FBI sollen verdammt zusehen, daß sie die Sache endlich in den Griff bekommen, sonst ist das Leben der Geisel keinen Cent mehr wert!«

Carstairs gab ruhig zu bedenken, daß eine Lösegeldübergabe nicht so einfach zu arrangieren sei.

Bishop rümpfte die Nase. »Jed Addams sagte, beim letzten Mal sollte die Übergabe auf einer Landstraße in New Jersey stattfinden – zweifellos mit einem Agenten auf jedem Baum und einem herumkreisenden Hubschrauber über den Köpfen!«

Amüsiert fragte Carstairs: »Und wie würden Sie es anstellen?«
Bishop machte ein finsteres Gesicht. »Nun, ich würde ...« Er blickte auf. »In New York, auf der Kreuzung Broadway – Fifth Avenue ... wo es von Menschen nur so wimmelt. Es vielleicht in einen der Abfallkörbe stecken, Sie wissen schon, einen dieser Drahtkörbe.«
»Sie würden fünfzig Millionen in unmarkierten Scheinen in einen Abfallkorb an einer Straßenecke lassen und hoffen, daß kein Penner schneller ist?«
»Ach, ich weiß nicht«, entgegnete Bishop gereizt. »Aber schließlich ist es Sache des FBI, sich etwas Kreatives einfallen zu lassen, nicht wahr?«
»Ja, aber nicht so kreativ, daß es die Entführer verscheucht, die ja schließlich sichergehen wollen, daß sie nicht beobachtet, fotografiert und verfolgt werden.« Carstairs blickte auf die Uhr. »Sieben nach zwölf ... Nun, wir haben Bidwell gesehen. Vergraben Sie sich nicht so sehr in Ihren Papierkram, daß sie vergessen, Jed Addams zu fragen, wie der letzte Versuch ausgegangen ist.«
»Wie könnte ich das vergessen? Ich dachte an vierzehn Uhr dreißig, was meinen Sie?«
»Warum nicht?«
Als er wieder allein war, vergrub Carstairs sich in seinen Papierkram, wurde dann jedoch nach oben zu Mornajay beordert und stellte fest, als er um fünfzehn Uhr zurückkehrte, daß Bishop sehr erfreut wirkte. »Es ist endlich geglückt!« empfing er seinen Chef. »Die Geldübergabe. Wie, weiß ich nicht, aber jedenfalls um fünf Uhr heute früh. Bidwells Sohn hat sich doch als nützlich erwiesen. Er überbrachte das Geld mit einem Motorrad oder Fahrrad in der Nähe des Bidwellschen Landhauses. Und noch ehe er wie-

der zu Haus war, hatten die Entführer mit dem vereinbarten Zeichen bestätigt, daß sie das Geld abholen konnten. Jetzt beginnt das nervenaufreibende Warten, bis Bidwell heil zurückgebracht wird.«

»Nicht schlecht für eine Woche Arbeit«, lobte Carstairs. »Jemand hat mitgedacht – um fünf Uhr früh ist es noch nicht zu hell, aber auch nicht mehr zu dunkel.«

Um siebzehn Uhr dreißig diktierte Carstairs Bishop noch ein paar Notizen und erledigte die letzte Arbeit für diesen Tag, als das Läuten des Telefons sie unterbrach. »Carstairs«, meldete er sich, und eine Minute später, nachdem er die Hand auf die Sprechmuschel gedrückt hatte, erklärte er Bishop: »Es ist die New Yorker Polizei. Sie hat den Chigi-Schrotverwertungs-Wagen gefunden.« Dann hörte er wieder zu. *»Wo?«* fragte er erstaunt, und dann: »Wie lange schon?« Er verzog das Gesicht. »Danke für Ihre Hilfe. Sie hören wieder von mir.«

Er legte auf. Sein Gesicht wirkte jetzt ernst und ein wenig enttäuscht. Als er nichts sagte, hielt Bishop es nicht mehr aus und fragte. »Wo haben sie den Lieferwagen denn gefunden?«

Carstairs seufzte. »Er wurde eben aus dem East River gefischt. Jemand im Hafen hörte vor etwa einer Stunde ein lautes Platschen. Er sah gerade noch, wie das Heck unterging, und rief die Polizei an.«

Bishop pfiff durch die Zähne. »War jemand drin?«

»Eine Leiche. Die des Fahrers. Aber sie haben gesagt, daß die Beifahrertür offen stand. Es könnten also zwei gewesen sein. Arme Teufel, egal, was sie angestellt haben.«

Bishop starrte ihn entsetzt an. »Ergibt irgendwas von all dem einen Sinn?«

»Es könnte«, antwortete Carstairs nachdenklich. »O ja, es

könnte. Durchaus.« Er wandte seine Aufmerksamkeit wieder Bishop zu. »Es wird spät. Sehen Sie zu, daß Sie heimkommen und ein paar Sachen einpacken. Sie fliegen morgen nach Maine.«

»Ja, aber wenn noch irgendwas anderes passiert ...«

»Es wird nichts anderes mehr passieren«, murmelte Carstairs. »Ich werde auch bald Feierabend machen.«

»Warum nicht gleich?« fragte Bishop mit der Andeutung eines ironischen Lächelns. »Was gibt es denn noch so Wichtiges zu tun?«

»Nachdenken«, antwortete Carstairs müde.

»Oh!« Bishop ging.

Als er weg war, legte Carstairs alle Telefonhörer zur Seite, um ungestört grübeln und sich sein Puzzle wieder vornehmen zu können. Er begann von vorn: Eine Entführung, eine Messerstecherei. Ein Mann in Boston, der von einer Lösegeldabholung im April sprach. Leclerc und Romanowitsch. Eines unserer Verstecke. Desforges' Bericht. Ein Mädchen, das von einem Chigi-Schrotverwertungs-Lieferwagen verfolgt wurde. Dazu konnte er jetzt hinzufügen, daß die fünfzig Millionen Lösegeld für Bidwell bezahlt waren und daß man einen Chigi-Schrotverwertungs-Wagen aus dem East River gefischt hatte.

»Sie haben ihre Schuldigkeit getan und wurden nicht mehr gebraucht – und sie wußten zu viel!« sagte er laut. »Alles gut geplant und ausgeführt. Wirklich.«

Aber es fehlten immer noch mehrere Puzzlestücke – wichtige –, darüber grübelte er weiter lange nach, bis sein Magen sich beschwerte. Er schaute auf die Uhr. Es war höchste Zeit, einen Bissen zu sich zu nehmen.

In der Kantine, die zum Haus gehörte, bestellte er Lammkotelett, Spinat und gebackene Kartoffel und versuchte, sich zu erinnern, ob er mittags überhaupt etwas gegessen hatte. Er bezweifelte es und fand es eine gute Idee, seine Gedanken mit etwas Nahrhaftem zu stärken. Er überlegte gerade, ob er Apfelkuchen oder Eiskrem als Nachspeise bestellen sollte, als er Pete von der Afrika-Abteilung auf sich zukommen sah. Pete war ein schlaksiger junger Mann mit leuchtendem Rotschopf, nur fiel Carstairs sein Nachname nicht ein.

Es war natürlich auch möglich, daß er ihn nie gekannt hatte.

»Hallo«, grüßte Pete. »Ich hab Sie gerade bemerkt, als ich gehen wollte. Hatte keine Ahnung, daß Sie noch im Haus sind, sonst hätte ich angerufen.«

»Mich angerufen?«

»Ja. Ich weiß allerdings nicht, ob es Sie überhaupt interessieren wird, aber Sie haben doch einen geologischen Bericht über Ubangiba angefordert, nicht wahr?«

»Stimmt.«

»Vor einer Stunde brachten die Nachrichten, daß ihr Präsident das Zeitliche gesegnet hat.«

Carstairs blickte ihn überrascht an. »Sprechen wir von Ubangiba?«

»Ja.«

»Und Simoko, der Präsident auf Lebenszeit, ist tot?«

Pete nickte. »Ich dachte nur, ich sag es Ihnen, falls es von Interesse für Sie ist.« Mit einem Lächeln und Kopfnicken setzte er seinen Weg zum Ausgang fort.

Carstairs blieb ganz still sitzen und dachte, wie sehr ihn das interessierte – so sehr, daß er die Nachspeise vergaß und sofort in sein Büro zurückkehrte, um eine Reihe von Anrufen zu tätigen, mehrere nach Europa und einen zu Bishop.

16

An Samstagen änderte sich die Routine beim Rummel drastisch. Das Tor wurde bereits um vierzehn Uhr geöffnet, die Shows im Zehn-in-Einem fanden in genau umgekehrter Reihenfolge statt, die letzte als erste, und wenn es nicht regnete, waren die Einnahmen gewöhnlich höher als an den anderen Wochentagen. Allerdings, ob der Andrang auch heute so groß sein würde, war ungewiß, da der Rummelplatz laut Vorankündigung eigentlich schon in der vergangenen Nacht hätte weiterziehen und heute bereits fast hundert Kilometer nördlich seine Pforten öffnen sollen. Jetzt würde sich herausstellen, ob ihre Attraktionen die Leute noch anzogen. Während des Mittagessens im Küchenzelt gab es ein ziemliches Brummeln, weil vergangene Nacht nicht hatte abgebaut werden dürfen und sie einen zusätzlichen Tag hier festsaßen. Einen Samstag noch dazu.

Wegen des Wetters brauchten sie sich allerdings keine Sorgen mehr zu machen. Es war heiß wie im Juni und ein sanftes Lüftchen verteilte die üblichen Gerüche von heißem Popcorn, Fett, Sägemehl und dazu den würzigen Duft frisch gemähten Grases von der nahen Wiese. Als Mrs. Pollifax und Kadi das Kochzelt verließen, hielt Willie sie mit besorgter Miene an. »Ich verstehe es nicht«, sagte er. »Ich kann Boozy Tim nicht finden. Jake hat ihn nicht gesehen, Shannon ist ihm heute auch noch nicht begegnet. »Niemand weiß, wo er ist. Haben Sie eine Ahnung, wo er sein könnte?«

Mrs. Pollifax fragte erschrocken: »Sind Sie sicher, daß er nicht in seinem Wohnwagen ist?«

»Ganz sicher. Der Wagen ist verschlossen. Ich habe durchs hintere Fenster geschaut, es ist niemand drin. Was ist los?«

»Was los ist«, sagte Mrs. Pollifax schleppend, »ist, daß Boozy Tim gestern abend im Zehn-in-Einem *konzentriert* sämtliche Auftritte beobachtet hat. Er versuchte offenbar, herauszufinden, wer die Person gewesen sein könnte, die ihm auf den Fuß trat. Ich wollte ihn davon abhalten, aber ...«

Willie starrte sie erstaunt an. »Verdammt, soll das heißen, daß er weitergemacht hat, obwohl er mir versprochen hatte ...« Er unterbrach sich, als ihm offenbar die Bedeutung dieser Sache bewußt wurde. »Wo hat er gestanden? Ist er irgend jemandem aufgefallen?«

»Jeder, der in den Gängen steht, kann von der Bühne aus gesehen werden«, gab Mrs. Pollifax zu bedenken. »Aber als Kadi und ich gingen, stand er zumindest einigermaßen im Dunkeln. Ich weiß nicht, wie gut er dort noch zu erkennen war.«

»Und ich dachte, er schlafe heute etwas länger, weil er sich von seinem gestrigen, idiotischen Marsch in die Stadt ausruhte. Er ist schon ein wenig schwach auf den Beinen, wissen Sie. Ich fürchte, wir müssen die *Gavver* benachrichtigen.«

»Gavver?«

»Die Polizei. Sie bewachen immer noch die Ausgänge, aber einer telefoniert momentan in meinem Wagen – Bix, der mit dem sandfarbenen Haar.«

Kadi sagte ernst: »Ich kann suchen helfen. *Jeder* kann helfen, Willie. Glauben Sie, er hatte einen Herzanfall oder so was?«

Mrs. Pollifax blickte Willie angespannt an. »Denken Sie, was ich denke?«

Er kniff die Lippen zusammen, dann sagte er: »Verdammt, ja. Aber hängen wir's nicht an die große Glocke. Wir öffnen in vierzig Minuten, keine Panik. Warten Sie hier. Nein, kommen Sie lieber mit.«
»Was glauben Sie?« fragte Kadi, die mit Mrs. Pollifax hinter Willie hereilte.
»Erinnern Sie sich, daß ich Ihnen erzählte, was Boozy Tim Mittwoch nacht sah – daß ein Mann mit weißem Bart von der Menschenmenge wegeilte. Er dachte, oder vielmehr fühlte, daß ihm irgendwas an ihm vertraut vorgekommen ist. Jetzt haben wir Angst, daß Boozy Tim herausgefunden hat, wer es war.«
»Sie meinen, er hat versucht, herauszufinden – und es ist ihm vielleicht gelungen?« keuchte Kadi. »O Gott! Wenn ihm etwas passiert ist!«
Sie waren dicht hinter Willie, als er die Tür seines Wohnwagens aufriß, und folgten ihm hinein. Der Polizist, den er Bix genannt hatte, saß mit dem Hörer in der Hand am Schreibtisch. Willie rief: »Es gibt Schwierigkeiten, Bix. Boozy Tim ist verschwunden! Seit gestern abend hat ihn niemand mehr gesehen!«
»Das Männchen, das gesehen hat ...?« fragte Bix erschrocken.
»Ja!« Willie beugte sich über seinen Schreibtisch und öffnete eine Lade. Mrs. Pollifax' Augen weiteten sich, als sie sah, daß er eine kleine schwarze Pistole herausholte, sie lud und in seinen Gürtel steckte.
Bix wandte sich wieder dem Telefon zu. »Probleme, Chef. Rufen Sie am besten ein paar Mann von der Bundesstaatspolizei zu Hilfe. Muß jetzt auflegen.« Schon war er auf den Füßen. »Wo sollen wir suchen? Werden Sie es über die Lautsprecheranlage verkünden?«

Willie schüttelte den Kopf. »Die Ausgänge werden bewacht, also muß er noch auf dem Platz sein. Es ist bestimmt besser, wenn wir es nicht bekanntgeben, denn es könnte sein, daß derjenige, der sich Boozy Tim geschnappt hat, ihm vielleicht ...« Statt den Satz zu beenden, sagte er: »Nehmen wir, Sie und ich, uns die im Moment nicht benutzten Lagerwagen vor – mit den Wohnwagen können wir warten, bis sie leer sind. Emmy und Kadi, Sie schauen sich bei den Buden um. Darunter, darüber und dahinter! Verdammt, wir öffnen in dreißig Minuten, dann wird es hier von Menschen wimmeln – unmöglich!« Er gab Mrs. Pollifax und Kadi eine Taschenlampe mit. »In fünfzehn Minuten treffen wir uns vor Boozy Tims Wohnwagen!«

Sie trennten sich rasch. Mrs. Pollifax und Kadi eilten zum Zentrum des Platzes. Die meisten Buden hatten bereits geöffnet, und Lubo sagte auf ihre Bitte hin fast feindselig: »Warum, zum Teufel, sollte ich Sie in meiner Bude herumschnüffeln lassen?«

»Weil Boozy Tim verschwunden ist«, entgegnete sie gereizt.

»Was – dieses nette kleine Kerlchen?«

»Lassen Sie uns vorbei und vergeuden Sie unsere Zeit nicht!«

Zu Mrs. Pollifax' Verwunderung trat er sofort zur Seite und ließ zu, daß sie in einen Spind an der hinteren Seite und in alle Ecke schauten.

Die beiden sahen sich überall um: im Pavillon der Wahrsagerin, am Glücksradstand, in sämtlichen Buden, am Karussell, bei der Teufelsscheibe, den Steilwandfahrern, der Schiffsschaukel, dem Entfesselungskünstler, im Abnormitätenkabinett, am Riesenrad und dem Autodrom. Sie brauchten dafür kostbare zwanzig Minuten, ohne etwas zu finden, und es waren nur noch zehn Minuten bis zur Öffnung, als

sie endlich zu Boozy Tims Wohnwagen rannten, wo sie allerdings feststellten, daß sich auch Willie und Bix verspätet hatten.
Mrs. Pollifax, die draußen wartete, spähte durch das einzige Fenster in Augenhöhe direkt auf die gegenüberliegende Wand, die dicht mit ausgeschnittenen Zeitschriftenbildern von Schauspielerinnen und Sängerinnen, von Janet Gaynor bis Madonna, beklebt war. Davor sah sie eine kleine Spüle gehäuft voll mit schmutzigem Geschirr, und die Ecke eines Eßtischs, auf dem der weiße Papierbeutel lag, den Boozy Tim gestern aus der Stadt mitgebracht hatte. Aber auch andere Dinge lagen dort. Sie waren von merkwürdiger Form und durchs Fenster nicht erkennbar, um so weniger, da sie nur teilweise in Sichtweite waren.
»Sie machen ein so besorgtes Gesicht!« stellte Kadi fest. »Was ist los? Ist Boozy Tim im Wagen?«
»Ich sehe ihn nicht, wohl aber den Papierbeutel, den er gestern aus der Stadt mitgebracht hat, und etwas Merkwürdiges auf dem – Kadi, holen Sie Willie und Bix, *schnell!*«
»Sie reden gerade mit Jake.«
»Holen Sie sie, schnell!« drängte Mrs. Pollifax.
Nach einem Blick auf ihr Gesicht eilte Kadi zu den beiden Männern und kehrte mit ihnen zurück. »Sie waren noch nicht im Wagen?« fragte Mrs. Pollifax. »Ich halte es für äußerst dringend!«
»Ich hol den Dietrich«, versprach Willie.
»Nein – brechen Sie die Tür auf! *Sofort!*«
»Die Tür aufbrechen – warum denn?«
»Ich *weiß* es nicht«, rief sie frustriert. »Es ist nur so ein *Gefühl. Bitte!*«
Die Tür widersetzte sich, ehe sie zersplitternd nachgab.
Auf Boozy Tims Eßtisch befanden sich eine offene Dose mit

weißer Farbe, Körperpuder, ein Klecks Ketchup, ein Pinsel, zwei dunkle, falsche Vollbärte, einer davon zur Hälfte weiß gefärbt, der andere reinweiß mit Körperpuder rundum, als wäre die ganze Dose darauf geleert worden.

Um das zu kaufen, ist er also in die Stadt marschiert, dachte Mrs. Pollifax. Boozy Tim hatte Angst gehabt, weil sein Verdacht stimmen könnte, aber da er an sich zweifelte, hatte er unbedingt sichergehen wollen.

»Das ist nicht Ketchup, das ist Blut«, rief Kadi, die sich über den roten Klecks beugte.

Erschrocken starrten sie auf den roten Fleck.

»Dann kann es nur gestern nacht passiert sein«, sagte Willie. »Er hatte Licht an, und jemand muß ihn durchs Fenster beobachtet haben ...«

»... und hat ihn daran gehindert, weiterzumachen«, beendete Bix den Satz für ihn.

»O Gott!« wisperte Kadi.

Benommen murmelte Mrs. Pollifax: »Aber es gibt hier im ganzen Rummel nur einen mit Vollbart!«

»Das stimmt!« keuchte Kadi. »Das stimmt. Sie hat recht!«

Nach einem Blick auf seine Armbanduhr sagte Willie grimmig: »Es ist jetzt vierzehn Uhr drei, der Rummel ist geöffnet. *Und bei den Nachmittagsshows verlaufen die Nummern in umgekehrter Reihenfolge.*«

Sie starrten einander bestürzt an, dann schrie Willie: »Lauft schon los! Und Bix, fordern Sie Verstärkung an!«

Für das Zehn-in-Einem erwies sich der Nachmittag als sehr einträglich. Die Plätze waren alle besetzt, die Schlangenfrau beendete eben ihren Auftritt. Jasna löste sie auf der Bühne ab. Silberglitzernd in einem mit Münzen behangenen Trikot, hochgewachsen und völlig ruhig, schlenderte sie gleichmütig auf die Bühne. Nach einer knappen Verbeugung zu den Zuschauern legte sie ihre Schatulle mit den Messern auf einen hohen Hocker, öffnete sie, und nun glitzerten auch die Klingen in dem grellen Scheinwerferlicht. Das Publikum verstummte und beobachtete sie gespannt. Sie wählte ein Messer aus und deutete auf den Vorhang, der sich nun langsam hob und die Holzwand freigab, an der ihr Vater lehnte, doch an diesem Nachmittag in einem völlig anderen Kostüm: einer bodenlangen schwarzen Robe mit Kapuze, die tief ins Gesicht gezogen war und den größten Teil davon verbarg.

Nur daß diese Gestalt kleiner war als Jasnas Vater, nicht stolz aufrechtstand, sondern zusammengesackt war und der Kopf fast auf der Brust ruhte – und keinen Bart hatte.

»Es ist Boozy Tim!« krächzte Mrs. Pollifax. »Willie – Kadi – das dort oben ist Boozy Tim! Sie will ihn töten und dann behaupten, es sei ein Unfall gewesen!«

»Nicht in *meinem* Rummel!« Willie kniff grimmig die Augen zusammen. »Wir haben etwa eine Minute. Sie wird es nicht wagen, ihn gleich beim ersten Wurf tödlich zu treffen. Vermutlich beim zweiten oder dritten. Aber wir dürfen sie nicht in die Enge treiben, denn wenn sie unsere Absicht erkennt, wird sie ihn sofort umbringen.«

Verzweifelt sagte Mrs. Pollifax: »Ich bin zwar ziemlich gut in Karate, aber ich kann unmöglich nahe genug an sie herankommen.«

»Und ich hab zwar eine Pistole«, sagte Willie wütend, »aber aus dieser Entfernung – so gut kann ich nicht schießen.«

»Geben Sie Kadi die Pistole«, rief Mrs. Pollifax rasch. »Kadi, sie kennt Sie nicht. Gehen Sie rasch zur anderen Seite der Tribüne und beten Sie, daß sie ihr das Messer ...« Sie zuckte zusammen, als Jasna zielte, das erste Messer warf und die

Zuschauer den Mund aufrissen, als es dicht neben Boozy Tims linker Schulter in der Wurfwand steckenblieb. »... aus der Hand schießen können. Beeilen Sie sich!« Willie hatte ihr bereits die kleine Pistole gegeben. Kadi schob sie unter den Gürtel und verschwand hinter den Sitzreihen.

Mrs. Pollifax schritt langsam den Gang entlang, als suche sie einen Sitzplatz, während ihre Gedanken sich mit Karateschlägen befaßten, die jedoch hier unmöglich waren, solange Jasna sich auf einer über einen Meter hohen Bühne befand und viel zu weit vom Rand entfernt, als daß sie auch nur ihre Fußgelenke treffen könnte. Ihr war bewußt, daß ihr Willie folgte, gebückt, um von der Bühne aus nicht gesehen zu werden, und sie hoffte inbrünstig, von der Messerwerferin nicht zu früh entdeckt zu werden.

Jasna griff nach ihrem zweiten Messer, zielte, warf – und es drang dicht neben Boozy Tims rechter Schulter in die Wurfwand, wo es vibrierend steckenblieb. Und nun wurden ihre Bewegungen schneller. Sie griff nach dem dritten Messer und ...

Ein Schuß knallte. Eine Frau schrie. Das Messer entglitt Jasnas Hand und fiel auf den Boden. Eine Sekunde lang stand sie wie gelähmt da und starrte auf das Messer am Boden. Da erreichte Mrs. Pollifax die Bühne, rannte zu Jasna und brachte sie mit einem Hieb quer über die Schultern aus dem Gleichgewicht. Als sie taumelte, packte Willie ihre beiden Arme und hielt sie hinter ihrem Rücken fest. Und plötzlich war das Zehn-in-Einem voller uniformierter Polizisten, die beide Gänge hinunterrannten.

Mrs. Pollifax eilte zu der zusammengesackten Gestalt, die ans Wurfbrett gebunden war, und schob die Kapuze zurück. »Geben Sie mir ein Messer«, rief sie Willie zu. »Er ist bewußtlos und festgebunden.«

Willie schob die sich heftig wehrende Jasna dem nächsten Polizisten zu, reichte Mrs. Pollifax ein Messer und wandte sich an die Zuschauer. »Meine Damen und Herren, ich muß mich entschuldigen. Wir hatten unerwartete Schwierigkeiten. Aber die Show geht weiter.« Jemandem hinter dem Vorhang rief er zu: »Schickt doch schon endlich Shannon und Zilka auf die Bühne!« Dann schloß er sich Mrs. Pollifax an und half ihr, den dicken Strick durchzutrennen, der Boozy Tim einigermaßen aufrecht gehalten hatte. Als er befreit war, fiel er in ihre Arme, und sie trugen ihn von der Bühne.

»Lebt er noch?« flüsterte Mrs. Pollifax, während sie ihn hinter dem Vorhang auf den Boden legten.

Kadi kam angerannt. »Lebt er noch?« fragte auch sie. »Kommt er wieder in Ordnung?«

»Sein Puls ist zu spüren, aber nur schwach«, antwortete Willie, der neben ihm auf dem Boden kniete. »Sie dürften ihm ziemlich starke Drogen gegeben haben. Gott verdamme sie! – Kadi, ruf die Rettung –, das Telefon ist in meinem Büro, und – oh, Bix, da sind Sie ja. Wir brauchen sofort einen Rettungswagen. Haben Sie Jasnas Vater gefunden?«

»Hatten sie das wirklich erwartet?« fragte Bix verbittert. »Ich werde seine Beschreibung zur Fahndung durchgeben, sobald ich die Rettung gerufen habe. Er kann nicht weit gekommen sein, wenn er blind ...« Er unterbrach sich. »Aber er kann nicht blind sein.«

»Nein, ist er auch nicht«, bestätigte Mrs. Pollifax. »Nehmen Sie Kadi mit, wenn Sie zum Telefon gehen. Sie hat für einen Tag schon genug gesehen.«

»Mach ich. Kommen Sie, Kadi, gehen wir.«

Als sie zögerte, blickte Willie auf und meinte: »Geben Sie ihr

einen Schluck Cognac, in meiner untersten Schreibtischlade ist eine Flasche.«
Während sie davoneilten, flüsterte Mrs. Pollifax: »Er sieht – fast tot aus. Schlägt sein Herz noch?«
»Nur ganz schwach«, murmelte Willie. »Wenn Sie sich nach Beten fühlen, beten Sie!«
»Ich fühle mich mehr nach Weinen«, entgegnete Mrs. Pollifax zittrig.
»Dann weinen Sie, und ich bete«, sagte Willie. Und sie saßen mit Boozy Tim zwischen sich auf dem Boden, während auf der anderen Seite des Vorhangs Shannon und Zilka zur Musik von *Toots Toots Tootsie Goodbye* … gekonnt ihre modifizierte Striptease-Nummer abzogen.

Zwanzig Minuten später wurde Willie auf einer Bahre aus dem Zehn-in-Einem zur Ambulanz gebracht, die sofort mit heulenden Sirenen abfuhr. Pogo und Jake folgten in Shannons Auto. Tief betroffen gingen Mrs. Pollifax und Willie zu seinem Wohnwagen, um dort auf Nachricht vom Krankenhaus zu warten. Aber auch auf dem Rummel mußte die Show weitergehen, und so war die nicht weniger betroffene Kadi zum Zehn-in-Einem zurückgekehrt, um sich mit Tatjana vom Professor auseinandersägen zu lassen. Mrs. Pollifax kam der Rummel im hellen Tageslicht völlig unwirklich vor, die Karussellmusik, die Ausrufer, die Schreie vom Riesenrad – der sonst nur vom Abend gewöhnte Tumult. Es schien ihr auch unwirklich, als Willie sagte: »Ich glaube, wir werden heute nacht weiterziehen, wenn die Polizei nichts dagegen hat. Wir haben ziemlich viel Arbeit vor uns.« Abrupt blieb er stehen. »Was, zum Teufel!«
Mrs. Pollifax fuhr zusammen. »Was? Was ist los, Willie?«

Er deutete nach oben. »Ein Hubschrauber landet drüben auf dem Brachacker.«

»Polizei?«

»Nein – das sieht eher wie Pete aus.«

Sie standen neben Willies Wohnwagen und blickten zu dem Feld, wo sich der Hubschrauber in der prallen Sonne wie ein glitzerndes Insekt niedergelassen hatte. Die Tür schwang auf und zwei Männer sprangen heraus, gefolgt von Pete. Die drei kamen querfeldein auf sie zu. Pete in roter Jacke mit hochgezogenem Reißverschluß; ein untersetzter grauhaariger Mann in Straßenanzug; und ein jüngerer mit sandfarbenem Haar und sympathischem Gesicht, das Mrs. Pollifax sofort erkannte. »Es ist Bishop!« rief sie. »Es ist tatsächlich Bishop, aber was kann er hier wollen?«

Einen Augenblick später rief Bishop ihnen ein »Hallo« entgegen und sagte zu Mrs. Pollifax: »Ich bin gekommen, Sie und Kadi Hopkirk zu Carstairs zu bringen. Wir müssen gleich los. Sie haben fünfzehn Minuten, ihre Sachen zu packen.«

Mrs. Pollifax starrte ihn verblüfft an. Zwei Welten prallten plötzlich hier auf diesem sonnigen Platz zusammen, und Bishops Welt hatte nichts mit der Karussellmusik hinter ihr zu tun, noch mit Boozy Tim oder Jasna oder dem Stimmengewirr zwischen den Buden. Verärgert sagte sie: »Ich kann jetzt nicht einfach weg, Bishop. Wir haben gerade erst herausgefunden, wer Laszlo das Messer in den Rücken gestochen hat. Die Polizei hat Jasna verhaftet, aber ihr Vater ist noch auf freiem Fuß, wir müssen ihn erst finden. Boozy Tim wurde mit starken Drogen betäubt und soeben ins Krankenhaus gebracht, möglicherweise haben sie ihn sogar umgebracht, und ...«

Jetzt war es Bishop, der verblüfft dreinblickte. Doch er faßte sich und unterbrach sie. »Aber Carstairs braucht Sie! Ich habe Charlie als Ersatz für Sie mitgebracht. Er wird schon herausfinden, was hier schiefläuft. Carstairs will sofort etwas über CHIGI-SCHROTVERWERTUNG wissen.«

»Chigi-Schrotverwertung?«

»Fünfzehn Minuten!« erinnerte er sie.

Nach allem, was heute bereits passiert war, erschien ihr sogar der CHIGI-SCHROTVERWERTUNG-Lieferwagen fern jeder Realität zu sein. Mit einem verärgerten Seufzen macht Mrs. Pollifax sich auf die Suche nach Kadi. Wütend dachte sie, daß ganz offenbar weder Carstairs noch Bishop etwas vom Rummel verstanden oder daß sie Pogo um seinen Lockvogel brachten und den Professor um Tatjanas Füße, wenn sie Kadi einfach wegholten – und sie ebenfalls.

17

Mrs. Pollifax' Ärger war immer noch nicht ganz verflogen, als Bishop sie und Kadi in Carstairs Büro führte. Es war inzwischen fast neunzehn Uhr, aber nicht einmal der zweieinhalbstündige Flug hatte diesen Ärger darüber, daß sie nahezu mit Gewalt von Willies Rummel weggebracht worden waren, ganz vertreiben können. Nichts, was Carstairs zu sagen hatte, konnte rechtfertigen, daß sie jetzt nicht am Ort des Geschehens war, um hinter Jasnas wahre Identität zu kommen, um zu erfahren, ob Jasnas Vater schon gefunden war und ob Boozy Tim es schaffen würde.

Gleich nach dem ersten Blick auf sie, stellte Carstairs fest: »Sie sind verärgert.«

»Sehr!« fauchte sie.

»Und zweifellos auch hungrig. Gleich wird das Abendessen aus der Cafeteria für Sie drei heraufgebracht werden. – Sie sind Kadi Hopkirk?« Er lächelte sie an. »Sind auch Sie verärgert?«

Sie lächelte. »Hauptsächlich hungrig. Aber auch sehr neugierig. Die letzten Tage waren außerordentlich anstrengend und aufregend.«

Er nickte. »CHIGI-SCHROTVERWERTUNG.«

Mrs. Pollifax vergaß ihren Ärger so weit, daß sie fragte: »Aber wie haben *Sie* von CHIGI-SCHROTVERWERTUNG gehört?«

»Indirekt. Es sieht ganz so aus, als wären die Hintermänner auch in einen Fall verwickelt, für den ich mich interessiere und ein paar Ermittlungen angestellt habe. Es könnte nämlich durchaus sein, daß die Männer mit dem Lieferwagen irgendwie mit dem Kerl zusammenarbeiteten, der Laszlo Mittwoch nacht in Willies Rummel das Messer in den Rücken stieß. Vor einem Monat fiel Laszlo dieser Lieferwagen in Boston auf. Er stand vor einem baufälligen Mietshaus, wo Laszlo ebenfalls überfallen und verletzt worden war, nachdem er offenbar etwas Wichtiges mitangehört hatte.«

Mrs. Pollifax nickte heftig. »Willie sagte, daß Laszlo mit einem gebrochenen Arm ankam.«

»Ja, und wir sind überzeugt, daß die Männer, deren Gespräch er in dem alten Haus belauschte, vermuten, daß er zu viel gehört hatte, und ihn deshalb jemand für gefährlich für sie hielt. Tatsächlich hat Laszlo jedoch nur ganz wenig mitbekommen, aber das wußten sie natürlich nicht. – Ah, hier kommt Ihr Abendessen. Bishop seien Sie so nett und holen Sie einen Klapptisch. – Und dann würde ich gern hören, wovon ich Sie heute nachmittag bei Willie wegriß.«

Eine Terrine mit dampfendem Chili wurde mit den nötigen Tellern und Bestecken vor sie gestellt, dazu gab es Maismuffins und Butter, außerdem eine Thermoskanne mit Kaffee.

Mrs. Pollifax griff nach einem Löffel und sagte: »Zuerst müssen Sie das mit Boozy Tim verstehen.«

»Wie bitte?«

»Boozy Tim war unheimlich lieb«, warf Kadi sofort ein. »Und ihm ist Gott erschienen, wissen Sie.«

Nachdem das erklärt war, fügte Mrs. Pollifax hinzu. »Ihm wurde schließlich klar, daß der Mann, der ihm nach dem

›He-Rube‹-Ruf auf den Fuß getreten war – der Mann mit dem Weihnachtsmannbart –, Jasnas Vater sein mußte. Vielleicht seine Haltung oder sein Gang, wenn er sich unbeobachtet fühlte ...«

Kadi unterbrach sie. »Ich würde es Boozy Tim allerdings auch zutrauen, daß er unter Jasnas Wohnwagen gekrochen ist, um zu lauschen, oder verstohlen durchs Fenster spähte. Und nachdem er vermutete, daß Jasnas Vater gar nicht blind war ...«

»Aber sein Bart war nicht wirklich weiß«, warf nun Mrs. Pollifax ein. »Sobald jemand Willie darauf aufmerksam machte, daß der Mann sich verkleidet haben könnte, marschierte Boozy Tim in die Stadt und kaufte zwei falsche Bärte, um mit ihnen zu experimentieren und herauszufinden, wie man einen echten schwarzen Bart für nur etwa eine Stunde weiß kriegen könnte. Bedauerlicherweise vertraute er sich niemandem an, und offenbar war der Mann, den er verdächtigte, genau der, den wir suchten ... Wir vermuten, daß Jasna und ihr Vater Boozy Tim knebelten und nicht gerade sanft mit ihm umsprangen – es war Blut auf dem Tisch – und ihn im Dunkeln zu ihrem Wohnwagen schleppten, um zu überlegen, was sie mit ihm tun könnten. Ihr Plan war, ihn zu töten, aber es sollte wie ein Unfall aussehen – als hätte er sich erboten, für Jasnas Vater einzuspringen. Und Jasna hätte dann eben bei ihrem Auftritt unglücklicherweise danebengetroffen ...«

»Und ihn so getötet«, schloß Kadi grimmig. »Was dazu führte, daß Jasna die Sache ausbaden mußte, nachdem ihr Vater entkommen konnte. Ich habe eine Skizze von Jasna angefertigt«, sagte sie zu Carstairs.

»Und das macht sie großartig«, versicherte ihm Mrs. Pollifax. »Es könnte helfen, Jasna zu identifizieren.«

»Weiß Gott, wir können Hilfe brauchen. Denn nur nach dem Namen Jasna ...«

Kadi kramte im Rucksack nach ihrem Zeichenblock und schlug das Blatt mit Jasnas Bild auf. »Das ist sie.«

Carstairs betrachtete die Skizze eingehend und runzelte die Stirn, dann reichte er sie seinem Assistenten und sagte: »Bishop, holen Sie das Dossier über Olga Broniewski. – Die Broniewskis«, erklärte er den Damen, »waren in Europa im Showbusineß, und von ihrem malträtierten Haar abgesehen, könnte das durchaus Olga sein!«

Bishop ließ sein Chili stehen, um im Aktenschrank zu suchen.

»Wenn diese Jasna wirklich Olga ist, dürfte ihr bärtiger *blinder Vater* ihr Ehemann Tamas sein«, sagte Carstairs nach einigem Nachdenken.

Mrs. Pollifax blickte auf. »Ehemann?«

Carstairs nickte. »Mitte Dreißig, ein skrupelloser Kerl – ein gefährliches Paar die beiden. Gewöhnlich treten sie in Wanderzirkussen auf.« Nach einem kurzen Blick auf die zwei Fotos, die Bishop ihm entgegenstreckte, nickte er. »Sehen Sie sich die Bilder an.«

Mrs. Pollifax tat es und nickte bestätigend. »Kein Zweifel, das ist Jasna, wenngleich mit längerem Haar.«

Kadi starrte auf die Fotografie des Mannes und stammelte: »D-das soll ihr blinder Vater sein? Er ist jung und ausgesprochen gutaussehend!«

»Eine Lektion für Sie, was gute Verkleidung und eine perfekte Maske fertigbringen«, sagte Carstairs amüsiert. »Das erklärt jedenfalls, wie er unbemerkt entkommen konnte. Ich nehme an, nachdem er seiner Frau geholfen hatte, Boozy Tim die Drogen zu spritzen oder einzugeben, ihn für den Auftritt anzukleiden und an die Wurfwand zu binden, stutzte er seinen Bart und schlenderte durch den Ausgang. Für die Polizisten dort war er lediglich ein junger Mann, der zu seinem Wagen ging oder nach seiner Freundin Ausschau hielt ...«

»Aber wo ist die Verbindung?« wollte Mrs. Pollifax wissen.

Carstairs ignorierte die Frage. »Haben Sie sonst noch irgendwelche Bilder, Kadi?«

»Ich habe ein Foto oder vielmehr einen Schnappschuß von Sammy.« Sie griff in den Rucksack und holte ihre Brieftasche heraus.

Carstairs streckte die Hand nach dem Foto aus, aber sein Blick verweilte einen Moment auf Kadis Gesicht. Mrs. Pollifax dachte unwillkürlich, daß er in seinem Büro wohl selten so ein junges, frisches Mädchen sah.

Kadi beugte sich vor und deutete auf eine Person. »Das ist Sammy.«

»Samat, Enkel eines Königs«, murmelte Carstairs. »Ein sympathisches Gesicht.«

»Ein *guter* Mensch!« sagte Kadi nachdrücklich. »Können Sie – *werden* Sie ihm helfen?«

»O ja!« versicherte er ihr.

Überrascht fragte Mrs. Pollifax. »Ist es wichtig?«

»Sehr. Lassen Sie mich kurz überlegen, denn es gibt eine Menge zu tun.«

Sie saßen da und warteten, während er zur Decke starrte, Kadi flüchtig anblickte und Mrs. Pollifax vage anlächelte, ehe er schließlich sagte: »Kadi, ich brauche den vollen Namen Ihres Freundes Sammy, unter dem er in Yale immatrikuliert sein dürfte.«

»Sammat Jusufu.«

»Und der Name seines angeblichen Zimmergenossen?«

»Sammy stellte ihn mir als Clarence Mulimo vor.«
Carstairs notierte sich die Namen auf seinem Terminkalender und wandte sich an Bishop. »Stellen Sie bitte ein Gespräch zur Kripo in New Haven durch. Geben Sie Bescheid, daß ich um ...« Er schaute rasch auf seine Uhr. »... spätestens einundzwanzig Uhr dort sein werde. Doch zuerst möchte ich mit dem dortigen Polizeichef am Telefon reden.«
»New Havener Kripo?« rief Kadi entsetzt. »Bitte nicht, das wird Sammy ...«
»Keine Angst«, beruhigte Carstairs sie. »Ich möchte, daß sofort zwei Polizisten zur Universität geschickt werden, die Ihren Sammy zur Polizeidirektion bringen sollen, um ihn wegen eines gestohlenen Autos zu vernehmen.«
»Aber Sammy würde *nie* einen Wagen stehlen!« protestierte Kadi.
Carstairs lächelte sie an. »Das kann er ja bei der Polizei klarstellen. Es ist jedenfalls die einzige Möglichkeit, ihn verhältnismäßig problemlos von seinem Zimmergenossen zu trennen.«
»Ah«, murmelte Mrs. Pollifax erfreut über diese geschickte Täuschung.
»Und Sie, meine Damen, werden mich nach New Haven begleiten. Bestellen Sie einen Flieger für uns, Bishop, und wenn Sie das getan haben, lassen Sie die Passagierlisten aller an diesem Wochenende nach Paris fliegenden Jets überprüfen. Ich brauche alle Namen, Bishop. Übrigens, wer ist für Perücken zuständig?«
»Pe-perücken?« stotterte Bishop.
»Sie haben richtig gehört!«
»Unsere Abteilung für verdeckte Ermittlungen.«
»Gut. Nehmen Sie Kadi mit und lassen Sie ihr eine blonde

Perücke anpassen, dann besorgen Sie ihr auffällige Touristenkleidung und vor allem eine dunkle Sonnenbrille, möglichst groß. Mrs. Pollifax, ich weiß zwar nicht, was Sie vor dieser Unterbrechung ihrer Routine vorgehabt haben, oder inwieweit Sie Ihren Mann einweihen wollen, aber jedenfalls verpflichte ich Sie für ein paar Tage. Sie können Cyrus von Helgas Telefon aus anrufen. Sie und Kadi begleiten mich nach Ubangiba.«

»Ubangiba!« rief Kadi erfreut.

»Ubangiba?« wiederholte auch Mrs. Pollifax. »Sie begleiten? *Sie* wollen nach Ubangiba?«

Bishop lachte. »Wahrscheinlich macht es Ihnen Spaß, sich wieder einmal über die Vorschriften hinwegzusetzen und selbst nach dem Rechten zu sehen.«

»Höchste Zeit, Bishop ...« Carstairs grinste. »Nur immer hinter einem Schreibtisch sitzen, wird mit der Zeit langweilig. Und was ich vorhabe, erfordert viel Fingerspitzengefühl, noch mehr Diplomatie und überdurchschnittliches Talent zu bluffen, denn wenn ich keinen Erfolg habe, wird das Außenministerium nach meinem Kopf schreien. Sie übernehmen einstweilen hier für mich, Bishop. Mornajay hat es bereits genehmigt, auch wenn er sonst nicht so genau weiß, was wir vorhaben. Und Sie«, wandte er sich an die beiden Damen, »werden die Güte haben, anderswo weiterzuessen. Nehmen Sie das Zeugs mit. Ich werde inzwischen mit New Haven und Paris sprechen. Und während wir in New Haven sind, Bishop, lassen Sie Reisepässe für eine Mrs. Reed und ihre Tochter Kadi – nein, lieber Katherina – ausstellen.«

»Wird gemacht, Sir«, versicherte ihm Bishop und fügte es seiner Liste an. Dann half er Kadi und Mrs. Pollifax mit den Tabletts in sein Büro und zeigte Mrs. Pollifax, von wo aus sie Cyrus anrufen konnte.

Sie erkundigte sich bei der Auskunft nach der Nummer des Hotels, in dem Cyrus heute zum letzten Mal übernachten würde. Dann rief sie dort an und bat mit Cyrus Reed sprechen zu dürfen, der am Kongreß der Strafverteidiger teilnahm. Der Mann an der Rezeption wählte sein Zimmer und ließ das Telefon lange läuten. Schließlich sagte er: »Wenn er Teilnehmer des Kongresses ist, Ma'am, könnte es sein, daß er mit anderen ausgegangen ist, um zu feiern, da einer von ihnen an den obersten Gerichtshof berufen wurde.«

»Gilbert Montano?« fragte sie.

»Ja, Ma'am. Möchten Sie eine Nachricht für Mr. Reed hinterlassen?«

Mrs. Pollifax überlegte rasch eine Erklärung für die Geschehnisse der letzten Tage. »Ja, sagen Sie ihm bitte«, formulierte sie vorsichtig, »daß seine Frau einen wichtigen Auftrag zu erledigen hat. Und daß Mr. Carstairs – ich buchstabiere, C-a-r-s-t-a-i-r-s, sie noch einige Tage braucht. War das zu schnell für Sie?«

»Nein, Ma'am. Ich habe alles notiert. Soll ich es Ihnen vorlesen?«

»Ja, bitte.«

Nachdem das erledigt war, legte sie auf. Sie war ziemlich enttäuscht, daß sie Cyrus nicht hatte erreichen können. Andererseits, sagte sie sich, hatte er während der letzten Tage bestimmt mehrmals versucht, *sie* zu erreichen, ebenso vergebens und enttäuschend für ihn. Es war deshalb nur fair, daß es ihr nicht besser erging. Er würde in ein leeres Haus heimkommen – ein Haus mit Brotkrumen und leeren Ölsardinendosen in der Rumpelkammer, ohne Ehefrau und möglicherweise auch ohne Wagen, falls Pete noch keine Zeit gehabt hatte, ihn abzuholen und zurückzubringen. Der einzige Trost war, daß er im Kühlschrank Salami und ein Hühnchen finden würde, ebenso die kunstvoll garnierten und auf einer Platte arrangierten Sandwiches.

Ihr erschien der Garten-Club in ferner Vergangenheit zu liegen.

Sie hielt Bishop an, als er durchs Büro rannte, und bat ihn um Willies Telefonnummer in Maine. Willie mußte direkt neben dem Telefon gesessen und auf einen Anruf gewartet haben, denn er hob bereits beim ersten Läuten ab. »Willie, hier Emmy Reed«, sagte sie. »Wie geht es Boozy Tim?«

Willie ließ sich Zeit mit der Antwort. »Ich bin in ständiger Verbindung mit dem Krankenhaus, Emmy. Er wird es schaffen, aber er ist dem Tod wirklich nur um Haaresbreite entkommen. Diese beiden *Bengs* haben ihn dermaßen unter Drogen gesetzt, daß ihn das beinahe umgebracht hat. Er ist noch ziemlich verwirrt, aber der Arzt ist bei ihm. Sie mußten dem armen Kerl den Magen auspumpen. Jake und Pogo sind ebenfalls bei ihm.«

»Eine wirklich erfreuliche Neuigkeit. Sie werden den Rummel heute nacht abbauen?«

»Ja – schade, daß Sie nicht dabei sein können. Übrigens, Sie waren mißtrauisch, was Lubo betrifft. Die Polizei brachte ihn zum Reden. Sie ließ ihm keine Ruhe, bis er auspackte.« Willie gluckste. »Er war ein mathematisches Genie und hat sich in den Achtzigern eine Computerfirma aufgebaut – stand ziemlich hoch im Kurs in der Wall Street –, doch dann trieb die japanische Konkurrenz ihn in den Bankrott. Der verrückte Kerl entschied sich, mit seinem früheren Leben Schluß zu machen und ein wenig Spaß zu haben.«

»Oh, ein Aussteiger!« sagte Mrs. Pollifax.

»Nein, eher ein Verrückter.« Willie lachte. »Aber ich versprach, Ihnen etwas zu verraten, nicht wahr? Über Anyeta Inglescu?«

»Ja – *kennen* Sie sie?«

»Ob ich sie kenne? Sie ist meine Großmutter. *Ja develesa*, Emmy.« Er legte auf.

Auf dem Flug nach New Haven ertappte sich Mrs. Pollifax mehrmals beim Gähnen. Und wieder saß sie neben diesem einnehmenden Kind, das sie in ihrer Rumpelkammer entdeckt hatte, und hatte ganz plötzlich das Gefühl, als würde dieser Augenblick sich wiederholen. Aber sie saß ja im Flugzeug mit Carstairs, was ihr allerdings auch ein wenig merkwürdig vorkam. Er war nicht gerade mitteilsam gewesen, und sie hatte nicht die geringste Ahnung, warum er sich spontan bereit erklärt hatte, Kadi und ihrem Freund zu helfen, ganz zu schweigen von seinem Interesse an Ubangiba. Bishop hatte flüchtig erwähnt, daß er seit einigen Tagen wie besessen von diesem Land war, wußte aber ebenfalls nicht, warum. Zweifellos tat sich dort etwas, oder Carstairs drehte durch. Aber sie war überzeugt, daß Carstairs nie durchdrehte.

In der Polizeidirektion bestand Carstairs auf einem abgelegenen Zimmer an der Gebäuderückseite, und sie bekamen eines mit Aktenschränken an drei Wänden und in einer Ecke hoch aufgestapelten Pappkartons. Stühle wurden geholt, und Mrs. Pollifax sowie Kadi warteten in einer spannungsgeladenen Stille, während Carstairs mehrmals ans Telefon gerufen wurde, von wo er jedesmal sichtlich zufrieden zurückkehrte.

Er war gerade wieder bei ihnen, als eine protestierende Stimme auf dem Korridor laut wurde, und andere, die den Protest zu unterdrücken versuchten. Die Tür flog auf, und

zwei Polizisten brachten Sammat Jusufu herein. Als die zwei ihn losließen und er die drei Personen sah, die da auf ihn warteten, klappte ihm unwillkürlich der Mund auf, und als Kadi von ihrem Stuhl aufstand, krächzte er: »*Kadi?*«
Sie strahlte ihn an. »Hallo, Sammy. Ich glaube, ich habe Hilfe gebracht.«
Mrs. Pollifax fand, daß der Schnappschuß, den sie von ihm gesehen hatte, ihm nicht ganz gerecht geworden war. Er war jetzt erwachsen, und ein weißes, am Hals offenes Hemd betonte die dunkle Farbe seiner Haut. Seine Augen wirkten nachdenklich unter den dichten schwarzen Brauen, seine Züge waren fest und gut geschnitten. Das Gesicht eines Dichters oder eines Prinzen, dachte Mrs. Pollifax, aber den breiten, muskulösen Schultern nach könnte er auch ein Boxer sein. Doch ihr erster Eindruck war der eines sehr wachsamen, argwöhnischen jungen Mannes gewesen, was sich jedoch sogleich geändert hatte, als er Kadi erblickte. Da hatte sein Gesicht erfreut, ja glücklich aufgeleuchtet, und er wirkte warmherzig.
»Aber ... was bedeutet das?« Sein Blick wanderte von Kadi zu Carstairs und zu Mrs. Pollifax.
»Nach allem, was Kadi uns erzählt hat, bedeutet es, daß wir uns mit Ihnen unterhalten müssen, nur mit Ihnen, auf jeden Fall ganz sicher nicht in Anwesenheit Ihres Zimmergenossen.«
Sammy entspannte sich. »Ohne Clarence ... Ich verstehe. Das ist wirklich schlau von Ihnen. Die beiden Polizisten werden Ihnen berichten, daß Clarence darauf bestand, mitzukommen. Sie mußten ihn regelrecht wegschieben. Was wirklich erstaunlich war«, fügte er offen hinzu.
»Eben. Und deshalb dürfen wir Sie nicht sehr lange hierbehalten.«

»Das hat alles Kadi arrangiert?« staunte Sammat und wandte sich ihr zu.
»Weißt du«, erklärte sie, »nachdem wir uns am Montag begegnet waren, folgte man mir. Und das ist Mrs. Pollifax, in deren Haus ich mich zwei Tage versteckt hatte – um ihnen zu entkommen. Und das ist Mr. Carstairs, der ...«
Carstairs unterbrach sie brüsk. »Der ein Freund ist. Sammy, wir würden gern wissen, wer Sie vor vier Jahren in die Vereinigten Staaten geschickt hat, mit Clarence Mulimo als Aufpasser. Setzen Sie sich doch!«
»Ich bleibe lieber stehen, Sir. Clarence hat seine strikten Anweisungen und ...«
»Von wem?« warf Carstairs scharf ein.
»Das weiß ich nicht, Sir, und es gab auch keine Möglichkeit, es herauszufinden. Nach dem Attentat auf meinen Vater dachte ich, daß sie auch mich töten würden, falls sie sich nicht irgendeinen zukünftigen Nutzen von mir versprächen. Ich glaube, sie sandten mich hierher, um mich aus dem Weg zu haben. Doch seit kurzem hat sich etwas geändert. Soviel ich beim Belauschen von Clarences Telefonaten erfahren konnte – das Telefon befindet sich auf dem Korridor, aber nicht weit von unserem Zimmer –, schließe ich, daß in meinem Land in Kürze etwas geschehen wird, ein Putsch vielleicht, aber das ist lediglich eine Vermutung. Ich glaube jedoch, daß ich bald nach Ubangiba zurückgebracht werden soll, möglicherweise um mich dort zu töten. Oder falls es tatsächlich zu einem Putsch kommt, um mich – wie heißt doch gleich das Wort, Sir? – zur Marionette zu machen.«
Carstairs nickte.
»Ja, Marionette. Um mich dem Volk als dessen Führer zu

präsentieren, weil es dem Königshaus ergeben ist, aber mit jemandem hinter mir, der die Fäden zieht.«
»Sie wissen nicht, wer das sein könnte?«
Sammat schnüttelte den Kopf. »Nein, Sir, aber Clarence hat schon vor einer Woche seinen Koffer gepackt und erhält jeden Abend einen Anruf, anders als bisher. Ich dachte, man hätte ihm vielleicht befohlen ... Aber wir sind ja hier in den USA, da könnte er mich nicht so ohne weiteres töten. Sir, ich muß jetzt wirklich zum Studentenwohnheim zurückkehren, sonst wird Clarence mißtrauisch.«
Carstairs sagte mit harter Stimme. »Ich kann mir denken, weshalb Clarence seit einer Woche auf einem gepackten Koffer sitzt. Die Nachrichten brachten heute abend, daß Präsident Simoko tot ist.«
»Tot?« rief Kadi.
»*Heja!*« keuchte Sammat. »Aber er strotzte vor Gesundheit, das kann doch nur bedeuten ...«
Carstairs nickte. »Ja, natürlich. Sein Tod muß geplant gewesen sein.«
»Gift oder eine Kugel?« erkundigte sich Mrs. Pollifax interessiert.
Carstairs blickte sie amüsiert an. »Das wissen wir noch nicht, aber seit wir hier in diesem Zimmer ankamen, hat mein Assistent Bishop angerufen, um mitzuteilen, daß für Sammat und Clarence Mulimo sowie für einen Mr. Achille Leclerc für morgen früh ein Flug nach Paris gebucht ist, und ich vermute, von dort einer nach Ubangiba mit Flug 1192 am Montag morgen.«
Sammat tastete nach einem Stuhl und setzte sich abrupt.
»Wären Sie ein guter Führer?« fragte Carstairs leise. »Würde das Volk Sie anerkennen?«

Kadi wollte etwas sagen, aber Mrs. Pollifax hielt sie mit einem Kopfschütteln zurück.

»Ich habe meine Lektionen gelernt, um einer zu werden – und immer gehofft«, antwortete Sammat ernst und wirkte plötzlich viel älter. »Ich habe meinen Magister in Wirtschaftswissenschaft gemacht, habe die vielen landwirtschaftlichen Experimente studiert, die in Afrika durchgeführt wurden. Ja, ich glaube, das Volk würde mich als seinen Führer akzeptieren, was sehr schlimm wäre, wenn ich nicht öffentlich die Wahrheit sagen oder die Veränderungen durchführen darf, die notwendig sind, um meinem Land zum Wohlstand zu verhelfen.«

»Aber Sie sind überzeugt, daß das Volk hinter Ihnen stehen würde?« wiederholte Carstairs.

Er hatte die Frage erneut gestellt, nur in völlig anderem Ton, und Mrs. Pollifax musterte ihn flüchtig voll Neugier. Zweifellos gab es hier Dinge, die sie nur ahnen konnte.

»Selbst wenn es anfangs unsicher wäre, wer er ist, würden sie ihn akzeptieren, weil ...«, warf Kadi ein.

»Du hast ihn?« fragte Sammat rasch. Als sie nickte, lächelte er und sagte zu Carstairs: »Als mein Großvater im Sterben lag, rief er die königlichen Wahrsager zu sich – jene, von denen er überzeugt war, daß sie die Wahrheit sprechen würden –, und sie warfen die Kaurimuscheln und sagten ihm, daß sie zehn Ernten lang nur Schlimmes sahen. Er müsse seinen Sohn – meinen Vater – anweisen, den heiligen Siegelring zu vergraben und ihn niemandem zu zeigen. Und es dürfe auch niemand davon wissen, außer mein Vater. Nachdem mein Vater zum Präsidenten gewählt worden war, kurz bevor er ermordet wurde – als ahne er es –, zeigte er mir, wo der Ring versteckt war.«

Mrs. Pollifax blickte Kadi an und lächelte dabei. »Also das war es, was Sammy Ihnen im Café zusteckte. Unter dem Tisch.«
Kadi errötete.
Erstaunt murmelte Carstairs. »Ich habe etwas über diesen heiligen goldenen Ring gelesen. Sie haben ihn also. Weiß man das?«
»Nein, Sir, es ist nicht bekannt. Ich habe ihn immer sorgfältig versteckt gehalten.«
Carstairs blickte auf seine Uhr und verzog das Gesicht. »Leider müssen Sie sofort ins Studentenheim zurückgebracht werden. Die Polizei wird erklären, daß Sie mit jemandem verwechselt wurden und wird sich in Clarences Anwesenheit förmlich dafür entschuldigen, daß Sie zu dieser nächtlichen Stunde hierhergebracht wurden. Außerdem scheint es so gut wie sicher zu sein, daß Sie morgen nach Paris fliegen und am Montag nach Ubangiba.«
Sammat war aufgestanden und wartete mit ausdruckslosem Gesicht. »Es ist alles so unglaublich, Sir, und ich weiß nicht, wie Sie ...«
Carstairs unterbrach ihn. »Sie werden nicht allein sein. Wenn Sie in Paris an Bord von Flug 1192 gehen, werden Sie mich sehen – mein Name ist Carstairs. Ich reise mit einer Mrs. Reed und ihrer Tochter, das wird Kadi sein, sowie zwei weiteren Herren, die sich uns in Paris anschließen werden. Da Kadi Clarence bekannt ist, wird sie ihr Aussehen ein wenig verändern müssen. Sie dürfen mit keiner Miene zeigen, daß Sie sie kennen, und Sie dürfen uns auch nicht mehr beachten als andere Fluggäste, verstehen Sie. *Erst wenn wir in Ubangiba angekommen sind!*«
Verwirrt fragte Sammat: »Dann soll ich Sie erkennen, Sir? Aber wie ließe sich das erklären?«

»Wir brauchen gemeinsame Bekannte.« Carstairs wandte sich an Kadi. »Ihr Vater war doch Missionar in Ubangiba?«
Sie nickte etwas argwöhnisch.
»Dann nehmen wir das. Ich habe einfach ihren Vater vor mehreren Jahren einmal besucht – Kadi kann mir mit den nötigen Einzelheiten helfen. Sie wurden damals mit mir bekannt gemacht. Und nachdem Sie mich plötzlich wiedererkannten, werden Sie sich mir vorstellen und uns alle zu sich einladen.«
»Selbst ins Gefängnis«, fragte Sammat trocken, »falls sie das für mich geplant haben? Immerhin war ich bereits die letzten Jahre so gut wie ihr Gefangener.«
Carstairs lächelte. »Ich glaube eher, daß Sie in den Palast des Präsidenten gebracht werden. Ich möchte jedenfalls sichergehen, daß sich niemand Ihrer entledigt, wie sie es gerade mit Präsident Simoko getan haben.«
Obwohl es sehr warm in dem Zimmer war, fröstelte Mrs. Pollifax bei diesen Worten.
»So – gehen Sie jetzt«, wies ihn Carstairs abrupt an und öffnete die Tür zum Korridor. »Sie dürfen ihn zurückbringen«, sagte er zu den beiden Polizisten, die auf dem Gang gewartet hatten.
»Ich habe den Ring in meinem Rucksack, Sammy. Möchtest du ihn jetzt zurück?«
»Nein, Kadi, danke.« Er lächelte. »Bewahre ihn weiter für mich auf – bis wir wieder zu Hause sind.«
Sammy ging, und die beiden Männer, die ihn hierhergebracht hatten, schlossen sich ihm sofort an. Carstairs blickte wieder auf seine Uhr. »Sie hatten recht, Kadi, Ihr junger Freund befindet sich in großer Gefahr! – Und jetzt zurück zum Hauptquartier, um noch etwas zu erledigen, und dann

ein paar Stunden Schlaf. Bishop wird Zimmer für Sie besorgt haben – und dann …«

»Und dann?« fragte Mrs. Pollifax.

»Und dann fliegen wir morgen um acht Uhr nach Paris – natürlich mit einer anderen Fluglinie, und warten auf den Montagmorgenflug nach Ubangiba.«

18

Erst von Paris aus erreichte Mrs. Pollifax Cyrus endlich in Connecticut. »Du bist zu Haus!« freute sie sich. »Ich hatte schon Angst, ich würde dich wieder verfehlen.«

»Ich bin zwar zu Haus, aber es ist ein verdammt leeres Haus!« brummelte er. »Was, zum Teufel, machst du in Paris?«

»Du brauchst dir um mich keine Sorgen zu machen. Carstairs ist bei mir.«

»Carstairs! Aber ich dachte, er verläßt seinen Schreibtisch nie!«

»Er meinte, es wäre höchste Zeit, daß er es einmal tut.«

»Wie lange bist du schon in Paris? Wann hat er dich denn gerufen?«

»Hat er gar nicht. Diesmal wandte ich mich an ihn. Oder vielmehr an Bishop. Es war Mittwoch nacht. Möglicherweise bist du noch nicht lange genug zu Hause, daß du die leeren Sardinendosen und die Brotkrumen in der Rumpelkammer bemerkt hast und daß der Wagen weg ist.«

»Das ist es also«, sagte Cyrus. »Der Wagen ist nicht weg. Ist mir allerdings sehr merkwürdig erschienen. War eben angekommen und bezahlte das Taxi, als ein junger Mann unseren Wagen in die Einfahrt stellt, mir die Schlüssel aushändigt und sofort mit dem Taxi wieder wegfährt, mit dem ich gekommen war. Hat jedenfalls nicht wie ein Mechaniker ausgesehen.«

»Wird wohl auch keiner gewesen sein«, erwiderte Mrs. Pollifax. »Ich mußte den Wagen in Worcester in Massachusetts zurücklassen.«
»Worcester! Emily, was in aller Welt ...«
»Cyrus, ich erkläre dir alles später. Mein Flug wurde gerade aufgerufen. Ich nehme an, daß ich in zwei oder drei Tagen wieder zu Hause sein werde – aber jetzt muß ich mich beeilen. Bis bald!«
Sie hängte hastig ein, ehe er fragen konnte, wohin sie fliegen würde. Es war wirklich schade, denn wahrscheinlich war Cyrus der eine von fünfzig, der schon von Ubangiba gehört hatte und bestimmt genau wußte, wo in Afrika es lag. Sie blickte zum Flugsteig 12, dort hatte sich bereits eine Schlange für den zweimal wöchentlich stattfindenden Flug nach Languka in Ubangiba gebildet. Als Mrs. Pollifax Kadi sah, mußte sie lächeln. Die Arme, dachte sie. In dieser Maskerade! Kadi trug eine Perücke mit langen Korkenzieherlocken ähnlich Shannons, ein schreiend gelbes Kleid und eine riesige, sehr dunkle Sonnenbrille mit knallroter Fassung. Carstairs stand hinter ihr mit dem Fremden, der sich ihnen nach dem Frühstück im Hotel angeschlossen hatte und ihnen als John Stover vorgestellt worden war.

Das war jetzt Carstairs Show. Mrs. Pollifax gestand sich ein, daß es sie anfangs sehr störte, weil er so geheimnisvoll getan hatte, was seine Absichten betraf. Jetzt aber machte es ihr nichts mehr aus, denn sie bekam dadurch die Möglichkeit, einen echten Profi bei der Arbeit zu beobachten, einen Mann, der im Zweiten Weltkrieg vom OSS, dem militärischen Geheimdienst, ausgebildet worden war und in Paris im Untergrund gearbeitet hatte und später in Libyen. Sie hatte seinen Verstand und seine unkonventionelle Vorgangsweise bewundert, seit sie ihn kennengelernt hatte, und jetzt beabsichtigte sie, ihn zu beobachten und von ihm zu lernen. Paß gut auf! ermahnte sie sich, und selbst aus dieser Entfernung fiel ihr auf, daß sich etwas Ungewöhnliches tat. Carstairs hatte beim Flug nach Paris einen braunen Diplomatenkoffer dabeigehabt, und jetzt sah sie, wie ein Mann, der ganz hinten in der Schlange gestanden hatte, nach vorn ging, kurz neben Carstairs anhielt, und, ohne ihn anzublicken, einen Diplomatenkoffer aus schwarzem Krokoleder neben ihn stellte und gleich darauf mit seinem braunen weiterging.

Also hatte Carstairs jetzt einen schwarzen Diplomatenkoffer, einen sehr eleganten noch dazu, der zweifellos sehr wichtig war. Großartig gemacht, dachte sie bewundernd, aber äußerst geheimnisvoll.

Sie ließ den Blick zur Spitze der Warteschlange schweifen und entdeckte nun Sammat, der jetzt ein helles *Dashiki* trug, und sie fragte sich, welcher der Männer in seiner Nähe dieser Mr. Leclerc sein könnte, ob er wirklich so hieß und tatsächlich Franzose war, was sein Name vermuten ließ. Eine ungemein interessante Reise, fand sie. Sie verließ die Reihe von Telefonzellen und spazierte hinüber zu Carstairs, Kadi und Mr. Stover.

Im Flugzeug saß sie neben Kadi, und Carstairs direkt hinter ihr. Als sie sich umdrehte, um etwas zu ihm zu sagen, bemerkte sie, daß sein Sitznachbar der Mann war, der die Diplomatenkoffer ausgetauscht hatte. Sie machten sich eben miteinander bekannt, als wären sie Fremde. Der Mann sagte, daß er Devereaux heiße und aus Paris komme, woraufhin Carstairs sich auf französisch mit ihm unterhielt, und sie nichts mehr verstand – leider sprach sie kein Französisch, und das wußte Carstairs. Sie hielt es für wichtig, den Diplomatenkoffer heimlich im Auge zu behalten, falls es in Languka zu weiteren Taschenspielertricks kommen sollte.

Das Flugzeug war lediglich halb voll. Sammats Begleiter waren mit ihm in der ersten Klasse verschwunden. Kadi erklärte, daß die Gruppen von Geschäftsleuten im Flugzeug wahrscheinlich nur einen Tag und eine Nacht in Languka bleiben würden, denn am Tag darauf würde eine Maschine der lokalen Fluglinie von Agadès auf ihrem Weg nach Dakar in Languka landen. Kadi vermutete, daß die beiden Flugbegleiterinnen Hausa und Fulani waren und der Steward Äthiopier, aber fragen konnte sie sie nicht, da sie ja inkognito reiste. Das erwähnte sie bedauernd, ehe sie ein Buch aus ihrem Rucksack kramte: Camus' *Die Pest.*

Mrs. Pollifax, die ihr Haus am Mittwoch mit lediglich ihrer Handtasche verlassen hatte, mußte sich mit Zeitschriften begnügen, die sie in Paris erstanden hatte. Vier Stunden später begannen sie ihren Anflug über Ubangiba, und Mrs. Pollifax schaute hinunter auf die Wüste, auf der sie bewegte Punkte sah, Ziegen oder Rinder, nahm sie an. Bald ging die Wüste in grünes Ackerland über, das braunen Feldern wich, durch die sich eine schmale, unbefestigte Straße wand. Dann folgten Gruppen von einfachen Hütten, dann ein Vorort mit weißen Betonhäusern und eine breite Allee, die darauf hinwies, daß hier Languka begann: eine staubig aussehende Stadt mit eng beisammenkauernden niedrigen Häusern mit Flachdächern, aus denen sich lediglich zwei weiße Gebäude mit Giebeldächern im Kolonialstil abhoben. »Paläste«, murmelte Kadi verächtlich und blickte über Mrs. Pollifax' Schulter, als das Flugzeug dicht über der Stadt eine Schleife zog und zur Landung auf dem außerhalb liegenden Flughafen ansetzte.

»Präsident-Daniel-Simoko-Flughafen« verkündete der Pilot über Lautsprecher und setzte das Flugzeug etwas holprig auf.

Hier sind wir also, dachte Mrs. Pollifax, und ich habe keine Ahnung, weshalb, außer um sicherzugehen, daß Sammat nicht umgebracht oder ins Gefängnis geworfen wird. Aber ich kann mir nicht vorstellen, daß die CIA *so* altruistisch ist.

Sie stand auf und folgte Kadi den Gang entlang, mit Carstairs und Devereaux hinter ihr. Eine Rampe wurde zur Tür gerollt, und sie stiegen hinunter in die fast erstickende Hitze der grellen Sonne, um zu dem schimmernd weißen Flughafengebäude zu gehen, an dem über dem Eingang das Bild des Präsidenten prangte. Mr. Devereaux eilte an Mrs. Pollifax vorbei, und sie sah, daß nun er den schwarzen Diplomatenkoffer trug, den er in Paris Carstairs zugeschoben hatte. Er ging damit an Sammat und Clarence und dem dritten an ihrer Seite vorbei, der Achille Leclerc sein mußte. Mit einem schnellen, abschätzenden Blick gewann Mrs. Pollifax, nach der Weise, wie Mr. Leclerc mit vor Ungeduld zusammengepreßten Lippen seine beiden Schützlinge antrieb, von ihm den Eindruck eines sehr effizienten Mannes, der aber auch den Luxus liebte und etwas eitel war – was ihr der dünne Schnurrbart verriet, der sein bleiches Gesicht unterstrich, der kremfarbene Seidenanzug und die schwarzweißen, spitzen Designerschuhe. Von seiner betonten Arroganz abgesehen, fand sie, daß er wie ein nichtssagender Mann mittleren Alters aussah, der gegen einen wachsenden Bauch ankämpfte und zur Auswahl von unpassender Kleidung neigte. Jedenfalls paßte er mit seiner Aufmachung nicht so recht nach Ubangiba.

Mr. Devereaux, der als erster die Paßkontrolle erreichte, ging rasch hindurch, mit einem Nicken zu den Uniformierten, dann lief er etwas langsamer weiter und erreichte die Zollabfertigung nur einen Augenblick vor Sammats Gruppe. Sowohl seine Reisetasche wie sein Diplomatenkoffer wurden geöffnet, und Mrs. Pollifax konnte den Inhalt erkennen. Pyjamas, Hemden, Toilettenartikel und Bücher. Mr. Leclerc war als nächster an der Reihe, und es sah aus, als trüge auch er einen schwarzen Diplomatenkoffer aus Krokodilleder – was ihr beim Aussteigen nicht aufgefallen war. Sein Gepäck wurde jedoch nicht kontrolliert, die Zollbeamten begrüßten ihn mit höflichem Nicken und hoben seinen Diplomatenkoffer lediglich auf das Förderband, das ihn durch den Metalldetektor bringen würde.

Sie kennen ihn hier, dachte Mrs. Pollifax, und da sie sich vorgenommen hatte, ein Auge auf alle derartigen Diplomatenkoffer zu haben, wurde ihre Aufmerksamkeit jetzt belohnt, obwohl es ihr schwerfiel, zu glauben, was sie sah. Eine Sekunde nur lagen Mr. Devereaux' und Mr. Leclercs gleichaussehende Koffer auf dem Zolltisch. Obwohl sie genau aufgepaßt hatte, war sie wie betäubt, als sie bemerkte – oder trogen ihre Augen sie? –, daß Mr. Devereaux mit Mr. Leclercs schwarzem Diplomatenkoffer davonspazierte. Ein weiteres Taschenspielerkunststück! Hastig senkte sie den Blick, und nachdem beide Männer gegangen waren, stellte sie ihre Tasche bei der Zollabfertigung ab.

»Ist das alles?« fragte der Zollbeamte.

»Es ist ja eine große Tasche«, sagte sie, während er ihren Schlafanzug herauszog, den sie in Paris hatte kaufen müssen, und dann auch noch Haarbürste, Kamm, Lippenstift, Zahnbürste und Geldbörse.

Er bedachte sie mit einem mißbilligenden Blick und gestattete ihr mit einem Nicken zum Ausgang zu gehen.

In diesem Moment hörte sie Sammat sagen: »Aber – verzei-

hen Sie, Sir – sind Sie nicht Mr. Carstairs, der vor einigen Jahren den Missionsarzt hier besucht hat?«
Sie drehte sich um und sah, wie herzlich und scheinbar überrascht Carstairs reagierte. »Und Sie sind – nein, das ist doch nicht möglich! – sind Sie tatsächlich Kadis Freund Sammy? Wie lange ist das schon her? So eine Überraschung!«
»Ja, nicht wahr?« Sammat, der sich nun sicher fühlte, strahlte, während er Carstairs Hand schüttelte. »Ich komme gerade von der Universität in den Vereinigten Staaten – nachdem ich vier Jahre nicht mehr zu Hause war.«
»Nein!« rief Carstairs scheinbar verwundert. »Vier Jahre! Ich muß Sie meiner Schwester, Mrs. Reed-Pollifax und ihrer Tochter Katherina vorstellen! Und das ist mein Freund John Stover, ein Anthropologe, und noch jemand gehört zu unserer Gruppe, aber ich sehe gerade, daß er vorausgegangen ist. Mein lieber Sammy, wir dürfen uns nach diesen vielen Jahren nicht einfach so trennen. Wie gut ich mich erinnere, welch wundervolle Zeit wir miteinander hatten!«
»Das dürfen wir wirklich nicht!« pflichtete ihm Sammy leicht amüsiert bei. »Wir fahren zum neuen Palast. Bestimmt würden Sie ihn gern sehen. Er wurde erst vor kurzem fertiggestellt und ist außerordentlich luxuriös, wie ich hörte. Darf ich Ihnen Clarence Mulimo und Mr. Achilles Leclerc vorstellen, meine Begleiter? Ich bin sicher, auch sie würden sich über Ihren Besuch im Palast freuen.« Er warf einen raschen Blick auf Mr. Leclerc, der den Mund zu einem Strich zusammengekniffen hatte, so daß er fast lippenlos wirkte; ganz offensichtlich gefiel ihm Sammats gastfreundliches Angebot nicht. »Und bestimmt wird Ihnen nach dem langen Flug eine Erfrischung guttun.«

Kadi schien vor Begeisterung außer sich zu sein: »Irre, Mami, ich würde mir den Palast wirklich gern ansehen! Ein echter Palast, Mami! Hast du gehört, was er gesagt hat? Ein richtiger Palast, ist das nicht total geil?«
Carstairs, wenig vertraut mit der Sprache der jungen Generation, blickte sie kurz erstaunt blinzelnd an, dann lächelte er schwach und wandte sich wieder Sammat zu. »Oh, das wäre schön, aber wir möchten Ihnen keine Umstände machen …«
Mr. Leclerc entgegnete nicht weniger höflich. »Im Augenblick kommt es uns wirklich sehr *ungelegen.* Vielleicht morgen? Wir werden von einem Empfangskomitee erwartet, und Sammat soll sich in einer Stunde dem Volk zeigen …«
»Was Mr. Carstairs ganz sicher ebenfalls gern sehen würde«, unterbrach ihn Sammy entschieden. Dann wandte er sich an Mrs. Pollifax, ohne Kadi anzusehen, und erklärte: »Offenbar ist meine Rückkehr seit Stunden bekannt, und man hat das Volk davon informiert. Wie Sie wahrscheinlich wissen, starb unser Präsident gestern.«
»Oh, das hatte ich ja vergessen, Sammy! Sie sind König Sammats Enkel!« Auch er wandte sich jetzt an Mrs. Pollifax. »Du wirst das sicher sehr aufregend finden, Sammy ist nämlich königlichen Geblüts!«
»Königlichen Bluts!« quiekte Kadi regelrecht und klatschte begeistert in die Hände. »Wenn ich das meiner Clique zu Haus erzähle!«
Sammat tat, als unterdrücke er ein Lachen. »Halb so wild.« Er ignorierte Mr. Leclercs finsteren Blick und sagte: »Es steht ein Wagen für uns bereit, ich nehme Sie gleich mit!«
»Aber Sammat …«
»Die Limousine ist groß genug«, wies Sammy Leclerc zu-

recht. »Mr. Carstairs ist ein alter *Freund.* Ich lasse ihn doch nicht einfach hier stehen!«

»Das gefällt mir nicht!« sagte Mr. Leclerc warnend, und sein Gesichtsausdruck verriet Mrs. Pollifax, daß Mr. Leclerc nicht nur arrogant war, sondern auch skrupellos sein konnte.

Sammy wandte ihm den Rücken zu, und während er neben Carstairs zum Ausgang schritt, fragte er: »Wie viele Jahre ist es her, Sir?«

»Zu viele! Ah, Devereaux, da sind sie ja ... Wir wurden in den Palast eingeladen, und das ist der alte Freund der Hopkirks, von dem ich Ihnen erzählt hatte! Sammy, das ist Monsieur Devereaux.«

Clarence Mulimo war verschwunden, und Mr. Leclerc sah sich einer Überzahl von Leuten gegenüber, so daß er nichts unternehmen konnte. Zusammen gingen sie durch den Ausgang, über dem ein weiteres riesiges Bild von Simoko prangte, in den strahlenden Sonnenschein von Languka. Mrs. Pollifax bemerkte, daß Mr. Leclerc Carstairs verstohlen musterte, vielleicht sogar mißtrauisch, was nicht verwunderlich wäre, wenn er irgend etwas mit Chigi-Schrotverwertung und Kadis Verfolgung zu tun hatte. Jedenfalls schienen Sammy und Clarence unter seiner Aufsicht zu stehen.

Das, was Mr. Leclerc ein Empfangskomitee genannt hatte, wartete vor dem Flughafengebäude. Nie zuvor hatte Mrs. Pollifax eine so griesgrämige Personengruppe gesehen. Offenbar waren diese Leute gegen ihren Willen für diesen Empfang zusammengetrommelt worden, und nun hielten rotuniformierten Polizisten sie in Schach.

Sammat, der den Blick über die Gesichter hinter der Absperrung schweifen ließ, rief erfreut: »Laraba!« Er schritt eilig auf eine magere, barfüßige Frau in rotem T-Shirt, langem schwarzem Rock und gepunktetem Kopftuch zu. Ihr bisher unbewegtes Gesicht strahlte auf, sie lachte und erwiderte Sammys Umarmung.

Seufzend murmelte Kadi: »Verdammt, ich würde sie auch gern umarmen, das ist Laraba, und ich bin als Blondchen in schreiender Kleidung maskiert.«

»Eine Freundin?«

»Eine *sehr* gute! Sie und Rakia, die Krankenpflegerin meines Vaters, hatten mich versteckt und aus Ubangiba geschmuggelt.«

Die bisher verdrossenen Gesichter der Leute wurden plötzlich viel freundlicher. Ein paar Männer lösten sich aus den Reihen und rannten zu Sammy, um ihm die Hand zu schütteln. Mr. Leclerc machte schließlich gereizt darauf aufmerksam, daß der Wagen auf sie wartete. Ihm entging, daß Sammat, als er zu ihnen zurückkehrte, Kadi angrinste und im Vorbeigehen zuflüsterte: »Laraba läßt dich grüßen und heißt dich willkommen. Sie hat deine Verkleidung sofort durchschaut.«

Kadi lachte.

Das Gras um das Flughafengebäude war giftgrün wie künstlicher Rasen, und die weiße Pullmanlimousine wirkte neben den fast schrottreifen Privatwagen und Taxis, die gegenüber dem Eingang parkten, völlig deplaziert. Was sind wir doch für eine seltsame Gruppe, dachte Mrs. Pollifax. Stover und Devereaux mit Pokergesicht, Leclerc nahe daran, vor Wut aus der Haut zu fahren, Kadi und Sammat strahlten einander an, und wer wußte schon, was Carstairs dachte oder empfand? Als sie die Limousine erreicht hatten, gab es leichte Schwierigkeiten damit, wer wo sitzen sollte. Mr. Stover erklärte sich von selbst dazu bereit, auf dem Beifahrersitz Platz zu nehmen, aber Mr. Leclerc sah sich gezwungen, sich mit einem Notsitz zufriedenzugeben, was ihn nur noch wütender machte.

Als sie den Flughafen hinter sich gelassen hatten, dachte Mrs. Pollifax, daß die Straße zur Stadt einst pompös geplant gewesen sein mußte, denn sie fuhren durch die breite Allee, die sie vom Flugzeug aus bemerkt hatte und die vom Flughafen in gerader Linie zum Palast verlief. Leider hatten Jahre der Vernachlässigung, Staatsstreiche und Aufruhr jegliche Pracht zunichte gemacht. Die staubigen Bäume vermochten die Elendshütten dahinter kaum zu verbergen, und die Mauern einst prächtiger Villen waren voller Einschußlöcher. Wo diese Mauern schließlich endeten, begann das bunte Treiben eines Marktplatzes, wo schockfarbene Neonschilder mit *FODIA! COLA! MKATE! MAKALA! CAFÉ!* auf sich aufmerksam machten. Doch kurz bevor sie den Platz erreichten, mußten sie anhalten und warten, bis eine Ziegenherde die Allee überquert hatte.

»Nun zum Programm für den Rest des Tages!« Mr. Leclerc beugte sich auf seinem Notsitz vor, um sich Sammats Aufmerksamkeit zu versichern. »Innerhalb der nächsten Stunde wird sich vor dem Palast eine Menschenmenge sammeln, um Sie willkommen zu heißen. Sie werden vom Balkon aus huldvoll zu ihr sprechen. Danach findet die Bestattung von Präsident Simoko statt. Es wird eine beeindruckende Zeremonie sein, ebenso beeindruckend wie die Jahre seiner Herrschaft. Danach ist ein Treffen mit den Häuptlingen der Schambi und Soto geplant, um die nächste Regierung zu besprechen.« Mit einem dünnen Lächeln fügte er hinzu: »Und wie ich Ihnen bereits versicherte, wird man in dieser Regierung *irgendeinen* Posten für Sie finden. Anschließend begeben wir uns zum Staatsbankett im Goldsaal.«

Mrs. Pollifax, die neben Sammat saß, hörte ihn, nachdem

er bisher keinen Ton von sich gegeben hatte, leise murmeln: »Trpbul de taym in npdé.«
Nur Kadi, die an Sammys anderer Seite saß, verstand, daß er in Pidgin-Englisch gesagt hatte, daß da eine Menge faul war. Mrs. Pollifax hörte sie murmeln: »Das kann man wohl sagen, *bo!*«

19

Die Palastauffahrt war mit Bougainvilleen gesäumt, und dann hielt die Limousine vor der Freitreppe und dem Eingang an, die selbst dem luxuriösesten europäischen Hotel keine Schande gemacht hätten. An der Flügeltür standen Lakaien in Livree, bei denen es sich jedoch wahrscheinlich um Wachen handelte.

Sammat sagte ruhig: »Wie Sie sich erinnern, Mr. Carstairs, wohnte mein Großvater nicht in einem Palast, sondern in einem Haus aus luftgetrocknetem Lehm.«

»O ja, ich erinnere mich«, erwiderte Carstairs schnell.

Die Livrierten standen stramm, als die Limousine anhielt, dann eilte einer herbei, um die Wagentüren zu öffnen. »Ah, Mr. Leclerc!« sagte er und salutierte.

Er ist hier ja wirklich gut bekannt, stellte Mrs. Pollifax fest. Vielleicht lebt er sogar hier?

Sie wurden durch die dicke gläserne Flügeltür in eine gewaltige Marmoreingangshalle geführt, an deren Ende ein goldenes Relief mit Präsident Simokos lächelndem Gesicht hing. Carstairs schaute sich um. »Auf Kosten des Volkes war dem Präsidenten nichts zu teuer«, murmelte er.

»Das würde ein großartiges Krankenhaus abgeben oder auch eine Schule«, sagte Sammat.

Leclerc lachte. »Ich glaube nicht, daß wir *damit* einverstanden wären.« Er wandte sich an den Livrierten. »Joseph, führen Sie diese Herrschaften in den Thronsaal.« Gleich darauf sagte er zu Sammat: »Und Sie – Sie werden

mich in mein Büro begleiten – bitte«, fügte er mißmutig hinzu.
Sammat lächelte höflich. »Erst werde ich meine Freunde zu diesem Saal, den Sie meinen, begleiten.« Dann blickte er Joseph an. »Ich bin Sammat Jusufu. Ich weiß nicht, wo dieser Thronsaal ist, führen Sie uns bitte. Und bringen Sie meinen Gästen eine Erfrischung.«
Die Augen des Mannes hatten sich geweitet. »Sie – *Sie* sind Sammat – von *Sammat zisanu ndi zitato*?« Er verbeugte sich tief.
Sammy legte kurz die Hand auf seinen Arm. »Nur der Enkel – *mdzukulu* – eines Königs, Joseph. Sie brauchen sich nicht zu verbeugen. Zeigen Sie uns nur den Weg.«
»Jawohl, *Herr!*«
Mr. Leclerc sah aus, als wäre er einem Anfall nahe. Er verbarg es, indem er sich abrupt umdrehte, zu einer vergoldeten Tür auf der linken Seite schritt und rasch in dem Raum dahinter verschwand, vermutlich seinem Büro.
Joseph führte sie eine breite Marmortreppe hinauf und redete lebhaft in ihrer Muttersprache auf Sammat ein. Carstairs beeilte sich, Mrs. Pollifax einzuholen, die mehrere Stufen unterhalb der beiden schritt, und sagte leise: »Unmöglich, Waffen ins Land zu bringen, Mrs. P. Wir werden uns möglicherweise auf Stovers Judo verlassen müssen und auf Sie und Ihr braunes Gürtel Sie-wissen-schon-was. Halten Sie Augen und Ohren offen!« Dann stieg er die Stufen noch schneller hinauf, bis er John Stover erreicht hatte.
Es wird also etwas passieren! dachte Mrs. Pollifax, und diese Aussicht hob ihre Laune beträchtlich.
Im ersten Stock führte Joseph sie über einen breiten Korridor zu einer Flügeltür aus spiegelndem Messing, die er theatralisch für sie aufschwang. Mrs. Pollifax blieb unwill-

kürlich beeindruckt stehen. Vor ihnen lag ein riesiger Saal, mit poliertem Mahagoniboden, an der rechten Wand reihten sich Glastüren, die zu einem langen Balkon führten, und von der hohen Decke hingen glitzernde Kristallüster. Nach ein paar Schritten in den Saal sah sie Sesselgruppen mit vergoldeter Schnitzerei und scharlachroter Polsterung, und am hinteren Ende etwas, das wie ein Märchenthron aussah – ein schwerer, hoher goldener Sessel, bestimmt nicht nur vergoldet –, vor einem scharlachroten Wandteppich, den zwei geknüpfte Schlangen dominierten. Zu beiden Seiten des Throns hingen dazu passende Vorhänge von langen Stangen. Mrs. Pollifax beobachtete interessiert, wie John Stover sofort den Saal zu dem rechten Vorhang durchquerte und ihn öffnete, wodurch dahinter ein schmaler Gang sichtbar wurde. Er nickte Carstairs kurz zu, schritt zur anderen Seite des Throns, blickte auch hier kurz hinter den Vorhang und kehrte zu ihnen zurück.

Als er bemerkte, daß Mrs. Pollifax ihn beobachtete, lächelte er und sagte leichthin: »Reine Neugier.«

Ach tatsächlich? dachte sie amüsiert.

Niemand sagte etwas. Devereaux spazierte zu den Glastüren hinüber, öffnete eine und trat auf den Balkon. Als er gleich darauf zurückkehrte, sagte er: »Es sind schon eine ganze Menge Leute draußen.«

»Von der Polizei zusammengetrieben?« fragte Sammat trocken.

Devereaux schüttelte den Kopf. »Polizei habe ich keine gesehen.«

Sie drehten sich um, als die Messingtür aufschwang und Joseph mit Gläsern und einem großen Krug auf einem Tablett hereinkam. Ein Helfer folgte mit einem Tischchen, auf das Joseph das Tablett stellte. Gleich darauf trat Leclerc ein, und sofort spürte Mrs. Pollifax eine Änderung der Situation und wußte, daß es das war, worauf sie gewartet hatten. Leclerc trug immer noch den schwarzen Diplomatenkoffer bei sich, doch nun hielt er in der anderen Hand ein Bündel Papiere.

»Ah«, sagte er fast freundlich, »Sie haben nun Ihre Erfrischungen, und auf dem Platz sammelt sich das Volk. Sammat, es ist gleich soweit.«

»Ein wunderschöner Raum«, sagte Mrs. Pollifax zu Leclerc. »Diese herrliche goldene Bank und der Sessel, beispielsweise ...« Sie drehte sich um, um darauf hinzuweisen, da schweifte ihr Blick abrupt zu dem scharlachroten Vorhang rechts vom Thron. Er reichte nicht ganz bis zum Boden, und so bemerkte sie, daß jetzt jemand dahinter stand und wahrscheinlich lauschte.

»Pures Gold«, erklärte Leclerc. »Er gehört seit Jahrhunderten den Königen von Ubangiba.«

Niemand sonst hatte sich dem Thron zugewandt. »Bestimmt achtzehnkarätiges?« Sie bewegte sich kaum merklich auf Carstairs zu und stupste ihn. Ohne die Lippen zu bewegen, murmelte sie: »Jemand steht hinter dem rechten Thronvorhang!«

»Achtzehn Karat?« entgegnete Leclerc abfällig. »Natürlich nicht! Rein vierundzwanzigkarätiges!«

Ihr Stupsen und ihre gemurmelten Worten veranlaßten Carstairs keinesfalls, in die Richtung des Vorhangs zu blicken. Er machte lediglich ein amüsiertes Gesicht und nickte.

»Nun«, beendete Leclerc seine Ausführungen mit der gespielten Höflichkeit eines Gastgebers, der ungebetene Gäste loswerden möchte, und wiederholte: »Sammat, es ist gleich soweit!« Zu Carstairs sagte er: »Sie müssen verstehen, daß er eine Rede halten und sie vorher einstudieren muß, um sie flüssig aufsagen zu können.«

Carstairs nickte. »Ja, es hört sich ganz so an, als könnte Ihr Volk es nicht erwarten, Sie zu sehen und zu hören, Sammat. Sie dürfen es nicht warten lassen!«

»Nein, nein!« warf Leclerc hastig ein. »Sie verstehen nicht! Er hält sie nicht sofort. Er muß die Rede, die für ihn geschrieben wurde, erst lesen! Joseph führen Sie diese Gäste ins grüne Zimmer! Sammat«, er reichte ihm das Bündel Papier. »Versuchen Sie, die Rede so gut wie möglich auswendig zu lernen, damit Sie sie ohne Stocken halten können.«

Carstairs trat näher, entriß Sammat die Seiten und zerriß sie. Als die Fetzen wie Konfetti zum Boden schwebten, sagte er brüsk: »Ich bin überzeugt, Sammat weiß, was er sagen will, ohne daß ihm jemand die Worte anderer in den Mund legt!«

Leclerc starrte ihn ungläubig an. »Wie können Sie es wagen?« keuchte er. »Sie haben soeben die Rede zerrissen, die Sammat, der Enkel eines Königs, seinem Volk halten soll! Wir können eine solche Unverschämtheit, eine solche Einmischung nicht einfach hinnehmen! Ich brauche nur die Wachen zu rufen, Mr. Carstairs, und Sie werden feststellen, daß unsere Gefängnisse nicht sehr komfortabel sind!«

»Daran zweifle ich nicht«, versicherte ihm Carstairs freundlich. »Aber vielleicht interessiert es Sie, ehe Sie etwas Unüberlegtes unternehmen, was mich in dieses Land geführt hat.«

»Ach, Sie sind *kein* Tourist?« fragte Leclerc wütend.

»Nein, ich bin *kein* Tourist. Ich bin lediglich fünfzig Millionen Dollar Lösegeld, das vor ein paar Tagen im Westchester County in den USA übergeben wurde, nach Ubangiba gefolgt.«

Lähmendes Schweigen setzte ein, bis Carstairs freundlich

hinzufügte »Natürlich wird Ubangiba sehr dankbar sein für die fünfzig Millionen, die Sie in dieses Land gebracht haben und die Sie in dem schwarzen Diplomatenkoffer sicher wähnen, den Sie neben sich abgestellt haben.« Als Leclerc entsetzt zu seinem Koffer schaute, fuhr Carstairs liebenswürdig fort: »Ich fürchte, Sie werden die Scheine darin nicht finden. Wie Sie sehen, habe auch ich einen schwarzen Diplomatenkoffer, und mein Freund Devereaux, der seine Bekannten gern mit Taschenspielerkunststücken erfreut, vollbrachte wahre Wunder, während Sie beide durch die Zollabfertigung gingen. Mehr brauchen Sie über ihn nicht zu wissen, aber ich möchte Ihnen nicht verheimlichen, daß Mr. Stover gar nicht wirklich Archäologe ist, sondern dem FBI angehört.«

Großartig! dachte Mrs. Pollifax.

Leclerc starrte Carstairs mit aufgerissenem Mund an, dann versuchte er mit zitternden Fingern, den Diplomatenkoffer zu öffnen, ohne daran zu denken, daß er ja verschlossen war.

Mrs. Pollifax wagte zu fragen: »Hat das etwas zu tun mit ...?«

Carstairs unterbrach sie, um sich an Sammat zu wenden. »Sie gehen jetzt lieber auf den Balkon. Die Menge hört sich sehr ungeduldig an. Sie will Sie sehen!«

»Aber, Sir ...«

»Es ist besser, Sie gehen, Sammat!«

»Aber, Sir ...«

»Sofort!« Carstairs Ton duldete keinen Widerspruch mehr. Sammat ging zu den Glastüren, öffnete eine und trat auf den Balkon. Der Jubel, der ihn empfing, war selbst im Saal noch ohrenbetäubend, bis Kadi die Tür schloß.

»Öffnen Sie Ihren Koffer!« befahl Carstairs Leclerc.

»Nein!« entgegnete Leclerc heftig. »Ich weiß nicht, wovon Sie reden!« Er richtete sich hoch auf. »Was fällt Ihnen eigentlich ein! Sie provozieren mit einer solchen Unverschämtheit einen internationalen Zwischenfall! Sie, ein *Amerikaner*, kamen hierher, um sich in ungesetzlicher, rechtswidriger Weise in die Regierungsgeschäfte eines souveränen Staates zu mischen! Joseph, rufen Sie die Polizei! Sofort!«

»Ganz im Gegenteil«, sagte Carstairs ruhig. »Ich bin keineswegs aus diesem Grund gekommen. Ich folgte dem Lösegeld, das stimmt, doch nicht das führte mich persönlich hierher. Ich kam ...« Er wandte sich dem Thron zu und rief »Kommen Sie her, Bidwell!« Und wieder Leclerc anblickend, beendete er seinen Satz: »Ich kam Bidwells wegen!«

»B-bidwell?« stammelte Mrs. Pollifax. »Henry Bidwell?«

Kadi, die an der anderen Seite des Saals stand, sagte ungläubig: »Der Mann, der in New York als Geisel gefangengehalten wurde? Der Entführte?«

»Er war weder als Geisel genommen, noch entführt worden!« entgegnete Carstairs. »Nun, Bidwell?«

Der Vorhang zitterte ein wenig, wurde jedoch nicht geöffnet. Mrs. Pollifax ging darauf zu und zog ihn zurück – und starrte in das schmale, autokratische Gesicht, das sie aus Zeitungen und Fernsehnachrichten kannte, nur daß es jetzt jegliche Farbe verloren hatte und elend wirkte. Sie drehte sich zu Carstairs um und sagte verwirrt: »Aber wie – und *hier*?«

»Keine Bewegung!« warnte Leclerc mit gefährlich ruhiger Stimme. »Keine Bewegung, ich bin bewaffnet! Mr. Carstairs, Sie werden Ihren Diplomatenkoffer zu mir herüberschieben, *jetzt!* Sofort!«

Carstairs zögerte, dann schob er seinen Koffer einen guten Meter über den polierten Boden, denn Leclerc hatte aus seinem kremfarbenen Seidenanzug eine Schußwaffe gezogen, die Mrs. Pollifax automatisch als eine 9-mm-Smith-and-Wesson identifizierte.

»Niemand von Ihnen wird diesen Raum lebend verlassen!« erklärte Leclerc.

O Gott, dachte Mrs. Pollifax, Carstairs hat mit meiner Hilfe gerechnet, und jetzt bin ich viel zu weit entfernt. Das bedeutet, daß Stover – Stover, wenn Sie Judo können, dann setzen sie es *jetzt* ein!

Aber es war Joseph in seiner scharlachroten Livree, der lautlos wie eine Katze von hinten auf Leclerc zuschlich und ihn ansprang, so daß er nach vorn taumelte. Ehe er fallen konnte, riß er ihn herum und versetzte ihm mehrere wütende Kinnhaken, die ihn zu Boden schickten. »*Udijo!*« stieß er hervor. »*Udijo, udijo … Be ku-bada udijo!*«

»Er nennt ihn das Böse in Person, geboren, um böse zu sein«, erklärte Kadi von der anderen Saalseite.

Joseph stand herausfordernd und heftig atmend da.

»Sie haben uns das Leben gerettet, Joseph«, dankte ihm Carstairs. Er bückte sich nach Leclercs Pistole, richtete sie auf den scharlachroten Vorhang und rief: »Nun, Bidwell, was haben Sie zu sagen? Sich selbst und den unzähligen Menschen – von Ihrer Frau und Ihren Kindern ganz zu schweigen –, die geglaubt hatten, sie wären entführt, gefesselt und geknebelt und neun Tage lang in irgendeinem Keller mißhandelt worden, ja, die wahrscheinlich sogar für Sie beteten? Sie haben jede Geisel, die je genommen und *echtem* Terror ausgesetzt war, entwürdigt und beleidigt!«

Bidwell stammelte: »Ich – ich …« Er verlor die Besinnung und sackte zu Boden. Ein Arm kam dabei auf Mrs. Pollifax' Schuh zu liegen. Voll Abscheu zog sie den Fuß zurück und ging um ihn herum. »*Keine Geisel?*« vergewisserte sie sich.

»Nein. Er hat sich selbst so gut verschwinden lassen, wie nicht einmal jemand von Willies Rummel es könnte«, versicherte ihr Carstairs.

Kadi hatte inzwischen die Balkontür geöffnet, und Mrs. Pollifax konnte Sammat klar und deutlich zu seinem Volk reden hören. »Aber wie kamen Sie dahinter?« fragte Mrs. Pollifax Carstairs.

Von der Menge erschallte lautes Lachen, dem Jubelrufe folgten. Kadi drehte sich lächelnd zu ihren Freunden um. »Sammy hat ihnen *alles* erzählt!« erklärte sie. »Und sie stehen alle zu ihm. Sie verstehen, wozu es fast gekommen wäre. Und er hat ihnen *Makasi* – einen neuen Weg – versprochen! Haben Sie es gehört, Joseph? *Makasi!*«

20

Es war Abend. Sammat hatte sich mit den Häuptlingen der Schambi und der Soto getroffen und sich feierlichst ihrem Verlangen gefügt, die *ufumo* – die Würde und Pflichten des Häuptlings – für ihr leidendes Land zu übernehmen und ihm sein *Mtima*, sein Herz, zurückzugeben. Stover und Devereaux hatten sich zurückgezogen, um diverse Anrufe zu tätigen. Devereaux nach Paris, und Stover nach Washington – eine umständliche, zeitraubende Prozedur –, während Leclerc unter Bewachung in eine Klinik gebracht worden war, um seinen Unterkiefer zusammenzuflicken. Nach einem farbenprächtigen Sonnenuntergang hatte die Nacht sich wie ein Vorhang herabgesenkt, aber durch die Dunkelheit war gedämpftes Trommeln zu hören, »sprechende Trommeln« hatte Sammy sie genannt, die die Neuigkeiten der Ereignisse dieses Tages über die Felder und die Wüste verbreiteten. Jetzt weiß ich, daß ich wirklich in Afrika bin, dachte Mrs. Pollifax.

Sie war unendlich zufrieden. Sie hatte in einer richtigen Wanne baden können – das hatte sie bei Willie vermißt –, und man hatte ihr ein *Dashiki* geliehen, während ihre eigenen Sachen gewaschen und gebügelt wurden. Sie befand sich in Afrika, ausgerechnet in Afrika, und hatte miterlebt, wie man einem cleveren und skrupellosen Milliardär auf die kriminellen Schliche gekommen war. Während der vergangenen Tage waren sie und Kadi unbeabsichtigt und ahnungslos in diesen Fall geschlittert und konnten Carstairs die Beweise liefern, die er benötigte, um eingreifen zu können. Zwei wesentliche Dinge waren geschehen: Carstairs hatte seinen Mann gefunden, und – was für Kadi, ihre junge Freundin, das wichtigste war – sie hatten Sammy sicher heimgebracht.

Doch noch vor sieben Tagen hatte sie weder je von Sammy gehört gehabt, noch von Ubangiba, noch von Kadi Hopkirk, die sich einen Tag und eine Nacht in ihrer Rumpelkammer versteckt hatte. Das war wirklich eine aufregende Woche gewesen!

Nun saß sie am Kopfende einer langen, mit Kerzen festlich beleuchteten Tafel im dämmrigen Speisesaal des Palasts, mit Sammy an einer und Kadi an ihrer anderen Seite, und Carstairs neben Bidwell, dessen Linke mit einer Handschelle an seinen Stuhl gefesselt war.

»Nun?« fragte sie Carstairs über den Tisch.

Carstairs lächelte leicht und nickte. »Ja.« Er wandte sich an Bidwell. »Es ist Ihnen doch klar, daß wir hier als erste über Sie zu Gericht sitzen?«

Bidwell benetzte die trockenen Lippen und flüsterte: »Wie konnten Sie es wissen, ja auch nur ahnen? Es war alles so sorgfältig, so unendlich vorsichtig ...«

»Geplant, ja«, bestätigte Carstairs. »Bestimmt seit Jahren.«

»Aber – wie? Wir machten keine Fehler, das könnte ich *schwören.*«

Carstairs überlegte gut. »Sie täuschen sich. Ich würde sagen, Ihr ärgster Fehler war, darauf zu beharren, daß Sie selbst nicht wissen wollten, wann und wie Ihre Entführung stattfinden würde – oder durch wen; daß Sie es völlig Ihren beiden Komplizen Leclerc und Romanowitsch überließen, das alles zu arrangieren. Ich vermute, weil Sie Angst hatten, es würde Zufallszeugen bei der Entführung geben.

Die beiden sollten die schmutzige Arbeit machen, während Sie die Rolle des unschuldigen Opfers spielen wollten, und das mußte absolut echt aussehen, falls jemand Sie unerwartet beobachtete. Und weil Sie den Zeitpunkt und die Art selbst nicht kannten, ließen Sie Ihren privaten Terminkalender abgeschlossen in einer Schreibtischlade zurück. Das wiederum wußte nur Ihre Sekretärin, und sie teilte es dem FBI mit.«

»Verdammt«, knirschte Bidwell. »Verdammte blöde Kuh!«

Carstairs ignorierte diese Beleidigung einer treuen, wohlmeinenden Sekretärin und fuhr fort: »Und in diesem Terminkalender waren die fünf mysteriösen Flüge 1192 aufgelistet. Ebenso Ihre Verabredungen mit Desforges, Leclerc und Romanowitsch. Aber es waren die 1192er, die mich neugierig machten. Sie waren ein Mann, dessen Leben scheinbar ein offenes Buch war, und doch gab es diese fünf mysteriösen, heimlichen Flüge nach Ubangiba. Und es stellte sich heraus, daß die Clayborne-Osborne-Leute nicht einmal etwas, oder kaum etwas, von der Existenz dieses Landes wußten. Ursprünglich dachte ich, diese Flüge wären irgendwie der Schlüssel zu Ihrer Entführung, vielleicht eine Terroristengruppe oder ubangibanische Nationalisten, die etwas gegen Ihre Besuche hatte, und daß eine solche Gruppe Sie sich geschnappt hat.«

»Aber das kann doch nicht ...«

»Stimmt«, bestätigte Carstairs. »Tatsächlich war es etwas, das Desforges sagte, sehr busineßlike und diskret natürlich. Er weigerte sich, auch nur ein Wort mehr zu sagen, als daß Sie sich die Mineralrechte für das Land gesichert hatten. Allerdings erwähnte er noch, daß der Abbau sich kaum rentieren würde, außer mit billigen, sehr billigen Arbeitskräften – und dann benutzte er ein sehr seltsames Wort, ›leopoldisch‹.«

»Leopoldisch?« Sammat blickte ihn fragend an.
»Ja, ein Wort, das ich anfangs überging. Ich war zu enttäuscht, als unsere Geologieabteilung mir versicherte, daß man in Ubangiba nur auf Kohle stoßen würde, sonst auf nichts. Ich hatte Gold erwartet oder Erdgas ... Vielleicht begann es, als ich mich nach dem Grund für dieses nahezu besessene Interesse an Kohle fragte. Und ausgerechnet bei Ihnen, für den Millionendollargeschäfte schon fast ein Pappenstiel sind; Sie, der für einen Milliardär gehalten wird! Da hätte ich meine Nachforschungen fast eingestellt.«
»Aber nur fast«, warf Mrs. Pollifax lächelnd ein.
Er erwiderte ihr Lächeln. »Ja, denn ausgerechnet zu diesem Zeitpunkt brachte mir Bishop das Band mit dem Telefongespräch, in dem Sie, meine liebe Mrs. Pollifax, erzählen, daß Sie durch Connecticut bis Massachusetts verfolgt worden waren, und zwar von einem Lieferwagen mit der Aufschrift CHIGI-SCHROTVERWERTUNG. Denn eine knappe Stunde zuvor war uns dieser Wagen durch Laszlo, einen unserer Leute, beschrieben worden – aber ich möchte Sie jetzt nicht mit den Einzelheiten langweilen.«
»Später?« bedrängte ihn Mrs. Pollifax, der dieser Name nur allzu vertraut war.
»Ja, später«, versprach Carstairs. »Es genügt, zu erwähnen, daß zu diesem Zeitpunkt zufällig Kadi und Mrs. Pollifax auf der Bildfläche erschienen. Diese Kadi«, er lächelte das Mädchen an, »die in Ubangiba aufgewachsen war, traf durch Zufall in New Haven einen alten Freund namens Sammy, der ebenfalls aus Ubangiba war und offenbar in Schwierigkeiten steckte. Da schlichen sich politische Aspekte in mein Puzzle und ließen die Sache etwas logischer erscheinen, und schon bald konnte ich sehr erstaunliche Schlüsse ziehen.«

Er blickte Bidwell in die Augen. »Unterbrechen Sie mich, falls ich mich irre, aber ich nehme an – nachdem ich erst am Samstag Ihr verzweifeltes Flehen bei den Fernsehnachrichten sah und hörte –, daß Sie gleich nach der Entführung irgendwo hingebracht wurden, wo man einige dramatische Videoaufnahmen von Ihnen filmte, die zu passenden Gelegenheiten veröffentlicht werden sollten, und Sie dann – noch ehe die Lösegeldforderung gestellt wurde – mit falschem Paß nach Ubangiba reisten. Leclerc mußte sich daraufhin der beiden Burschen der CHIGI-SCHROTVERWERTUNG annehmen. Und wie Sie inzwischen bestimmt wissen, wurden die zwei am Freitag von ihm ermordet, etwa zur selben Zeit wie hier in Ubangiba Präsident Simoko von Romanowitsch.«

»Der noch nicht gefunden wurde«, warf Kadi ein.

»Was nicht mehr lange so bleiben wird«, sagte Carstairs überzeugt. »Joseph und ein paar vertrauenswürdige Freunde bei der Polizei suchen ihn bereits.«

»Joseph hat mich auch zu Präsident Simokos Schlafzimmer geführt, Sir«, unterbrach ihn Sammat, »und mir die Truhen voll Goldbarren gezeigt, die Simoko dort versteckt hatte. Das wird ganz gewiß unsere Währung stützen, den *Gwar*, der so an Wert verloren hat. Wie habgierig Simoko doch war!«

»Vermutlich nicht mehr als Bidwell.« Carstairs blickte den Milliardär an. »Ein Lösegeld von fünfzig Millionen, Bidwell? *Das* war ziemlich verdächtig ... Ich fand bei meinen letzten Recherchen heraus, daß Sie nie Ihr gesamtes Geld in den USA angelegt hatten – zweifellos brachten Sie einen Großteil auf Schweizer Banken, doch das genügte Ihnen nicht. Sie wollten auch alles, was in den Staaten geblieben war. Und was hätte es für eine bessere Möglichkeit gegeben, es herauszubringen, als sich entführen und das Lösegeld durch Leclerc abholen und nach Ubangiba bringen zu lassen?«

Etwas verwirrt fragte Mrs. Pollifax: »Aber warum und wozu?«

»Ah«, sagte Carstairs, »das ist der Punkt, wo Leopold ins Spiel kommt. Sehen Sie Sammat an, er weiß, was ich meine.«

Sammat nickte. »König Leopold und der Kongo.«

»Ihre Frage, Mrs. Pollifax, ist dieselbe, die auch ich mir stellte – warum und wozu? Ein bescheidenes Kohlenflöz konnte Bidwells Interesse an Ubangiba nicht erklären. Was könnte es dann sein? fragte ich mich. Nachdem er Milliarden gemacht und wahrhaftig Geld im Überfluß hatte, was könnte ihm da noch gefehlt haben? Mir wurde bewußt, daß ich in zu kleinen Dimensionen dachte. Was er wollte, war, ein Land zu besitzen. Sein *eigenes* Land!«

»Niemand kann ein Land besitzen!« warf Kadi entschieden ein.

»Nein? König Leopold hatte eines, das ihm als persönlicher Besitz bestätigt wurde. Und ich bin sicher, Bidwell wollte es ihm gleichtun. Aber lassen Sie mich kurz von König Leopold II. von Belgien erzählen, der 1909 starb. Ich habe seine Geschichte in den letzten zwei Tagen immer wieder gelesen, daß ich sie jetzt fast Wort für Wort wiederholen kann.«

Carstairs lehnte sich auf seinem Stuhl zurück und schloß die Augen. Als hätte er den Text auswendig gelernt, zitierte er: »Nachdem es ihm nicht gelungen war, während der letzten ›großen Kolonisationswelle‹ Ende des neunzehnten Jahrhunderts sein Land dafür zu interessieren, sich den Kongo anzueignen, benutzte der König sein privates Vermögen zur Förderung seiner Ambitionen ...«

Carstairs öffnete die Augen und fuhr mit eigenen Worten fort: »Er bediente sich Henry Morton Stanleys – hier brauchten Sie den Namen nur mit denen von Leclerc und Romanowitsch auszutauschen – , um den Kongo zu erforschen, Protektoratsverträge mit etwa vierhundert Häuptlingen zu schließen und die Flüsse zu kartographieren. Schließlich gründete Leopold ein Handelsmonopol für Kautschuk, von dem er allein – nicht Belgien – kolossalen Profit durch ein System grausamster Zwangsarbeit und schlimmster Greuel machte. Erst 1905«, fuhr er fort, »kamen die Europäer dahinter, daß ein ganzes Land einer einzelnen Person gehörte – überlegen Sie doch nur! Ein ganzes Land im Besitz eines einzigen Mannes! –, der darüber als absolutester aller absoluten Monarchen herrschte.«

»Ihm gehörte ein ganzes Land!« wisperte Kadi.

»Mit Brief und Siegel.« Carstairs nickte. »Und selbst als Europa von seinen Machenschaften erfuhr – Conrads Novelle *Herz der Finsternis* machte die Welt deutlich genug darauf aufmerksam –, unternahm es nichts, gar nichts, es war zu sehr mit seinen eigenen kleinen Kriegen und Konflikten beschäftigt.«

»Huh!« hauchte Kadi. »*Das* habe ich nicht gewußt.«

»Ich schon«, sagte Sammat. »Es war ein blutiges und brutales Kapitel in Afrikas Geschichte.«

»Nun, Bidwell, habe ich recht?« Carstairs hatte sich wieder ihm zugewandt. »Sie hatten beabsichtigt, der vermißte Judge Crater dieses Jahrhunderts zu werden und ein Land zu regieren, indem Sie den jungen Sammat als Aushängeschild benutzen und auch *ihn* regieren wollten, stimmt's? Ein neues Hobby, nicht wahr? Ein Spielzeug? Ein bißchen Spaß für Sie im Alter?«

»Hören Sie auf – bitte!« stöhnte Bidwell. »Ich flehe Sie an, sagen Sie mir, was mich erwartet!«

»Mich anflehen?« spottete Carstairs. »Nun, mir fallen so einige Möglichkeiten ein – doch muß ich sehr zu meinem Leidwesen zugeben, daß mir dagegen im Moment keine Gesetze einfallen, die Sie gebrochen haben, außer als Mitschuldiger an der Ermordung von Präsident Simoko. Allerdings werden die fünfzig Millionen Dollar Lösegeld, die hierherzubringen Sie sich solche Mühe machten ...« Er bückte sich nach seinem Diplomatenkoffer und schob ihn über die Tischplatte zu Sammat. »... was nur richtig und gerecht ist, hier in Ubangiba zur Entwicklung des Landes bleiben, denn zu diesem Zweck schafften Sie es ja hierher.«

Bidwell würgte an einem Protest.

»Schließlich ist es Bidwell-Lösegeld, das bezahlt wurde, Sie ihrer Familie zurückzugeben, die Sie im Stich gelassen haben. Das *könnte* Ihre Zukunft sein. Stover verhandelt gerade darüber.«

»*Zurück* zu – zu meiner Familie?« stammelte Bidwell bestürzt.

Carstairs zuckte die Schultern. »Warum nicht? Das Lösegeld wurde bezahlt und wird durch die unmarkierten Scheine nie zurückverfolgt werden können – und es wäre durchaus möglich, daß unsere Regierung es für eine sehr kreative Strafe hält, wenn man Sie gefesselt und geknebelt in New York findet und ohne großen Aufhebens zu Ihrer Familie zurückbringt. Unter der Bedingung natürlich, daß Sie Ihre Position bei Clayborne-Osborne International sofort aufgeben, die Vereinigten Staaten nie mehr verlassen und sich auch nie wieder auf irgendwelche geschäftlichen Transaktionen einlassen.«

»Diese fünfzig Millionen Dollar gehören *mir!*« wandte Bidwell verzweifelt ein. »Außerdem können Sie mich nicht verhaften, wir befinden uns hier auf ausländischem Boden! Ich kann Sie belangen!«

»Wir verhaften Sie doch nicht!« versicherte ihm Carstairs glatt. »Das FBI erfüllt lediglich seine Pflicht, einen entführten Amerikaner zu befreien und in die Staaten zurückzubringen. Ob Sie dort verhaftet werden oder nicht, steht noch nicht fest. Ich sollte Sie jedoch vielleicht darauf aufmerksam machen, daß der oberste Gerichtshof es für zulässig erklärte, daß das FBI im Fall einer ›heißen Spur‹ dieser auch ins Ausland folgen darf, um unter Wahrung der jeweiligen Landesgesetze eine wegen strafbarer Handlungen gesuchte Person zurückzuholen.«

»Ich werde nicht mitkommen!« brüllte Bidwell.

»Oder«, gab Carstairs zu bedenken, »die ganze Geschichte kann veröffentlicht werden. Die Medien werden sich darum reißen, Ihre Familie wird darunter zu leiden haben, und, da bin ich mir sicher, Sie werden ins Gefängnis wandern – unter *irgendeiner* Anklage, welcher könnte ich nicht mit Bestimmtheit sagen, da ich mich mit den Spitzfindigkeiten des Strafgesetzes nicht so gut auskenne. Wenn nicht wegen Mittäterschaft bei Mord, dann wegen des Versuchs, eine ausländische Regierung zu stürzen.«

Bidwell wollte aufspringen, aber die Handschelle hielt ihn an seinem Stuhl fest. »Das ist Erpressung!« schrie er.

Carstairs lachte ihm ins Gesicht.

Alle schwiegen und starrten Bidwell an. Erst jetzt wurde ihnen so richtig bewußt, wie wenig zum Gelingen seines unfaßbaren Vorhabens gefehlt hatte. Daß seine hochfliegenden Pläne gescheitert waren, hatte man nur Carstair und seiner Intuition zu verdanken, dachte Mrs. Pollifax, die ihn dazu gebracht hatte, die unterschiedlichsten, hauchfeinen Fäden zu einem unglaublichen Muster zusammenzuweben. Ihre Bewunderung für ihn wuchs.

Das Schweigen endete mit einem Seufzen, als Carstairs

sagte: »Genug … Stover arrangiert einen Sonderflug für morgen früh – keine Rast für die müden Krieger –, um Bidwell in die USA zurückzubringen. Devereaux wird noch eine Woche hierbleiben und Ihnen helfen, so gut er kann, Sammat. Ich hoffe, niemand von Ihnen hat das Gefühl, daß wir Sammat im Stich lassen?«

»Ich bin etwas müde«, gestand Mrs. Pollifax. »Ich glaube, ehe mich der Jetlag völlig übermannt, würde ich gern heimfliegen, um Cyrus wiederzusehen.«

»Kadi?«

»Wäre es möglich«, fragte sie schüchtern, »daß ich bis zum Rückflug am Donnerstag nach Paris hierbleibe und das Grab meiner Eltern besuche – Lara wird bestimmt wissen, wo es ist – und ein paar alte Freunde?«

»Selbstverständlich!« versicherte ihr Carstairs. »Und Sammy? Sie werden wohl sehr viel zu tun haben?«

»O ja!« erwiderte Sammat ernst. »Wir müssen das alte Rechtssystem wiederherstellen, sobald wir die Anwälte, die überlebten, aus dem Gefängnis befreit haben. Banken und Kreditinstitute müssen wieder geöffnet werden, dann Simokos Armee aufgelöst und neue Leute ausgebildet werden. Ich würde gern die Hälfte dieses Palasts in ein Zentrum für landwirtschaftliche Forschung umwandeln, und die andere Hälfte in eine High School. Doch zuerst möchte ich zwei Experten hierherholen, deren Bücher ich studiert habe. Beide beschäftigen sich speziell mit dem lohnendsten Anbau in Afrika und wissen, welche Experimente bisher erfolgreich waren und welche nicht.«

»Und die fünfzig Millionen?« fragte Mrs. Pollifax lächelnd.

»Für Nahrung«, antwortete er sofort, »um die Läden zu füllen – und Sämereien, die kostenlos verteilt werden. Und ja, vielleicht Ausrüstung, um die Kohle zu fördern, von der

Sie gesprochen haben, Sir, denn sie kann als Energieträger benutzt werden, die Wirtschaft aufzubauen, neue Brunnen zu graben – aber ich muß langsam vorgehen, um keine Fehler zu machen, Sir.«

»Und Wahlen?« fragte Carstairs.

Sammat schüttelte den Kopf. »Nicht ehe die Menschen volle Bäuche haben und wissen, wie es ist, frei zu sein. Jetzt würden sie nur mich wählen, wissen Sie, und das wäre sehr schlecht.«

Kadi grinste. »Sollte ich erfahren, daß du dich zum Präsidenten auf Lebenszeit gemacht hast, Sammy, komme ich mit meinem Luftgewehr und ...«

»*Heja*, Kadi«, jetzt grinste er ebenfalls. »Erinnerst du dich, als Duma einmal versehentlich abdrückte und ...«

Sie kicherte. »Und mein Vater sechs Kugeln aus mir herausschneiden mußte und ich eine Woche lang nicht sitzen konnte.«

Carstairs, der die beiden beobachtete, lächelte. »Da ist noch etwas, junge Dame. »Wenn Sie genug von der Kunstakademie haben – falls es die CIA dann noch gibt«, fügte er trocken hinzu, »könnten wir jemanden mit Ihrem Talent, sich Gesichter zu merken und zu zeichnen, gebrauchen.«

»Oh, danke!« rief sie. Dann wandte sie sich an Mrs. Pollifax. »*Noch* ein Stellenangebot, Emmy Reed!«

Aber Mrs. Pollifax beobachtete Carstairs, dessen fester Blick von einem zum anderen am Tisch wanderte. »Wie ungewöhnlich«, sagte er. »Wir haben hier in diesem Zimmer, wenn auch nur für kurze Zeit, alle Akteure, die in diesem Drama bis zum Schluß mitspielten. Für mich ist das ungewöhnlich.«

»Ja, ich glaube, das erleben Sie nicht oft«, sagte Mrs. Pollifax.

»In diesem Drama haben Sie jedenfalls bis zum Ende mitgespielt.«
»Nein!« widersprach Sammat fest. »Bis zu einem *neuen Anfang.*«

Epilog

In dieser Woche stand Willies Wanderrummel ganz oben im Norden von Maine nahe am Meer, und so vermischte sich an diesem Morgen Anfang Juni der Geruch des Salzwassers friedlich mit dem von frischem Sägemehl, das Jake aus dem Lastwagen schaufelte. Der Seewind schaukelte sanft die Gondeln des Riesenrads, und zwei Möwen, die auf der Firststange des Zehn-in-Einem saßen, schauten sich neugierig um. Die strahlende Sonne hatte die Schatten der Buden noch nicht vertrieben und umschmeichelte nun Shannon, als sie in einem nicht ganz frischen Morgenrock aus ihrem Wohnwagen trat, um zum Frühstücken zu gehen. Lubo hatte vor sich auf seinem Glücksradstand ein Notebook stehen und war in komplizierte Berechnungen vertieft. Im Wohnwagenkreis hängte Gertie ihre Wäsche zum Trocknen auf, und drei Wagen weiter öffnete die Schlangenfrau die Tür ihres Wagens und setzte sich mit einem Python auf dem Schoß in die Sonne.

Die friedliche Stille des Morgens wurde plötzlich durch die Musik des zum Leben erwachenden Karussells gebrochen, dessen Pferdchen sich langsam hoben und senkten.

»Schneller, Boozy Tim, sonst schlafen wir ja ein!« rief Cyrus, der auf einem schwarzen Pferd mit rotem Sattel saß.

»Ja, schneller!« bat auch Mrs. Pollifax und winkte Kadi zu, die ihnen, mit einem Pinsel in einer und einer Farbdose in der anderen Hand, zusah, wie die beiden sichtlich glücklich und zufrieden immer wieder rundherum fuhren. Dann endete die schwungvolle Musik von *Who Stole My Heart Away*, und ein neues, treffendes Stück schaltete sich klickend ein: *In the Good Old Summertime.*

Kadi dachte: Ich habe wieder eine Familie!

Willie, der aus seinem Wohnwagen kam, blieb überrascht stehen. Zu so früher Stunde hatte das Karussell sich noch nie gedreht. Er blickte zu Boozy Tim hinüber, dann bemerkte er Cyrus und Mrs. Pollifax. Er schüttelte grinsend den Kopf. »Nicht schon *wieder!*« murmelte er. Lächelnd verschwand er im Küchenzelt, um Kaffee zu trinken.

Knaur

Eiskalt und

Hochspannung von Frauen – (nicht nur) für Frauen

(67080)

(67084)

(67039)

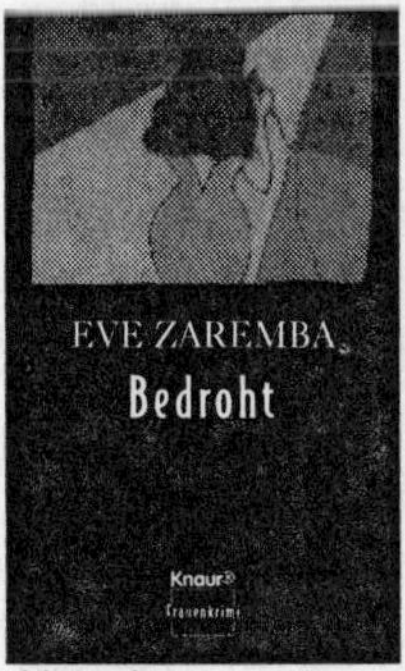

(67095)

(67038)